夏日单车之恋

【美】莎拉·迪森 著
舒灵 译 廖鑫 校译

ALONG FOR THE RIDE

人民文学出版社

著作权合同登记号:图字 01-2012-5567

This edition published by arrangement with **Viking Children's Books**, a division of Penguin Young Readers Group, a member of Penguin Group(USA) Inc.

图书在版编目(CIP)数据

夏日单车之恋/(美)迪森著;舒灵译. —北京:
人民文学出版社,2012
ISBN 978-7-02-009485-1

Ⅰ. ①夏… Ⅱ. ①迪… ②舒… Ⅲ. ①长篇小说-美国-现代 Ⅳ. ①I712.45

中国版本图书馆 CIP 数据核字(2012)第 217583 号

责任编辑:马爱农
特约策划:王轶华
封面设计:董红红
校　　译:廖　鑫

出版发行 人民文学出版社
社　　址 北京市朝内大街 166 号
邮政编码 100705
网　　址 http://www.rw-cn.com
印　　制 山东德州新华印务有限责任公司
经　　销 全国新华书店等
字　　数 250 千字
开　　本 890×1240 毫米 1/32
印　　张 11.5
版　　次 2012 年 12 月北京第 1 版
印　　次 2012 年 12 月第 1 次印刷
书　　号 978-7-02-009485-1
定　　价 32.00 元

谨以此书献给我的母亲辛西亚·迪森，感谢她帮助我学会如何成为一个好女孩；也感谢我的女儿莎夏·柯蕾曼婷，教会了我其余的一切。

第一章

她寄来的电子邮件每次都是这样开头的。

嗨！奥登！

就是那个多出来的惊叹号让我很受不了。母亲说这是无谓又夸张的过度欢欣写法。对我来说，它只是让我觉得厌烦而已，事实上，我继母海蒂的所作所为全都让人嫌恶。

我希望你最后这几个礼拜的课程都上得很顺利。我们在这里过得很好！我只要在你妹妹出生之前把几件事情处理完就行了。她最近在我肚子里踢得很厉害，简直像在里面练空手道似的！我最近可以说一直都在忙着处理店里的事情，还有布置婴儿房，做好最后的准备。我用粉红色和褐色装饰婴儿房，看起来真是美极了。我会附上一张照片，好让你看看婴儿房的样子。

你爸爸跟平常一样，还是忙着写他的书。我猜以后我跟小宝宝半夜起来时，可能还会常常看到他挑灯夜战呢！我真的很希望你能好好考虑，在学期结束之后来找我们。一定会很好玩的，如果你能来的话，这个暑假对我们大家都会很特别。不管你什么时候想来都可以，我们都很期待见到你！爱你的海蒂，还有你爸爸和即将出生的小宝宝！

光看到这封信就让我觉得精疲力竭。部分的原因是她那种过于兴奋的措词,好像有人在耳边大吼大叫似的。但是,最主要的还是海蒂这个人的关系。她实在是太啰唆、太夸张、太兴奋了,而且很烦人。自从她跟我父亲交往、怀孕,并在去年结婚之后,她对我的态度一直都是这个样子。

母亲表示她一点都不觉得惊讶。自离婚之后,她早就料到父亲很快就会"勾搭上某个女孩子",她是这么形容的。海蒂今年二十六岁,跟母亲怀我哥荷里斯的时候一样大,我母亲在两年后又怀了我。然而她们两人的个性却有着天壤之别。母亲是个聪明睿智的学者,是国内十分知名、研究文艺复兴时期女性角色的专家,而海蒂,唉,海蒂是那种会把所有精力都放在保养外貌上的女人,修剪手指甲、脚趾甲和挑染头发,对所有关于穿着打扮的琐事全都一清二楚,写给别人的信都很饶舌,其实人家根本就没兴趣知道这些无聊的事情。

他们交往的时间很短,两三个月内就播了种,母亲是这么描述的。就这样,父亲从过去长久以来的身分,维多利亚·魏斯特教授的丈夫以及受欢迎的小说家——但现在大家比较熟知的是他在学术界长期与人不和的事情,而非他进度极为缓慢的新书——变成另一个女人的丈夫和她腹中孩子的父亲。除了这一切的改变之外,还要加上他在威玛大学创意写作主任的新职位。那是一所在海滨小城镇里的小型学院,所以我父亲的人生似乎彻底改变了。即使他们常常邀我过去,我也不确定我会想知道自己在那里是否还有一席之地。

这时我听到另一个房间突然传来一阵笑声,接着是酒杯碰撞的声音。母亲又跟研究生举办了一场派对;"这种聚会刚开始都像是正式的晚宴。"她说，"这个文化里极度缺乏文化！"后来总是无可避免地堕落成一场大声喧哗又醉醺醺的文学理论辩论会。

我看了一下时钟，十点三十分了，随后用脚趾轻轻踢开房门，到走廊去看厨房的情形。当然，母亲还是跟往常一样坐在厨房的大长桌上，手上端着一杯红酒。围在她身旁的照样都是一群研究所的男孩子，每个人都以爱慕的眼神望着她，我约略听到她谈论着英国诗人马洛和女性文化。

这只是母亲众多迷人的矛盾性格之一。她是研究文学中女性角色的专家，可是，实际上，她所研究的那些女性却不大喜欢她。部分的原因是多数的女性都嫉妒她：因为她太聪明，几乎到门萨国际高智商组织的等级。她的学术成就——出版了四本书，发表过无数的文章，目前担任首席教授——和她的外表——身材高挑，曲线玲珑有致，一头乌黑、野性十足的长发，通常都随意地披散在肩上，这是她唯一一项无法控制的特质。基于这种种理由，女研究生通常都很少出席这种聚会，就算来了，也很少会再度出席。

"魏斯特博士，"其中一位学生穿着廉价破旧的运动衫，蓬头乱发，戴着黑框眼镜，一副典型书呆子的形象，他说，"你真的应该把这些想法写成一篇文章，这些点子实在太有趣了。"我看着母亲轻啜一口葡萄酒，把黑发轻轻往后一拨。"喔，老天，那可不行。"她用那低沉粗哑的嗓音说道，听起来像是老烟枪的嗓音，但她一辈子都不曾抽过半根烟。"我现在连写自己的书都快找不到时间了，至少那还是有酬劳的，如果那一点稿费也算酬劳的话。"

又一阵恭维的笑声。母亲总是喜欢抱怨她拿到的稿费太少,那些全都是由大学发行的学术丛书,而那些愚蠢的家庭主妇爱看的书却能赚大钱。在母亲生活的世界里,人人都会带着一本莎士比亚的诗集到海边,身旁或许还会放几本古典的史诗。

不过,这位四眼田鸡的书呆子仍然不肯放弃。"这真的是很棒的点子,如果你愿意的话,我可以,嗯,跟你共同执笔。"母亲抬起头来,眯起眼睛看着他,全场一阵沉默。"喔,天啊!你真是贴心呢!可是我从来不跟人合著的,我不跟人共享办公室,也不跟同事约会,其实我是个很自私的人。"

即使从这么远的地方,我也看得出那个四眼田鸡惊喘一声,脸颊顿时红了起来,伸手去拿酒瓶,试图掩饰自己的尴尬。真是白痴!我心想,一面把房门关起来。想这么快和我母亲发展出亲密的关系可没有那么容易,这我最清楚了。

十分钟后,我悄悄从侧门溜出去,鞋子夹在腋下,坐进我的车子里。车子驶过几乎空荡荡的街道,经过邻近的宁静小区和昏暗的店家,最后终于看到瑞伊餐馆在前方出现。这间餐馆很小,闪烁的霓虹灯过多,桌子又总是黏腻腻的,可是它却是本镇唯一一家全年无休,二十四小时开放的餐馆。因为我晚上都不大睡觉,所以常常到那里去看书或是做功课,慢慢地啜饮一杯饮料,直到太阳出来为止。

我是从三年前父母亲的婚姻触礁时开始失眠的。我实在不需要对他们分居的事情感到惊讶,从我有记忆以来,他们都是吵吵闹闹的,不过他们吵架的话题大多关于工作,而不是个人的情感。

他们俩一念完研究所的课程就来到 U 大，父亲在那里获得一个助理教授的教职，当时他刚找到一家出版社帮他出版第一本小说《独角鲸》，而母亲正怀着我哥，同时又要努力完成她的博士论文。时光迅速转到我出生的时候，当时父亲的书得到了各界的好评，销售也如日中天，进入“纽约时报畅销排行榜”，还得到“美国国家图书奖”提名，他在创意写作系的职位渐渐攀升，而母亲的情况却如她自己所形容的：迷失在一堆尿布和自我怀疑的大海之中。不过，等我上了幼儿园，母亲便有如复仇般地回到学术界，在大学里担任客座教授，并找到出版社帮她出版论文。过了一段时间她便成了那个学院里最受欢迎的教授之一，并得到全职的聘书。不久之后，她又出版了第二本和第三本书，这段期间，父亲都在一旁观看。他说他对母亲的成就引以为傲，还常开玩笑地说母亲是他的饭票；她才是我们家中养家糊口的人。后来母亲得到了无比殊荣的首席教授职位，而他却被出版商拒之门外，于是他们的关系便开始恶化了。

他们的争吵似乎都是在晚餐的餐桌上开始的，其中一位发表了某些评论，另一位就开始为自己辩护。刚开始只是一点小口角，针锋相对的话语、敲锅盖抗议，后来似乎就平息了下来……起码表面上看来如此，但到了晚间约莫十点或十一点左右，我会又突然听到他们为同样的话题开始争吵。隔一阵子之后，我才发现原来他们选择在这个时段吵架是为了等我睡着。因此某天晚上我决定熬夜不睡。我让房门敞开着、灯也亮着，还故意不时走出去上厕所，洗手时发出很大的声音。有一段时间这个方式似乎还蛮有效的。不过后来就不管用了，他们又开始大吵大闹起来。但是我的身体已经习惯晚睡了,这意味着后来我每天醒着听进每一句话。

我认识的人之中,有许多人的父母都分居或离婚了,不过每个人处理的方式似乎不尽相同:有的人惊骇莫名,有的人失望透顶,也有的人觉得大大松了一口气。但是这种时候大家通常都会大量讨论自己的心情,不管是跟双亲一起,或是一对一的个别讨论,不是做团体心理治疗,就是跟心理医生个别谈话。我家却是例外。他们并未给我一个"坐下,我们必须谈谈"的机会。这个消息是由母亲告诉我们的,她站在厨房的餐桌旁,父亲则靠在附近的柜子边,一脸疲倦地扭动着双手。"你爸跟我决定要分居了。"她对我说道,语气非常冷淡,如同我经常听她批评学生作业时的那种公事公办的口吻。"我相信你也会同意,这样对我们大家都好。"

听到这个消息时,我不知道我的感觉是什么。既没有松了一口气,也没有失望透顶,同样的,我也不觉得惊讶。令我诧异的是,当我们三个坐在那里时,我感觉自己很幼小,像个孩子一般。这真的是一件很奇怪的事情,仿佛这重大的决定,刹那间将我变成了孩子,可是这一切来得实在太晚了点。

当然我也曾经是个孩子,可是当我出生时,我哥——这个哭闹得超严重的婴儿、过动儿,这个生性活泼,应该说不可理喻的儿童已经把我父母的精力给磨蚀殆尽了。他到现在还是让父母伤透脑筋,只是改从另一个大陆折磨他们而已;此时他在欧洲周游列国,偶尔会寄几封电子邮件报告近况，描述他看到某些令他感触良多的景物，让他想到要如何规划人生，接下来就是要求再寄一点钱给他，好让他将此计划付诸行动。起码他出国流浪的事情听起来好像是一场艺术之旅：我父母可以告诉他们的朋友说，荷里斯是在埃菲尔铁塔附近抽烟，而不是在食品杂货店门口抽烟，这样听起来好一点。

如果荷里斯是个大孩子的话，我就是个小大人。

三岁时的我可以坐在一群讨论文学的大人面前，一声不吭地给我的着色本上色。我从很小的时候就学会自己找乐子，从幼儿园开始就一直很努力用功读书，因为学业成绩最能引起我父母的注意。他们的客人若不小心在我面前说了脏话，或是儿童不宜的事情，我母亲还会说："喔，别担心，奥登很早熟的。"我的确很早熟，不管是两岁、四岁，还是七岁都比同年龄的人早熟。当荷里斯还很需要大人特别照顾时，我父母已经把我放在婴儿车里到处跑，让我一天到晚跟着出门。他们带我去聆听交响乐、观看美术展、参加学术研讨会、出席委员会的会议，大家只希望看到我的人，却不想听到我出声。我几乎没什么时间可以游乐或玩玩具，虽然我从来不渴望书本，可是生活中却到处充满了书本。

因为这样的成长背景，我似乎很难跟同年龄的孩子相处。我不了解他们的疯狂行为和发泄精力的方式；比方说，他们互丢坐垫时的喧闹，或是在死巷内疯狂骑单车的行径，可是，不管怎么样，这一切都跟我平常做的事情相距甚远，就算有机会的话，我也无法想象自己会去从事那种活动。我不是那种人,而那些爱玩枕头大战和疯狂骑单车的人,也不会去上我父母喜欢的那种极度重视成绩,课业进度超前的学校。

事实上,过去四年来,我已经换了三所学校。我在杰克森高中只上了几个礼拜的课,母亲就因为在我的英文教学进度表上发现了拼音和文法上的错误,而帮我转到当地的私立学校柏金斯高中。这间学校规模比较小,对学科的要求也比较严格;可是跟我三年级时转入的基辅尼布朗特许学校①相比,还是相差甚远。这所特许学校由当地几位卸任教授共同创办,是一所专门培育资优生的学校。全校顶多只有一百个学生,强调小班制教学,跟当地的大学有密切的往来,学生还可以提前到大学去修学分。我在基辅尼布朗只交到少数几个朋友,在竞争激烈的风气下,学校的课程又多以自动导向的学习方式为主,因此,要接近其他同学可以说非常困难。其实我对这些事情也不是很在乎。上学是我的慰藉,念书让我得以逃避现实,能让我经历上千种不同的人生。我父母越是抱怨荷里斯成绩差、缺乏上进心,我越是用功。虽然他们以我为傲,可是我的好成绩似乎从未让我得到我真正想要的东西。我这么聪明,早该知道成绩不好才能赢得父母的关切。可是等到我了解这一点时,名列前茅已经成了一个难以戒除的习惯了。

父亲是在我高二开学后不久搬出去的,他在学校旁边租了一间附

---

① 特许学校(Charter school):自一九九〇年以来,在美国兴起的众多公办民营学校之中的一种学校类型。

家具的公寓,附近的邻居大多是学生。我本来周末应该都要到他那里去住的,可是他的情况不允许,仍在拼命撰写他那令人质疑是否会出版的第二本书,母亲的作品反而越来越受到学术界的关切,这点让他很不舒服。话说回来,待在母亲的屋子里也好不到哪里去,她忙着庆祝新生活和在学术界的成功,经常有人簇拥在她身边,学生们来来去去,每个周末都有晚宴。似乎除了瑞伊餐馆之外,没有一个地方是清静的。

话说我开车经过那里已经好几千遍了,但从来不曾想过要在那里停车,直到一天晚上,大约凌晨两点多,我正要回家时才停下来。父亲和母亲都不会特别注意我的行动。因为我在学校有时晚上有课,白天又有很多不定期的研讨会,还有好几堂的自修时间,这些让我得以自由出入,他们也很少过问,所以他们两个都没发现我晚上不睡觉的事情。那天晚上,我瞄了瑞伊餐馆一眼,不知为什么,里面有些东西吸引了我。那个餐馆看起来很温暖,有种令人安心的感觉,坐在里面的人至少有一样特质跟我相同,都是夜猫族。于是我停下车,走了进去,点了一杯咖啡和一份苹果派,在那里一直待到天亮。

瑞伊餐馆有个优点,就是即使我成了常客,也不会有人来打扰我。没有人会问一些我不想回答的问题,人们的互动都很简短亲切。如果人与人之间的关系都这么单纯的话,我就会很清楚该怎么扮演自己的角色了。

去年秋天,一位身材壮硕、名牌上写着"茱莉"的女服务生,在我续杯咖啡时,瞥见我正在填写的申请表。

“迪弗斯大学，”她出声念道，随后看了我一眼。“不错的学校。”

“顶尖的大学之一。”我同意道。

“你觉得自己申请得上吗？”

“可以。”我点点头。

她笑了一下，好像觉得我这样说很可爱，随后拍了一下我的肩膀。“年轻又有自信真是好啊！”说完便拖着脚步离开了。

我本来想告诉她，其实我并非有自信，只是很用功而已。可是她已经走到另一个隔间，跟坐在那里的客人聊天了，我知道她对这件事情也不是很在乎。在某些人的世界里，学校、报告、班级、提前申请学校、平均成绩很重要，但是对某些人来说，这些事情一点都不重要。我几乎从小到大都是属于前者，以至于进了瑞伊餐馆这属于后者的天地，我还是改不了旧习。

我把自己逼得很紧，又进入非正统的私立学校，就表示我一定会错过在柏金斯高中那些朋友们去年一整年都在讨论的高年级活动。我唯一会考虑参加的活动是毕业舞会，理由也只是因为跟我一起竞争第一名的主要对手杰森·塔布特邀请我参加毕业舞会作为求和的方式罢了。可是我后来也没机会参加，因为他在最后一刻受邀参加了大型环保会议，因而临时取消了舞会的活动。我告诉自己，不用在乎这种小事，舞会就跟那些枕头大战和在死巷中骑单车的事情一样无聊透顶，并不是什么重要的事。可是我还是难免会好奇，毕业舞会的那天晚上我究竟错过了什么。

有时候凌晨两三点或清晨四点坐在瑞伊餐馆时，我会莫名地想起这件事。当我抬起头来，目光从书本移到周围的人群时——除了一些卡车司机开车经过此地，会进来喝杯提神的咖啡，然后再开往下一个州之外，也偶尔会有几个神经发作睡不着觉的人——心中涌起的那份感觉，就跟母亲宣布与父亲分居那天一样。仿佛我并不属于这个地方，此时的我应该待在家里，跟其他人一样躺在床上睡觉，再过几个小时就要去上学了。但是这个感觉来得很突然，消失得也一样突然，周遭的一切很快又会恢复原状。当茱莉拿着咖啡壶绕一圈回来之后，我会把杯子推到桌边，不发一语地表示两人心知肚明的事实——我还会在这里待上一段时间。

同父异母的妹妹笛丝贝·卡罗琳·魏斯特在我高中毕业典礼的前一天出生，体重六磅十五盎司。父亲在妹妹出生后隔天早上打电话来时，显得精疲力竭。"很抱歉，奥登，我真的很不愿意错过你的毕业致词。"他说。

"没关系。"我对他说道，这时母亲正好穿着睡袍走进厨房来倒咖啡。"海蒂好吗？"

"还好。"他答道，"只是很疲累而已。她受尽了煎熬，最后却得剖腹生产，所以不大高兴。不过我相信她休息一阵子之后就会好多了。"

"请代我转告她，恭喜她生产顺利。"我对他说道。

"我会的。孩子，你上台致词时，记得给他们一点颜色瞧瞧！"父亲就是这样，出了名的好斗，任何跟学术有关的事情都像战争一样。"我会在心里念着你的。"

我笑了一下，谢过他之后挂上电话，母亲此时正把牛奶倒进咖啡杯里。她搅拌着咖啡，汤匙敲着杯子，发出细微清脆的声响，沉默片刻之后开口说道：“我猜猜看，他不来了对吧？”

“海蒂刚生了小孩。他们给她取名为笛丝贝。”

母亲嗤之以鼻。“哼，拜托。莎士比亚作品中有那么多名字不选，你父亲偏要选这个名字？可怜的孩子，我看她一辈子都得跟别人解释这个名字的由来了。”其实母亲没什么资格说这种话，毕竟她自己也让父亲决定我和哥哥的名字：荷里斯是父亲非常景仰的一位教授，而奥登则是他最喜欢的英国诗人。小时候，我有时会希望我的名字是艾丝莉或凯瑟琳，但愿那样会让我的生活更单纯一点，可是母亲常跟我说，我的名字就像某种试金石。她说奥登不像佛洛斯特或是惠特曼，他的诗比较晦涩难懂，如果别人知道奥登这个诗人的话，那我至少能知道他们的知识水平与我相仿，是值得我交往的朋友。我猜这句话对笛丝贝来说应该更适用才对，可是我却没把这句话说出来，只是坐下来读着毕业致词的演讲稿，再次复习稿子内容。隔了一会儿之后，母亲拉开一张椅子，跟着一起坐下。

“这么说，海蒂是熬过了生产？”她轻啜了一口咖啡问道。

“她必须剖腹产。”

“她很幸运。荷里斯十一磅重，硬膜外局部麻醉根本没有用。他差点害死我。”母亲说道。

我随意翻着几张致词时用的提示卡片，等着她说接下来的故事，说荷里斯很能吃，把奶水都吸干了，最严重的是他无故哭闹的毛病，需要有人抱着他不停地走来走去，甚至还会连续哭闹好几个钟头，诸如此类的事。不然就是说父亲有多么……“我只希望她不要冀望你爸会帮忙照顾小孩。”她说，伸手过来拿我的卡片，大概浏览了一下，眯起了眼睛。“要是他偶尔肯帮忙换个尿布，那我就谢天谢地了，根本别指望他会半夜起来喂奶。他说晚上没睡足九个小时他就无法教书，哼，还真会找借口。”

她说这句话时，还在审阅着我的卡片。那股熟悉的痛楚又浮现了。我常觉得无论我做什么事，都会被她突击检查。不过隔了片刻之后，她却不予置评地放下卡片。“呃，”当她又喝了一口咖啡时，我说：“那是很久以前的事了，也许他现在已经改变了。”

“人是不会改变的，如果会改变的话，也只会变得越老，习惯越难改而已。”她摇了摇头。“记得以前坐在房间里，荷里斯正在大哭大闹时，我曾经期望你爸有一天会突然打开房门，走进来说：嘿，把他交给我吧！你去休息一下。最后我甚至不只期望你爸的帮忙，谁都可以，只要有人愿意帮忙就好。”

她说这句话时，眼神凝望着窗外，手捧着杯子，既不是放在桌上，也没有靠在唇边，只是动也不动地悬在半空中。我拿回我的卡片，小心翼翼地排好。“我应该要去准备上学了。”我推开椅子说道。

我起身从母亲背后走过时，她并没有移动身子。感觉她好像还愣在那里，又回到以前那间卧室，仍然在等待着。直到我来到走廊之后，她才突然开口说话。“引用福克纳句子那段，你应该再考虑一下。开头就引用这样的句子，听起来太过矫揉造作。”她说。

我低下头看了一眼最上面的那张卡片，上面整齐地印着“过去还未死亡，甚至还未过去。”“好的。”我说。她当然是对的，向来如此。“谢谢。”

高中的最后一年，我一直都专注在课业上，并且在准备大学开学之后的事情，完全没想到这中间的日子要怎么过。然而，夏天突然就来到了，我除了等待真正的人生再度开始之外，无事可做。

我花了两个多礼拜的时间，把迪弗斯大学需要的数据整理起来，试着到杭辛格补习中心找几个家教工作，不过，进展都很缓慢。我似乎是唯一一个心里还挂念着学校的人，尤其是接到不少柏金斯高中老同学的聚餐和湖边旅行的邀约之后，这样的情况更加明显；其实我是很想去看看那些老同学，可是每次我们聚会时，我总是有种格格不入的感觉。我才在基辅尼布朗特许学校待了两年而已，但两家学校实在是太不一样了。基辅尼布朗特许学校走的是学术路线，我发现自己对于他们暑期打工和男朋友的话题完全无法融入。经过几次尴尬的聚会之后，我开始婉拒邀约，说我很忙，隔了一阵子之后，大家就了解我的意思了。

不过待在家里感觉也很怪，母亲申请了研究补助金，所以一天到晚都在工作，不工作时，研究所的学生也不时会跑来家里聚餐或是小酌。当他们开始喧闹时，屋里会变得异常拥挤，这时我会拿一本书到前廊去，一直读到天黑再到瑞伊餐馆。

某天晚上，我正聚精会神地读着一本佛学的书籍时，突然看到一辆绿色的奔驰车驶进我们住的街道。车子在靠近我们的信箱时渐渐减速，随后突然停在路边。隔一会儿之后，一位穿着低腰牛仔裤、红色上衣和夹脚拖的金发美女从车里走出来，手上还拿着一个包裹。她往后退几步，上下打量了一下这栋房子，随后又往前沿着车道走过来。当她几乎走到台阶前时，才猛然发现我的存在。

“嗨！”她异常亲切地叫着，顿时让我警觉起来。我还来不及回答，她就笑容满面地直接走到我面前来。“你一定就是奥登了。”

“我是。”我缓缓地应道。

“我是塔拉啊！”好像我应该要熟悉这个名字似的，当看到我表情明显表示不认识她时，她说：“我是荷里斯的女朋友，还记得吗？”

喔，天啊！我哪会记得，我心里这样想，嘴上却说：“喔，对，当然记得。”

“真高兴见到你！”她边说边把手臂搭在我的背上，身上散发出一股栀子花与烘干床单的味道。“荷里斯知道我回家会经过这里，所以托我把这个东西交给你。直接从希腊带回来的喔！”

她把包裹拿给我，上面包着简单的牛皮纸，我哥在上面潦草地写了我的名字和地址。有一会儿的时间，气氛显得有点僵，后来我才发现，原来她是要我直接打开来，于是我拆开了包裹。包裹内是个小小的玻璃相框，上面点缀着彩色的小石头；下方写着“最美好的时光”。相框内是荷里斯站在泰姬玛哈陵前的照片。他脸上挂着慵懒的笑容，身上穿着休闲裤和T恤，肩上背着一个旅行袋。

“很棒的礼物对不对？”塔拉说道：“我们是在雅典的跳蚤市场买

到的。”

我认为只有超级自恋狂才会把自己的相片当作礼物送人，既然我不能说出心中真正的想法只好对她说：“很漂亮。”

“我就知道你会喜欢它！”她拍了拍手。“我告诉他说，每个人都需要相框，相框会让回忆变得更特别，对吧？”

我低下头去，再看了相框一眼，那些漂亮的小石头，加上我哥哥脸上轻松惬意的表情，的确是“最美好的时光”。“是啊！确实如此。”我说。

塔拉又对我露出一百万伏特光芒的笑容，随后从我身后的窗子往屋里瞧。“你妈在家吧？我想见见她，荷里斯爱死她了，一天到晚都在谈论她的事情呢！”

“她也一样。”我答道。她瞥了我一眼，我微笑以对地说：“她在厨房，那个一头黑发，穿着绿色礼服的人就是她，你绝不会错过她的。”

“好极了！”她的动作太快，我还来不及闪避，她就扑过来抱了我一下。“真是谢谢你！”

我只是点头响应。我哥所有的女友都有这种充满自信的特征，至少在她们认为还是他的女友时都是如此。到后来他不再写信，也不打电话，好像整个人从地球上消失之后，我们就会见到她们的另一面：红着眼睛、哭哭啼啼地在我们的录音机上留言，偶尔也会有人怒气冲天地在屋外的马路上猛踩油门制造浓烟来泄愤。塔拉似乎不像那种会被怒气冲昏头的人，可是这种事谁也说不准。

十一点了，母亲的仰慕者仍赖在屋里不肯离开，喧闹声也跟平常一样吵。我坐在自己的房间里，无聊地浏览青少年读书会的网站，没有留言，其实我也不指望会有人留言给我。收电子邮件，只有一封父亲寄来的信，问我最近过得怎么样，我想打电话给我的朋友问问最近是否在办什么活动，可是又想起前几次聚会时尴尬的场面，于是作罢，最后只是静静地坐在床上发呆。荷里斯的相框放在床边的桌上，我把它拿起来，看着上面俗不可耐的装饰用蓝色小石子。不知为什么，"最美好的时光"这些字眼和他那轻松惬意的笑脸，让我想起以前学校里那些聒噪的老朋友在闲聊的情景。她们不是在谈论课程，也不是在讨论成绩，而是在聊其他的事情，那些事情对我来说，就跟泰姬玛哈陵一样陌生；因为她们在聊八卦、聊男孩子和他们如何令人心碎的事情。别人或许都有上万张适合这个相框的照片，我却连一张都没有。

我又看了背着旅行袋的老哥一眼。旅行的确能提供一些改变视野的机会。我没办法飞到希腊或印度，却可以去别的地方。

我回到电脑前，打开电子信箱，往下拉到父亲的那封信。我不让自己多想，很快地回了信，也提出一个问题，发送不到半小时，他就回信给我了。

你当然要来！想住多久都可以，我们很乐意有你作伴的！

我的暑假就这样改变了。

隔天早上，我把一袋衣服、笔记本电脑和一箱书放进了车子。暑假刚开始那段期间，我找到当初我选定的迪弗斯大学秋季班那几堂课的课程大纲，并到大学的书店买了几本教科书，心想反正先熟悉一下课本也是有利无弊的事。荷里斯出门时应该不会带这些东西,可是,我去到那里之后,除了到海边走走,陪陪海蒂之外,也没什么事情可做,况且这两件事情基本上也不是很吸引人。

我在前一天晚上就已经先向母亲道别了,因为我猜我要离开的时候,她一定还在睡觉。可是当我走进厨房时,却看到她一脸疲倦地清理着前一天晚上聚会时留下来的酒杯和餐巾。

"聚会很晚才结束吗?"我这么问,其实因为晚上不睡觉,昨天晚上的情形我很清楚。最后一辆车离开我们家车道的时间大约是一点三十分。

"不算很晚。"她说,一面放水到水槽里,接着她回头看了一下我那些堆在车库门口的袋子。"你起得真早,就这么急着要离开我吗?"

"不,我只是想避开塞车时段而已。"我说。

事实上,我不认为母亲会介意我是否在这里过暑假。如果我去别的地方度假,她或许不会在乎,不过加上父亲这个因素的话,情况就不同了。他们老是喜欢比较我是否平等对待他们两个。"我实在很难想象你会陷入什么样的状况,"她笑着说,"你爸抱着一个婴儿耶!都这把年纪了!真是可笑!"

"到时候我会跟你说的。"我对她说。

"没错,你一定要跟我说,我要你定时向我报告。"

我看着她把手伸进水里,在杯子上擦洗洁精。"那么,你觉得荷里斯的女朋友怎么样?"我问。

母亲疲倦地叹了口气。"她来这里干什么来着?"

“荷里斯托她带了一个礼物给我。”

“是喔?”她说,同时把几个杯子放到沥水盘上。“带什么东西?”

“从希腊带回来的一个相框,里面有一张荷里斯的照片。”

“喔。”她关掉水龙头,用手背将头发从脸上拨开。“你有没有跟她说,或许她应该自己留起来吗?因为这很可能是她能见到他的唯一方式了。”

虽然我心里也这么想,可是听到母亲把话说出来之后,我反而为塔拉当时开朗又和善的笑脸感到难过,她进屋时充满自信,仿佛认为自己是荷里斯的真命天女。“谁知道,也许荷里斯已经转性了,他们两个或许会订婚也说不定。”我说。

母亲转过身来,眯起眼睛看着我。“奥登,我是怎么跟你说人性的事?”

“不可能改变吗?”

“没错。”

她又回去继续处理水槽内的东西,把盘子放到水里浸泡,这时我突然看见一副黑框眼镜搁在靠门边的柜子上。我突然明白了一切:昨天深夜听见的声音,还有她早起的原因,一反常态地急着清理昨晚的杂乱究竟是为什么了。我打算拿起那副眼镜,故意让她看见我的动作,目的只是想要让她知道,我注意到了这件事。然而,她把我拉过去拥抱和道别时,我却装作不知情,她抱人向来都喜欢紧紧抱住,好像永远都不肯放开似的,随后她就送我出门了。

第二章

父亲与海蒂的房子就跟我想象中一样，看起来非常可爱，有着白色的油漆和绿色的百叶窗，宽大的前廊上摆了几张摇椅和几盆花，门上挂着一个陶瓷制的黄色菠萝，上面写着“欢迎!”只差没加上一道白色篱笆了。

我把车开进去之后，看到父亲那辆老旧的富豪汽车停在没有墙壁的车库内，旁边则停了一辆看起来新一点的丰田普锐斯。我一关掉引擎就听到了浪涛声，声音很大，心想海滩应该离这里很近。当我望向屋子旁的景物时，马上就看到了许多海滩植物，还有一望无际的蓝色海洋。

放下这些景物不谈，我心里还是有许多疑惑。我从来都不是随兴的人，离母亲越远，我越是会考虑到这一整个夏天跟海蒂住在一起时的现实问题。不知道她会不会为我和她还有小宝宝来个集体修指甲大会？或者坚持要我跟她一起做日光浴？办个回顾“我爱独角鲸”的纪念球赛？但是我同时也想到荷里斯站在泰姬玛哈陵前的模样，想到我一个人待在家里会有多么无聊。此外，父亲再婚之后，我几乎很少见到他，这段期间——整整的八个星期，他不用教书，我也不用上课——似乎是我上大学前与他好好叙旧的最后机会，接着就要开始忙我的大学生活了。

我深吸了一口气，再缓缓吐出来。随后我开始朝前廊走去，并告诉自己，不管海蒂说什么或做什么，我都只要笑笑敷衍过去就好了。等我有自己的房间之后，我就躲进房间里，把门关起来。

我按了一下门铃，往后退了几步，整理一下仪容，准备好一张友善的脸孔。可是里面却没有人响应，于是我再按了一次门铃，随后略微靠近大门，心想我应该会听到海蒂那喀哒喀哒的脚步声，还有她那愉悦的嗓音说："稍等一下！"可是等了好一会儿，依然没有人来应门。

我伸手去拉门把，轻易的就转动了它，门打开之后，我探头进去。"哈啰？"我轻唤道，声音在附近空荡荡的走廊上回荡着。走廊的墙壁漆成黄色，上面挂着许多裱了框的画。"有人在家吗？"

一点动静也没有。我走了进去，顺手把门带上。这时我又听到了海浪声，不过听起来却有点不一样，声音很近，就像从屋子角落传来的一般。我沿着走廊走进去，海浪声越来越大，我以为会看到后门和窗子都开着。但是，我发现震天价响的海浪声居然来自客厅。海蒂抱着婴儿，坐在沙发上。

至少，我认为那个人是海蒂，但是也很难说，因为她看起来跟我上次看到的样子差很多。她的头发随意在侧边扎成一条马尾，几绺发丝凌乱地披散在脸颊上，身上穿着一条破旧的运动裤和一件过大的圆领T恤，一边的肩膀上还有一点湿湿的痕迹。她闭着眼睛，头微微地往后仰。事实上，我还以为她睡着了。后来她的嘴唇几乎动也不动地轻声说道："如果你敢吵醒她的话，我就杀了你。"

我当场愣住，紧张不已，随后小心翼翼地往后退。“抱歉，”我说，“我只是……”

她猛然张开眼睛，转过头来，眼睛眯成一条细线。当她看清楚是我时，脸上的表情变得惊讶万分，随即哭了起来。

“喔，天啊！奥登。”她以紧绷的嗓音说道：“真的很抱歉，我忘了你今天……我刚以为你是……但这不能当作借口。”话未说完，她的肩膀就抖动起来，怀中的婴儿好娇小，看起来好脆弱，还在熟睡着，完全不为所动。

我慌张地四下张望，心想不知道父亲这时人在哪里。后来我才发现，我刚刚听到的震天价响的海浪声不是来自屋外，而是来自咖啡桌上那个小小的白色播音机。真正的海就近在眼前，有谁会去听这种假的海浪声呢？这是当下众多让我困惑不解的事情之一。

“呃，”我开口道，海蒂还在哭，她的啜泣声夹杂着吸鼻子的声音，那虚假的浪涛声也不停地响着。“你……需要我帮忙，还是替你拿什么东西来吗？”海蒂颤抖地吸了口气，抬头看着我。她的眼睛四周有黑眼圈，下巴还有红疹。“不用。”她含着眼泪回答。“我没事，只是……我很好。”

就算以我这双一点都不世故的眼睛来看，也看得出来她一点都不好。我还来不及争论这点，父亲就走了进来，用拖盘端着咖啡和一个褐色的牛皮纸袋。他的身上穿着他个人的典型服装：皱巴巴的卡其上衣，前襟解开了好几颗扣子，脸上的眼镜有点歪歪的。教书的时候，他通常都会系一条领带，套一件花呢运动夹克。但是不管他穿什么衣服，脚下始终会穿着一双运动鞋。

“你来啦！”他看到我时说道，随后走过来给我一个拥抱。他把我拉过去时，我从他的肩膀上看到海蒂的表情；她正在咬着嘴唇，凝视着窗外的海洋。“旅途还顺利吗？”

“还好。”我答道，这时他往后退，从托盘上拿起一杯咖啡给我。我把咖啡接过来，看着他拿一杯给自己，随后把最后一杯放在海蒂面前的桌上，她只是默默地盯着它看，好像不知道那是什么东西似的。

“见过你妹妹了吗？”

“呃，不，还没有。”我回答道。

“喔，那好！”他放下纸袋，随后将手伸向海蒂。她突然一僵，不过他似乎没注意到这点，把婴儿从她那里抱起来。“你看，她就是笛丝贝。”

我低下头看着小宝宝的脸，她好小好脆弱，感觉不像真人。闭着眼睛的她，有两片小小细细的睫毛，一只手从被子里伸出来，手指也好小，微微地蜷缩着。“她好漂亮。”我说，因为通常大家看到婴儿时都是这么说的。

“可不是吗？”父亲笑了起来，轻轻地摇着怀里的小宝宝，这时她突然睁开眼睛，抬眼看了我们一下，眨了眨眼，然后，就跟她母亲一样，突然哭了起来。“喔，糟糕。”他说道，轻轻地摇了她几下。没想到笛丝贝哭得更大声了。“亲爱的？”父亲叫道，转身走向海蒂那边，此时的海蒂还是坐在原位，手臂垂在两侧，姿势跟刚刚一模一样，完全没变。“我猜她大概是饿了。”

海蒂咽了咽口水，一言不发地转向他。当父亲把婴儿交给她之后，她立刻转头望向窗外，几乎像个机器人似的，婴儿的哭声越来越大，音量越来越高。

“我们到外面去吧！”父亲建议道，从桌上拿起那个纸袋，示意我跟着他走，他走到一扇玻璃门前，打开门后，便带着我来到了阳台。这样的景象通常都会让我瞬间惊讶得说不出话来：这栋房子就位于海边，前面有一条小径直接通往沙滩。但是我却发现自己一直回头去看海蒂，因为她人不见了，桌上的咖啡完全没动过。

“她还好吗？”我问道。

他打开纸袋，拿出一个马芬给我，我摇头表示婉拒。“她只是累了。”他答道，随后咬了一口马芬，一些碎屑掉在他的衣服上。他用手拍了几下，继续吃着。“小宝宝半夜经常会哭闹，我也帮不上什么忙，因为我必须要睡足九个钟头才行。我一直叫她去找个帮手，她就是不肯。”

“为什么不肯？”

“喔，你也知道海蒂的个性。”他说，好像我真的知道似的。“她什么事情都喜欢自己来，而且要做得尽善尽美才行。不过，别担心，她不会有事的。前两个月本来就会比较困难，我还记得荷里斯刚出生的时候，你妈都快被逼疯了。当然，他哭闹的问题很严重，我们经常一整夜都抱着他走来走去，可他还是哭个不停。还有他的食欲！老天，他把你妈的奶水都吸光了，还是饿得要命。”他不停地说着，可是我以前早就听过这些事情了，所有的字句都一清二楚，所以只是慢慢地喝着咖啡，不发一语。往左方我看到木板人行道旁有几栋房子，看来像是一排商店，另外还有一片大众公用的海滩，此时海滩上已经挤满了许多大阳伞和做日光浴的海滩客。

“总之，”父亲说道，同时把包马芬的纸揉成一团，丢回袋子里。“我得回去工作了，我带你去看看你的房间，待会晚餐时我们再来叙旧如何？”

“当然好。”我说，两人开始往里面走，机器里的海浪声仍轰隆隆地播放着。父亲摇摇头，过去把机器关掉，这突来的宁静反而变得特别刺耳。“你在写书吗？”

“嗯，是啊！我现在进展得很顺利，应该很快就写完了。”他答道。“只是需要整理一下，再把最后一段写完就行了。”我们回到门厅，然后走上楼梯。我们走在走廊上时，经过一扇开启的门，我看到房间内的粉红色墙壁和布满褐色圆点的墙缘。里面很安静，没有哭声，至少我没听见哭声。

父亲推开隔壁房间的门，招手叫我进去。“抱歉，房间有点小。”我踏进门坎时他说。“不过，你拥有最好的景观。”

他并不是开玩笑，这个房间的确很小，里面有一张双人床，一个衣橱，没有多少空间可放其他的东西。从唯一的窗口望出去，可以看到一片空地，海滩上除了海草、沙子和水之外，别无他物。“这里好极了！”我说。

“可不是吗？这间本来是我的办公室，不过后来我们得把婴儿房布置在隔壁房间，我就把办公室搬到屋子的另一头去了，因为我不想吵到她。毕竟，我写作的时候难免会发出一些噪音。"他咯咯地笑了起来，好像我应该听得懂这个笑话。"说到这个，我最好赶快回去工作，我最近早上的工作效率都特别好。晚餐时间再跟你聊好吗？"

"喔。"我应道，看了一下表，十一点零五分。"当然好。"

"好极了！"他轻轻捏了一下我的手臂，随后我望着他，哼着歌，朝走廊的方向走去。当他经过那个粉红与褐色的房间后不久，我听见房门喀嚓一声关上。

晚上六点半，我被婴儿的哭声吵醒。说是哭泣，实在是太过温和的字眼，笛丝贝根本是尖声哭喊，看样子她的肺活动得很彻底。隔着薄薄的墙壁，我在房间内只听得到一些声音，等我来到走廊上，寻找洗手间要去刷牙时，那声音简直震耳欲聋。

我在粉红色房间门外昏暗的走廊上站了一会儿，听着哭声越叫越响，越来越大声，随后哭声突然停下来，接着又猛地响起，哭叫得更大声了。正当我疑惑着是不是只有我一个人听到时，在难得短暂的安静时刻中，我听见有人发出声音："嘘、嘘。"接着那声音很快又被哭声淹没。

这情形让人觉得异常的熟悉，牵动着潜意识里的某个情景。我父母以前刚开始在晚上吵架时，我就经常重复这样的话"嘘、嘘，不会有事的"我不停地对自己说着同样的话，试着不去理会他们的争吵，告诉自己睡着就好了。再次听到这个声音感觉实在很奇怪，因为我已经习惯这种声音是属于私密的，只会出现在我的脑海中，藏在黑暗的角落。

于是我不理会哭声,继续往前走。

"爸?"

父亲坐在面墙的书桌前,眼睛盯着前方的屏幕,一动也不动地应道:"嗯,什么事?"

我回头看了一下那个粉红色的房间,又看了看他。他没有打字,只是盯着屏幕研究某个句子,旁边放着一张写着潦草字迹的横格黄纸。不知道我睡着的这整整七个小时,他是不是一直都坐在那里。"我们是不是,"我说,"嗯,要去吃晚餐还是什么的?"

"海蒂不是在准备晚餐吗?"他问道,仍面对着屏幕。

"她好像在照顾小宝宝。"我说。

"喔,"他现在终于回过头来看我了。"这样啊,如果你饿了的话,附近有一家很棒的汉堡店,离这里只隔一条巷子而已,他们的洋葱圈很有名。"

我笑了一下,说道:"听起来不错。我是不是要问问海蒂想吃什么?"

"当然好,顺便帮我买个起司汉堡和洋葱圈好了。"他伸手到后面的口袋里,拿出几张钞票交给我。"谢谢,奥登,真的感激不尽。"

我收下钱,感觉有点像白痴。他当然不可能跟我一起出去,因为家里有个新生儿和老婆需要他照顾。"没问题。"我答道,他已经转过身去盯着屏幕,可能也没有认真在听。"我很快就会回来。"

我走回粉红色的房间,笛丝贝还在声嘶力竭地哭喊着。我心想,至少这次我不用担心会吵醒她,于是我敲了两次门。隔一会儿之后,海蒂打开一点门缝，站在门边望着我。她看起来比先前更加憔悴不堪，好像之前还不够糟似的，她的马尾不见了，头发塌塌地垂在脸颊旁。“嗨。”我说，几乎要用喊的才能压过婴儿的哭声。“我要出去买晚餐，你想吃什么？”

“晚餐？”她也跟着拉高嗓门，重复我的话。我点点头。“已经是晚餐时间了吗？”

我看了一下手表，好像要这样才能跟她确认似的。”再过十五分钟就要七点了。

“喔，老天！”她闭上眼睛。“我本来想煮个大餐来欢迎你的。我什么都计划好了，原本想准备鸡肉和青菜，我连菜单都想好了。可是这个孩子实在很难照顾，而且……”

“没关系，我正要去买汉堡，爸说这附近有间很棒的汉堡店。”我说。

“你爸爸在家？”她问道，将怀里的笛丝贝换个姿势，视线穿过我的肩膀，望着走廊的尽头。“我以为他去学校了。”

“他在办公室里工作。”我说。她靠过来，大概没听清楚我刚刚说的话。“他在写作。”我更大声地重复道。“我要出门了，你想吃什么？”

海蒂只是站在那里，婴儿不停地哭闹着。她望着走廊尽头父亲的办公室，一道光线从微掩的门缝中透出来。她欲言又止，随后深吸了一口气。“你吃什么我就吃什么。”隔一会儿之后她说，“谢谢你。”我点点头，往后退一步，她关上了门。我最后看到的画面是婴儿泛红的脸颊，她还在嚎啕大哭。

幸好，屋外安静多了，我只听到海浪声和邻居家传来的杂音——小孩的喊叫声，路过的车辆偶尔传来收音机的广播或音乐，还有不知谁家的后门传来嘈杂喧闹的电视节目的声音，我走到住宅区的尾端后，转入商业区。

商业区内有一条狭窄的木板人行道，路边有各式各样的商店：一家卖奶昔冰沙的地方、一家有卖廉价大毛巾和贝壳钟表的店，也有披萨店。约莫在这条海滩商店街的中间，我经过了一家名叫"柯蕾曼婷"，门口有鲜橘色雨棚的小精品店。店门口贴着一张纸，上面以黑色的粗体字印着"**是个女孩！笛丝贝·卡罗琳·魏斯特在六月一日出生，体重六磅十五盎司**"。我想这家应该就是海蒂的店了。里面成排的架子上挂着 T 恤和牛仔裤，还有一个化妆品和身体保养品区，一位穿着粉红衣服的深褐色头发女孩坐在收款机台前，一边端详着自己的指甲，一边拿着手机紧贴在耳边。

父亲说的那间汉堡店就在最前面，"最后机会餐馆，我们有滨海区最棒的洋葱圈！"招牌上写着这几个大字。汉堡店的前一家是单车店，三个跟我年纪相仿的男孩子坐在店门口一张破旧的板凳上，边聊天边看着来来往往的路人。

问题是，其中一个穿着运动裤，挂着腰链皮夹的矮个子男孩说道："这个名字必须要听起来很响亮，很有活力，你知道吗？"

"更重要的是，要很巧妙才行。"另一个身材瘦长、一头鬈发，模样有点呆头呆脑的男孩子说道，"所以你们才要用我取的名字啊，曲一机一轴一注，完美极了。"

“听起来倒像汽车行,而不是单车店。”矮个子男孩对他说。

“单车有曲轴啊。”鬈发瘦长的男孩指出这点。

“可是机轴是汽车的零件。”

“所以我说得没错,都有轴不是吗!”鬈发瘦长的男孩说。

“那你打算取名为:我的轴[①]啰?”

当另外两个人哈哈大笑时,鬈发瘦长的男孩答道:“不,我要表达的是,不必局限在字面上的意思。”

“谁在乎那个啊!”矮个子男孩叹道:“我们只是需要一个响亮又能让东西大卖的名字而已。比方说,活力单车,或是超速档单车之类的。”

“单车要怎样打超速档?”三个男孩当中背对着我的那个男孩问道。“真是蠢毙了!”

“才不会呢!”挂着腰链皮夹的矮个子男孩回答,“再说,我也没看你提出什么好建议。”

我离开柯蕾曼婷的店门口,又开始往前走。正要迈开脚步时,第三个说话的男孩子突然转过头来,我们的目光交会了。他有着一头极短的黑发,皮肤晒得很黑,脸上挂着灿烂又充满自信的笑容看着我。“先别管这个,”他慢慢地说着,眼神仍紧紧地盯着我看。“我看到柯比

---

① crankshaft 有曲轴和机轴的意思。这里他们是在讲双关语的黄色笑话。crankshaft 虽指曲轴,但是 Crank 本身有扭转或是古怪的意思,以用来称呼男性的生殖器官。

镇最辣的辣妹走过来了!”

“喔,拜托!”呆头呆脑、鬈发、瘦长的男孩摇着头,矮个子男孩则哈哈大笑。“你真是无可救药了!”

我不理他,继续往前走,但脸颊还是觉得又红又热。即使距离越来越远,我依然可以感觉到他一直盯着我,脸上始终带着笑容。“我只是实话实说而已。”正当我即将步出听力范围时,他大喊道:“你应该说声谢谢的。”

我什么也没说,不过那纯粹是因为我根本不知道该怎么回应这样的赞美罢了。我交朋友的经验很少,对于男孩子,除了在学校竞争成绩和排名认识的男孩子之外根本就毫无经验。

其实我也不是没有过心仪的对象,以前在杰克森高中念书时,自然科学课有个男孩子的方程式烂得可以,每次我们一起同组做实验时,他总是让我手心直冒汗。就读柏金斯高中那段日子,我也曾跟微积分课时坐我旁边的奈特·克罗斯蹩脚地调情过,可是因为有很多人喜欢奈特,所以对他而言我也没什么特别的。不过,直到在基辅尼布朗特级学校遇到杰森·塔布特,我真的以为以后跟老朋友聚会时,终于能有男朋友的事情可以聊了。杰森长得帅,人又聪明,自从他的前女友——套用他的说法——因为“一个身上有刺青的不良少年”而抛弃了他之后,他一直很积极地寻找下一春。因为基辅尼布朗都是小班制的,我们在一起上课的时间很多,也一起角逐毕业典礼的致词代表,当他邀我担任他毕业舞会的舞伴时,我的确很兴奋,只是不愿承认罢了。后来他却说要去参加一个“千载难逢”的大型环保会议,所以不能去参加毕业舞会。“我想你应该不会在意,”听到这个消息时,他一面说,我一面愣愣地点着头。“因为你能了解什么才是人生最重要的事情。”

好吧！虽然他不是称赞我漂亮,不过这也算是另一种赞美了。

最后机会餐馆里挤满了人,外面有一群人排队等着入座,从厨房的小窗子上可以见到两个厨师在里面辛勤工作,堆积如山的点菜单让他们忙得不可开交。我跟一位挂着唇环的黑发美女点完餐后,找了一个靠窗的位置,坐在那里等他们把餐点送过来。我望着木板人行道,那群男孩子仍坐在板凳上,那个跟我讲话的男孩子现在坐下来了,他的手臂伸到脑后。矮个子男孩在他面前来来回回地骑着单车,偶尔做些跳跃的动作。

餐点隔了很久才送过来,不过,我很快就发现父亲说得一点都没错。这里的食物就算等久一点也是值得的。我刚走出门,还没踏上人行道就忍不住伸手去拿洋葱圈了。路上挤满了吃冰淇淋甜筒的家庭、约会的情侣,还有一大群在沙滩上奔跑玩耍的小孩子。远方美丽的落日,散发着橘红和粉红色的光芒,我一面走一面凝视着夕阳,完全没去看那家单车店,直到我几乎走到店门口才注意到它。那个男孩还在那里,不过他现在正跟一个戴着一副超大太阳眼镜、高挑的红发女孩说话。

“嘿!”他对我叫道。“如果你今晚想找乐子的话,海湾那里有个篝火晚会,我会帮你留一个位子的。”我瞥了他一眼,那位红发女孩却瞪了我一眼,脸上露出极其厌恶的表情,所以我也没说什么。

"唉,她真是个令人心碎的女孩呢!"他说完大笑了起来。我没有停下脚步,不过可以感觉得到那个红发女孩凶狠的目光,已经在我肩膀某处钻出一个大洞来了。"别忘了,我等你来喔!"

我回到家后,找到三个盘子和一些餐具,把食物拿出来摆上桌。父亲从楼上走下来时,我正要把番茄酱挤出来。

"我刚刚就觉得好像闻到洋葱圈的味道了。"他揉搓着双手说道。"看起来美味极了!"

"海蒂要下来吗?"我问道,同时把他的汉堡放到盘子上。

"不知道。"他答道,兀自拿起一个洋葱圈,咬了一大口后说,"小宝宝晚上都睡不好,她可能想要先哄她睡着才过来吃。"我看了一下楼梯口,心想难道笛丝贝还在哭吗? 都已经出去一个多钟头了。"也许,呃,我该去问她,要不要帮她把东西拿上去。"

"当然好啊!"他说完,拉出一张椅子坐下。我站在那里一会儿,望着他又吃了另一个洋葱圈,并且用空着的那只手拿起一旁的报纸。我虽然也很想跟父亲坐在一起吃晚餐,可是事情变成这样,实在让我有点过意不去。

笛丝贝的确还在哭,当我拿着海蒂的晚餐走上楼梯时,马上就听到哭声了。我走到粉红色的房间,门半开着,我看到海蒂坐在房里的一张摇椅上,闭着眼睛,前前后后地摇个不停。我犹豫了一下,不知道该不该打扰她,不过她很可能闻到了食物的味道,不一会儿就睁开了眼睛。

"我想你可能饿了。你……要我把这个拿给你吗?"我问道。她惊讶地看着我,随后低下头去看笛丝贝,她还在哇哇地哭着。“把东西放在那里就好。”她说,朝旁边的白色梳妆台点头示意。“我等一下再吃。”

我走过去把一只长颈鹿布偶推到一旁,上面还有一本叫《宝宝基本常识》的书,打开的那一页上面写着:“哭闹不休:造成哭闹的原因,以及应付的方法。”我放下盘子时心想:若不是她没时间读,就是那本书说的方法都没用。

“谢谢。”她说,仍摇个不停,那个动作仿佛是在催眠,不过这对笛丝贝却毫不管用,她依然不停地嚎啕大哭。“我……我真的不知道我到底哪里做错了,我把她喂饱了,尿布也换了,也一直抱着她,可是我感觉她好像很讨厌我似的。”

“她可能只是容易哭闹。”我说。

“可是,那到底是为什么?”她用力咽了咽口水,随后又低下头看着女儿的脸庞。“这实在没道理,我该做的都做了。”

她话还没说完,便哽咽了起来,我想到父亲此刻正坐在楼下,一边看报纸一边吃洋葱圈,为什么他不上这里来呢?我对婴儿的事情也一窍不通啊!当我想到这个时,海蒂又抬起头来看我。

“喔,天啊!奥登,我真的很抱歉。”她摇摇头。“我相信你一定不想听到这些事情。你还这么年轻,应该开心地出去玩才对!”她吸了吸鼻子,伸手揉了揉眼睛。“这附近有个叫海湾的地方,前面那条路一直走到底就到了,我店里的女孩晚上常会到那里去玩。你应该去那里看看,一定比待在这里好。”

我心里也这么认为,可是,若真的说出口,似乎就太无礼了。“也许我会去看一下。"我说。她点点头,好像我们已经说好了,随后转过头去看着笛丝贝。"谢谢你帮我拿晚餐过来,我真的……真的很感激。""不用客气。"我对她说道。可是她还是一直盯着婴儿,脸色显得很疲倦的样子,于是我当成是她希望我离开,并在身后把门带上。回到楼下,父亲吃完了晚餐,正在看运动版。我在他对面的椅子上坐下后,他抬头看我,笑着问道:"她还好吧?小宝宝睡着了吗?"

"还没。"我答道,一面打开包汉堡的纸。"她还在哭。"

"唉,真是的,"他站起身,把椅子推进去。"我最好去看一下。"

他走上楼梯时,我心想:他终于去看了。我拿起汉堡,咬了一口,虽然已经凉了,不过,还是挺好吃的。我吃到一半,他就回来了,走到冰箱那边,拿了一瓶啤酒。我坐在那里嚼着汉堡,看他打开瓶盖,喝了一口,转头望着窗外的海水。

"没事吧?"

"喔,当然没事。"他轻松地说道,把酒瓶换到另一只手上。"她只是容易哭闹而已,跟荷里斯以前一样。除了等待之外,别无他法。"事实上,我爱父亲。他或许有点情绪化,而且也挺自私的,可是他对我一直很好,我也很尊敬他。不过,就在这个时候,我看得出来,为什么有些人不那么喜欢他。"海蒂……她妈妈会过来帮忙吗?"

"她妈妈几年前就过世了。"他说,又喝了一口啤酒。"她有一个哥哥,可是年纪大她许多,现在跟自己的小孩住在辛辛那提。"

"那请个保姆怎么样?"

他转过头来看着我。"她不要别人帮忙。我早跟你说过了,她想要自己照顾小孩。”

我想到海蒂歪着头，望着父亲办公室的神情，还有我拿晚餐给她时，她脸上感激的表情。“也许，你应该坚持一点，她看起来好像很累的样子。”我说。他只是看了我一下，表情显得冷淡无情。“奥登，”他终于开口：“你不应该担心这种事情，海蒂和我会想办法解决的。”

换句话说，少管闲事。他说得没错，他们会自己解决，这是他家，我只是这里的客人而已。我才刚到几个小时，就以为自己很了解这里的状况，似乎太自以为是了。“是，”我说，把我的餐巾捏成球状。“那当然。”

“好啦。”他的声音又轻松了许多。“那……我要上楼去工作了，我今晚得完成这个章节。你自己一个人没问题吧？”

这句话根本不是问句，只是故意说得好像是问句的样子。可笑的是，透过说话的音调，可以将原意扭曲至此，变得如此言不由衷。“当然，”我说，“去吧！我不会有事的。”

第三章

事实上，我一点也不好。我觉得无聊死了，笛丝贝还在哭个不停。我把衣服从行李箱里拿出来，试着阅读将来初级经济学要用的课本，并删除手机里所有的短信。我只花了四十分钟就把这些事情做完了。这时候，小宝宝还在哭，一直哭个不停，我终于忍不住抓起外套，把头发拨到颈后，准备出门散步。

一开始我没有打算去海湾，不管那是什么场合都无关紧要。我只是想呼吸一下新鲜的空气，远离哭闹的噪音片刻，并找个机会思考一下刚才跟父亲之间到底发生了什么事。然而，我朝木板人行道的反方向走了一小段路之后，发现尾端变成了死巷，巷子边停了许多车子。路边有一条小径，也看得到远方有灯光。我心想往那边走可能是一个错误的决定，可是我又想到那张相片里的荷里斯，于是决定还是去看一下。

沿着小径穿过一些海滩植物和几个沙丘之后，我来到了一片宽广的沙滩。从这个景观看来，以前这一带全是沙滩，后来被某些东西侵蚀，或许是受到暴风雨袭击，也或许两者都有，使得这里形成了一个半岛。此时此刻，这里聚集了一大群人，有的人坐在由浮木堆起来的板凳上，有的人站在火堆旁。一辆大型的卡车停在那里，上面有个大桶子,我认出坐在桶子旁那个身型瘦长的鬈发男孩,他就是坐在单车店门口的那个人。当他看到我时,一脸惊讶的样子,随后瞥了一眼篝火对面的某处。当然,先前跟我说话的那个男孩子也在这里,他穿着红色的风衣,手上拿着一个塑料杯,正在跟两个女孩子说话,其中一个是我先前看到的红发女孩,另一个是个子较矮、绑着辫子的黑发女孩。他没拿杯子的那只手正夸张地挥舞着。

"注意右边!"我听到某人从我身后大叫,随后听到有东西飞过的飕飕声。我转过身,只见那个我稍早看到的矮个子男孩疯狂地踩着踏板,朝我这边冲过来。我赶忙跳到一旁,看着他从我身边飞驰而过,绕过沙丘,朝海边较平坦的沙地急速骑去。我还在喘气,突然又听到有人踩单车的声音,接着又有两辆单车从黑暗的小径冲出来,其中两个单车骑士,一个是金发男孩,另一个是头发剪得奇短的女孩,他们从我身边骑过时,彼此谈笑风生。天啊!真吓人!我心里这么想,又往后退了一些,感觉好像撞到了某个东西,或是某个人。

我转过身时,正好面对着一个高大的黑发男孩,他的长发垂在颈后,身上穿着一件蓝色的套头衣和牛仔裤。他瞄了我一眼,他的眼睛是绿色的,宛如深邃的湖水一般,焦点几乎不在我的身上。

"抱歉。"我说,其实那不是我的错,是他鬼鬼祟祟地从我后面出现的。不过,他只是点个头,好像我本来就该向他道歉似的,随后他双手插进口袋,朝海滩走去。我不需要其他的提示也知道,现在该回头了。当我正要回去时,却听到后面有人在叫我。"瞧!我就知道你没办法抗拒我的魅力!"

我转过身，看到那个先前跟我说话的男孩从木板人行道走过来，手上仍拿着他的杯子。那个红发女孩和辫子女孩此时站在酒桶旁，表情不悦地看着他走过来。我突然紧张起来，不知道该怎么回答他，可是我后来突然想到母亲坐在厨房的桌子旁时，身边围着众多研究生的画面。或许我不知道自己该说些什么，不过我很清楚母亲会怎么说。

"我当然可以抗拒你。"

"喔，你当然会这么想，因为我根本还没发动攻势呢！"他说。

"你的攻势？"我问道。

他笑了起来，笑容开朗、灿烂，近乎有点傻气，他很清楚这是他的金字招牌。"我叫杰克，我帮你拿杯啤酒吧！"我心想，要应付这种男孩子并不难。"没关系，我自己会拿。"我对他说道，"告诉我在哪里就好。"

"你哪里有问题？"

当我抽身离开杰克，整理好身上的衣物，踉踉跄跄地从沙丘后方走回小径上时，面对杰克的问题，我实在无法回答。我走在回父亲家的路上，想甩开头发里的沙子，即使此时此刻，我也不知道该怎么回答这个问题。我感觉嘴唇红肿，好像磨破了皮，刚才匆忙扣上的胸罩，也刺进了背部的皮肤里；我从侧门进屋，然后将身后的门用力关上。

我悄悄地上楼，穿过阴暗的走廊时，我只听到自己的脚步声，暗自庆幸家里安静无声，笛丝贝终于睡着了。洗了很久的热水澡之后，我穿上背心和宽松的长裤，安心地待在房间里，再度打开经济学课本。

我想认真看书,可是今晚发生的事却不停地在我脑海中盘旋不去:父亲尖锐的口吻,杰克随兴的笑容,还有我们在沙丘后面笨拙摸索的接触,突然间这一切都让人觉得既怪异又错得离谱,这一点都不像我。也许母亲可以扮演一个冷漠自私的坏女人,而这正是我今天所做的事情:放纵。等到游戏结束后,我才发现自己有多愚蠢。我是个聪明的女孩,为什么会做出这么愚蠢的事情呢?

我的眼中盈满泪水,书页上的文字变得模糊起来,我用手去压住脸颊,想要止住泪水,可是一点用也没有,反而像传染病似的,隔一会儿,我听到笛丝贝又哭了起来,接着另一个人的声音响起。我知道一定是海蒂穿过走廊,开了门之后又关上。

她哭了快一个钟头,而我自己的泪水早就哭干了。也许是因为我对今天晚上所做的事情感到愧疚,也许我只是想要找事情来分散我的注意力,好让我忘记那些恼人的事情。不管原因是什么,我选择离开这里,穿过走廊,走进笛丝贝的房间。这次我没有敲门,只是推开房门,海蒂的脸上布满杂乱的泪痕,从摇椅上抬起头来看着我。“把她交给我吧!”我伸出双臂说道。“你去休息一下。”我很确定《宝宝基本常识》这本书上并没有提到在晨光下的人行道上散步可以让宝宝不哭闹,不过谁知道呢? 说不定有效。

起初我不确定海蒂会不会愿意让我照顾她,她已经哭了好几个小时,显得精疲力竭,但她还是有点犹豫。我又往前一步,说:“给我吧!”她才叹了一口气,接着小妹就落到我怀里了。

她实在很娇小,而且很好动,这让她显得更加脆弱。她这么会哭闹，体内一定藏了不少精力。她温暖的肌肤靠在我身上，我甚至还能感觉到她颈部的湿气，连她的头发也是湿的。我心想，真是可怜的小东西，但是对自己这个想法也感到不可思议。

“我不知道她需要什么。”海蒂说道，又跌坐回摇椅上，摇椅呼的一声撞到了墙壁。“我只是……我……我再也受不了她的哭声了。”

“去睡吧！”我告诉她。

“我不知道，”她喃喃地念着，“也许我应该……”

“快去！”我说，虽然无意让自己的语气显得如此尖锐，不过却很管用。她努力从椅子上站起来，经过我身边时不断地吸着鼻子，穿过走廊回到自己的房间。

这时只剩下我跟笛丝贝单独在一起了，她还在哭闹着。刚开始我只是抱着她走了一会儿；先在她的房间里走，然后到楼下，穿过厨房，绕过吧台，又回到客厅，之后她稍微安静了一点，不过效果不大。随后我发现停在门边的婴儿车。于是我把她放进去，绑好安全带。我从车道往下推时，她还在哭闹着，这时已经是清晨五点了。等我们经过信箱，又走了大约二十米后，她就不哭了。

怎么可能？我心想道。我停了下来，低头看着她。隔了一会儿，我看她深吸了一口气，接着又开始嚎啕大哭起来，比先前哭得更卖力更大声。我赶忙又推动婴儿车，转了几个弯之后……她又安静下来。我加快脚步，走到街上。

我们走到商业区时，她已经躺在被子底下睡着了；她闭着眼睛，神情也放松了下来。前方的人行道上空无一人，一阵清风吹了过来，此时我只听到附近的海浪声，以及脚下婴儿车的轮子嘎吱嘎吱地响着。

我们一直走到最后机会餐馆才看到其他人，但仍然距离很远，我依稀能见到一些细微的动作。当我们来到柯蕾曼婷的橘色雨棚下时，我才发现原来那些人是在人行道旁，在靠海滩的空地上骑单车。我眯起眼睛，看着他们的单车前轮跃起，一跃数英尺高，然后轻松着地，旋转着单车的龙头。随后他们又踩着脚踏板，倒退着蛇行起来，接着突然又加速往前骑，攀上附近的一张长椅，然后又往下骑。那些动作非常流畅，简直能催眠人心：我想到海蒂坐在摇椅上，笛丝贝躺在婴儿车上熟睡着，那不可思议的运动居然能让人安静下来。我被其中一人的动作深深吸引，一直凝视着他，直到来到他面前时，才认出那蓝色的套头衫，和披散在颈后的黑发。他就是几个小时前，我在海滩的小径上撞到的那个人。

不过，这次换我吓到他了，我从他猛然一转，笨拙地停下来的动作就看出他吓了一跳，因为他突然看到我们站在离他不到十米的地方。从他匆匆一瞥，我就知道他也认出了我，虽然他没有向我打招呼，我自己也没有开口说话。事实上，我们两个只是站在那里，凝视着对方。假如笛丝贝这时没有哭起来的话，那感觉一定很尴尬。

“啊！”我叫道，然后赶忙前后推了婴儿车几下。笛丝贝马上就安静了下来，不过，仍张大着眼睛，望着上方的天空。那个男孩子一直看着她，不知为什么，我忍不住想解释。“她……今晚睡得不大好。”

他又看了我一下，面容严肃，好像很困扰的样子，我不知道为什么

"困扰"这个字眼会出现在我脑海。他的目光又回到笛丝贝身上，随后说道："小婴儿不都是这样吗？"

我张开嘴巴想至少说些什么，说点赞同的话，可是他并未给我机会，马上又往后骑着单车离开了。没说再见，什么也没说，只是转动龙头，然后踩着踏板离开我们。他不骑直线，而是在木板人行道上左右迂回蛇行，直到尽头。

第四章

“给你。”我低下头看，前面放着一个黄色的小碟子，碟子上有一个完美的蓝莓马芬，旁边放了一块有如配菜般的鲜奶油。“你爸爸说你最爱吃这个。蓝莓是我今天早上到农场市集买的，而且是趁新鲜做的。”海蒂说道。

虽然看起来还是很累的样子，不过我的继母现在比较像我以前认识的海蒂了：她的头发整齐地盘在后脑，身穿牛仔裤，配了一件干净的衬衫，还擦了点唇膏。“你真的不需要这么做的。”我说。

“要，”她答道，声音平淡却很严肃。“当然需要。”

此时已是下午两点，在我睡足七个小时后，从楼上下来就看到她在厨房洗碗，一手抱着熟睡的婴儿。我只想直接去倒咖啡，无意聊天，可是我还没搞清楚发生了什么事，她就突如其来地拥抱我，还烤了点心。

“因为有你，”她说道，在我对面拉开一张椅子坐下，调整了一下婴儿的位置。“这是从她出生以来，我第一次可以连续睡满四个钟头，简直是奇迹。”

“真的没什么大不了的。”我对她说道，只希望她不要再提这件事。这么小题大做反而让我不知所措。

“我是认真的。”她说道，显然没注意到我的暗示。“你现在已经正式成为我最喜欢的人了。”

好极了！我心想道。随后我剥开马芬的包装纸，一言不发地咬了一口。马芬还是热的，而且好吃极了，让我觉得自己的态度很恶劣，从看到她到现在，一直都不知感恩。“这个马芬真的很好吃。”

“我很高兴你这么说！”她说道，这时电话响了起来。“正如我刚说的，这只是我一点小小的心意而已。”

我又吃了一口，看她站在柜台那边，把婴儿换到另一侧，随后拿起话筒。“喂？哦，玛吉，很好，我正在想不知道货进来了没……等一下，你没事吧？”她的眼睛眯了起来。“你听起来好像哭过，你在哭吗？”

拜托！我心想道，拿起报纸，开始浏览大标题。这个镇上的女人是怎么回事，难道每个人都这么情绪化吗？

“好吧！”她缓缓地说道。“我不得不注意到……不、不，当然。什么？呃，应该在办公室，就在左手边的抽屉里。没有？嗯哼，让我想一下……”她环视屋内，然后一手捂住嘴巴，升高了嗓音说道：“哎呀，糟糕，在这里，我看到它就放在门口。老天，怎么会这样？不，我现在就拿过去。没关系，我会把笛丝贝放进婴儿车里。”

电话那头的人不知说了什么，声音又高又尖。我喝了一大口咖啡，接着又喝了一口，这时笛丝贝也哭起来了。我不知道情绪是否像月经一样，只要有一定数量的女人聚在一起就能触发，不久之后，所有的人就会开始哭起来。

“喔，老天，”海蒂看了一下手表说道，“听着，我得先喂她一下，不然哪里也别想去了。你就告诉那个送货员……抽屉里的现金够吗？你可以过去看一下吗？”谈话停顿了一下，笛丝贝的哭声从呜咽变成嚎啕大哭。海蒂叹了口气。“好吧！不，我现在就过去，只是……撑着点，好的，拜拜。”

她挂上电话后，走到楼梯口，边走边摇着笛丝贝。“罗伯特？”她朝楼梯上方大叫道，“亲爱的？”

“什么事？”隔一会儿之后父亲答道，声音听得不是很清楚。

“你可以帮我喂笛丝贝吗？我必须把支票簿拿到店里去。”

我听到上方传来脚步声，父亲的声音清楚响亮地问道：“你是在跟我说话吗？”

笛丝贝偏偏在这时候提高了音量，海蒂不得不吼着回答他：“我只是在想，你可不可以帮着给笛丝贝喂一下奶，我现在要到店里去，因为我把支票簿放在家里了，我以为店里有足够的现金付货款，没想到不够。”

太啰唆了，我心想道，把剩余的咖啡喝光。她为什么要把每件事都搞得这么复杂呢？

“亲爱的，我现在没办法停笔！不能再等二十分钟吗？”父亲说。

笛丝贝的嚎哭几乎回答了他的问题。“呃，”海蒂低头看着她说：“我不知道……”

“好啦。”父亲答道，我马上就听出他那种烦躁的口吻，好像这样麻烦他很不应该似的。他以前常像这样对母亲说话：好啦，是你在养我们嘛。好啦，我知道你对出版的市场比较内行。好啦，我放弃写作算了,反正我也不曾得过奖。“只要再给我一分钟就好……”

“我拿去好了。”我说,同时把椅子推进去。海蒂讶异地望着我,不过,还比不上我对自己的那份讶异。我还以为自己多年前就不再扮演这种照顾他人的角色了。“反正我正好要去海边。”

“你确定吗?”海蒂问道,“因为你昨天晚上帮了我大忙,我实在不想再麻烦你。”

“海蒂,她都已经说要帮忙了。”父亲说。我还是看不到他,只听得到他的声音从某个地方冒出来,像上帝一样。“你就不要再当烈女了。”

这还真是个好建议。十分钟后,我拿着支票簿还有几个要给那些女孩的马芬走上木板人行道,内心这么想着。在柯比镇只待了二十四小时,我就已经不认得自己了。我想,母亲一定会觉得很恶心,因为就连我自己也这么认为。

我走进柯蕾曼婷时,首先看到的是昨晚见过的那个深褐色头发的女孩,正站在柜台前跟联邦快递的送货员说话。“问题是,”她说,“我知道我现在还为他哭泣实在很傻,可是,我们在一起大概有两年了。那不是随便玩玩的,我们是认真的,认真得不能再认真了。所以有时候,像今天这样的日子……我就会觉得很难过。”

那个送货员看起来似乎很不自在的样子,一见到我来,眼睛立刻亮起来。“看样子你的支票簿好像到了。”他说。

“喔!”她转过头来面向我,随后不解地眨了眨眼。“海蒂她……你……”

“我是她的继女。”我解释道。

“真的吗？好极了，你是来帮忙照顾小宝宝的吗？”

“不是……”

我话还没说完，她就接着说：“我实在等不及要见到小宝宝了，我很喜欢她的名字，很特别，虽然我以为海蒂会帮她取名叫伊莎贝尔或卡罗琳，不过也许是我误会了……”

我把支票簿交给她，随后又把袋子给她。她不解地看了袋子一眼，我补充道：“是马芬。”

“真的？”她兴奋地叫着，打开了袋子。“哇，闻起来好香！来，雷蒙，要不要吃一个？”她把袋子递给那个联邦快递送货员，送货员伸手拿了一个，随后她又请我吃。我摇摇头，于是她便吃了起来。“谢谢你，我很快就会把支票开好，马上就可以还给你，因为我想海蒂自己应该也需要支票来付一些账单之类的，所以我不希望害你多跑一趟。虽然留在这里很方便，不过……”

我点点头，还是太啰唆了。我走到牛仔裤的展示架，让她兀自喋喋不休地叨念着。牛仔裤后面靠墙的地方，有一堆拍卖的泳装，我随手翻了一下。正当我在看一套不算太丑的红色比基尼时，前门的铃声突然响了起来。

“我带咖啡来了。”有个女孩叫道。“双份浓缩的摩卡，超多奶油，是你最喜欢的口味。”

“还有我，”又有一个人推门进来。“带来了最新一期的《好莱坞世界》杂志，刚刚上架的，大概是十分钟前才上架的喔！”

“你们两个对我真好!”玛吉兴奋地尖叫道。我瞥了她们一眼,不过,我被前面那排泳装架挡住了,所以看不太清楚:现在的我只能看到玛吉而已,雷蒙显然已经离开这里了,真是幸运的家伙。“今天是什么日子啊?”

隔了好久都没人答话,我又继续翻找泳装。随后其中一个女孩说道:“呃……事实上,我们有事要告诉你。”

“有事告诉我?”玛吉问道。

“是的。”那个女孩对她说道,略为停顿一下之后说,“听着,在我们告诉你之前,我要强调我们这么做是为了你好,知道吗?”

“嗯。”玛吉缓缓地应道,“可是,我不喜欢你们说话的口吻……”

“杰克昨天晚上勾搭上了一个女生。”另一个女孩脱口而出,“在海湾那里。”

啊,惨了! 我心想道。“什么?”玛吉惊讶地倒抽一口气。“莉亚!拜托,我以为我们已经说好要用委婉的方式告诉她的!”那个女孩说道。“是你想要用委婉的方式告诉她。我说我们应该一口气把话全说出来,就像除眉毛一样。”莉亚答道。

“你们说得是真的吗?”玛吉的声音尖细紧绷,此时的我缩进泳装衣架堆里,好奇地想着,不知道这里有没有后门。“你们怎么会知道?那个女孩是谁? 我是说,他们怎么……”

“因为我们就站在那里,”莉亚淡淡地说道,“看着那个女孩出现,看着他们两个交谈,然后一起走到沙丘后面。”

“那你们怎么不阻止他呢?”玛吉尖声叫道。

“嘿,”那个女孩说:“冷静一点好不好?”

“伊瑟,不要叫我冷静好不好? 她到底是谁?”

又一阵静寂。我心想道,都是愚蠢的海蒂和她该死的支票簿,然后尽可能缩到更角落去。“我们也不知道,只是某个来度假的女孩,大概是观光客吧!”莉亚回她。

“那她长得怎么样?”玛吉问。

“这有关系吗?”伊瑟答道。

“当然有关系! 这很重要。”

“这根本不重要。”莉亚叹了一口气说。

“她比我漂亮吗?”玛吉问道,“比我高吗? 我猜她一定是金发。她是金发吗?”

一阵静默,我从泳装架后方偷看她们,看到昨夜篝火区那个红发女生和绑辫子的女孩,这时候的我已经不再吃惊了。她们交换了一个眼色,随后绑辫子的女孩伊瑟说道:“她有一头黑发和白皙的肌肤,比你高,可是瘦得像排骨精一样。”

“她的皮肤也没多好啦。”红发女生补充道,她一定是莉亚了。

我听到这里,不禁畏缩起来。首先,我并不像排骨精。好吧! 我是有几颗青春痘,可这只是暂时的,又不是有病。更何况,她们有什么资格说我……我前面的那排泳装架突然被人拨开,就像红海从中央裂开一般。就这样,衣架喀啦一声,我突然发现自己和玛吉面对面。

“那个人,”她说,眯起眼睛看着我。“是不是跟这个人长得很像?”

“哎呀,我的妈!”莉亚惊呼道。她身旁的伊瑟立刻捂住嘴巴。

“我真是不敢相信。”玛吉说道。我极力抑制自己,不去拿旁边的胸罩来保护自己。“你是昨晚勾搭上杰克的吗?”

我咽了咽口水,她这句话听起来比枪声还响。“不,”我开口说道,发现自己的声音有点颤抖,于是停下来深吸一口气:“我们根本没什么。”

玛吉也吸了一口气,脸颊跟着凹陷下去。“没什么?”她重复道,随后把手放到泳衣架上,将衣架拨到两旁。“你居然勾搭上我一生的挚爱,我最想嫁的男孩……”

“喔,天啊!这下可好了。”莉亚说道。

“还说没什么?真的吗?”

“玛吉,”伊瑟走过来说道,“拜托,这件事跟她无关。”

“那到底跟什么有关?”

伊瑟叹口气。“你知道这种事迟早都会发生的。”

“不,”玛吉抗议道,“我不知道,我一点都不知道。”

“你明明就知道。”伊瑟的手放在她肩膀上,捏了一下。“面对现实吧!如果不是她,也会是另一个女孩。”

“另一个蠢女孩。”莉亚补充道,拿起那本杂志,随意翻阅起来,后来,仿佛突然又想起什么,看了我一眼,说道:“别无恶意,他只是蠢蛋一个。”

“他才不是。”玛吉反驳道,眼眶盈满泪水。

“算了吧!玛吉,你明明知道他就是那种人。”伊瑟瞥了我一眼,接着勾住玛吉的手臂,一手握住她的手。“你现在可以真正把他给忘掉了,仔细想想,发生这种事说不定是好事呢!”

“说得对。”莉亚附和道，翻到另一页。

“你怎么知道的？”玛吉抽噎着，但她还是温顺地任人拉到柜台旁，莉亚递给她摩卡咖啡时，她只是木然地接过去。

“因为，”伊瑟温柔地说道，“你还在挂念着他，折磨着自己，一直认为他还会回到你身边。现在你应该把他给忘了，仔细想想，其实她是在帮你的忙。”

玛吉回头看了看我，我故意将背脊挺得更直一些。没想到我居然还会担心她：她那么娇小，像粉扑一样柔弱。一想到这里，我便从泳装区后方走出来，朝门口走去。“等一下。”她说。我知道我不需要停下来，然而还是放慢了脚步，一言不发地转过身来看着她。“你……”她欲言又止，接着又停下来吸一口气。“你真的喜欢他吗？只要告诉我这个就好，我知道这样很可悲，但是我一定要知道。”

我只是盯着她看，感觉到所有的目光都集中在我身上。“他对我毫无意义。”我说。

她又审视了我好一会儿，随后拿起支票簿，走过来交给我。“谢谢。”她说。

也许在女孩的世界里，这算是个转折点。我们明白，虽然彼此性格完全不同，然而一旦拥有一些共同点时，就能成为真正的朋友。可是那是我不熟悉的领域，从不曾经历过，也没兴趣去发掘它，就算我是个观光客也一样。所以我收下支票簿，点点头，便走出大门，离开了她们，就跟我对其他人的态度一样，等我离开之后，就随便她们怎么说我了。

“那么，”母亲说道，“把全部的事情都告诉我吧！”

这时已经快要傍晚了，母亲打电话来时，我还在睡梦中。不用看手机屏幕我也知道是她打来的。首先，那是她最喜欢打电话的时间，就在鸡尾酒会开始的前一个钟头。我也不指望会有其他人打来，除非是我哥荷里斯，不过他只会在半夜打来，好像到现在还搞不清楚什么是时差。

“嗯……”我打了个哈欠说道，“这里真的很漂亮，你应该过来看看这里的风景才对。”

“我相信一定很漂亮。”她答道，“可是不要拿这些无聊的事打发我，我要知道全部的细节。你爸怎么样了？”我咽了咽口水，然后看了一下我那个紧闭的房门，好像我能透过它望到父亲房间。母亲还真厉害，随便就能找到我不喜欢谈的话题，她向来就很擅长这个。

我在父亲家待了三天，但是这几天我见到他的时间，嗯，加起来可能不会超过三个小时。他若不是在办公室工作，就是在房间里睡觉，不然就是在厨房随便吃点东西。一直重复着这些动作。我原本还期望能跟他共享天伦之乐，一起分享同一盘洋葱圈，讨论文学或是我的前途，结果我们这几天来都只有在楼梯迎面遇上时，简短交谈几句罢了。“今天过得怎么样？有没有去海边走走？”不过，即便只是这样，也比我去敲他办公室的门好一些。在办公室里，他根本就懒得把目光从屏幕上移开，我想跟他交谈，却只能看着他的后脑勺，就像射击时，离靶心差了十万八千里远。

那感觉糟透了，不过，更糟的是，父亲好像根本不存在，而海蒂却无所不在。我要去倒咖啡时,她就在厨房喂奶。我想躲到阳台去,她又会推着笛丝贝的婴儿车出来,问我要不要跟她们一起去海边散步。就连我在自己房间里也不能幸免,由于我的房间跟婴儿房很近,即使只是一丁点动静,或是一点声音都会把她召唤过来,好像以为我跟她一样很需要人陪伴。

她显然很寂寞,可是我并不寂寞,我已经习惯孤独了,我喜欢孤独。所以我会注意到父亲冷落我也是一件令人讶异的事,因为我通常是不在乎这种事情的。可是不知道为什么,这次我却很在乎。而海蒂的马芬、喋喋不休以及过度友善的态度,反而让我感觉更糟。

我可以把这些事情都告诉母亲,毕竟这正是她想听到的事。可是不知道为什么,总觉得如果这么做的话,反而会让我感觉自己的挫败。我的意思是,我在指望什么？于是我换了不同的策略。

“呃,”我开始说道,“他花很多时间在写作。他每天,几乎一整天都待在办公室里。”

她停顿了一下,消化这个讯息,随后说道:“真的?”

“是啊!”我说,“他说他快写完了,只要再整理一下细节就好了。”

“好个每天都需要花上一整天时间整理的细节啊。”她说,“糟糕。那小宝宝呢？他帮海蒂照顾过她吗?”

“嗯,”我应道,明白“嗯”这个字眼似乎道尽了千言万语,所以马上就后悔了。“他有,可是海蒂喜欢自己来……”

“喔,拜托,”母亲说道。我听得出她对这个答案很满意。“有谁会喜欢自己一个人照顾新生儿呢！如果有人这样说的话,那是因为他们别无选择。你见过你爸换过一次尿布吗?"

"我相信他一定换过的。"

"对,可是,奥登,"我不由得畏缩了一下,感觉好像被人一步步推挤到角落。"你亲眼见过吗?"

"呃,没有。"

"哈,"她又呼了一口气,我几乎可以听到她的笑声。"听到他还是老样子真令人欣慰。"

我想说,既然她那么确定,那她就不应该那么惊讶才对。不过我改口说:"你最近好吗?"

"我?"她叹了口气。"唉,还不是老样子。有人要我负责改写明年英文基础课程的编制,还有一大堆相关的事务。而且有好几家杂志都在等我的稿子,加上斯坦福之旅即将要成行,当然,如果时间没有掌控好的话,要赶完这么多论文根本是不可能的任务。"

"听起来你今年夏天还挺忙的。"我说,同时打开了窗户。

"那还用说!这些研究生的事啊,永远没完没了。他们的依赖心都太重了。"她又叹了口气,此时我想起那些坐在厨房的柜台上,戴着黑框眼镜的研究生。"不然我也很想像你一样,躲到海边去散心,无牵无挂地在海滩上度假。"

我看了一下窗外的海水和白色的沙滩,远方的海湾正好映在眼前。我很想说,对,我现在就是这个样子。"那么,"我想到这里,不由得想问:"你最近听到荷里斯的消息吗?"

"前天晚上,"她说完后笑了起来,"他跟我说,他遇到了一群要去阿姆斯特丹开会的挪威人，他们拥有几家经营因特网的新公司，对荷里斯印象很好，认为他很了解美国市场的脉动，所以他就跟着他们去开会了。他认为这或许能帮他找到一份好工作什么的……”

我翻了翻白眼。奇怪的是，母亲总是对我了如指掌，可是对荷里斯跟认识没多久的人去阿姆斯特丹，说得好像是为了要发展他的事业，她就上当了。真够夸张。这时候，正巧有人来敲我的房门。开门之后，我惊讶地发现站在门外的人居然是父亲。

“嘿，”他笑着对我说道，“我们要去吃晚餐，我猜你或许会想跟我们一起去。”

“那当然。”我用唇语响应，希望母亲专注地聊着荷里斯的事情，不会听到。

“奥登？”很不幸，他的声音显然从我的话筒传过去了，看父亲露出苦瓜脸，就知道母亲一定听到了。“你还在吗？”

“我在。”我对她说，“可是爸刚刚过来邀我一起去吃晚餐，所以我得挂电话了。”

“喔，这样啊，所以他今天做完整理细节的工作了，是吗？”她说。

“我晚点再打电话给你。”我急忙说道，挂上电话后，手里还握着手机。

父亲叹了口气。“你妈还好吗？”

“很好，”我说，“我们走吧！”

海蒂在楼下等我们，耳朵还紧贴在电话边，笛丝贝则是已经躺在婴儿车上了。父亲打开门后，她把婴儿车推出门去，电话还打个不停。

“可是这样实在没道理啊！薪资账目是我做的，户头里还有很多钱啊！这实在是……喔，那当然，银行会知道的。抱歉，伊瑟，我真的觉得很不好意思。听着，我们现在正要去那里，我会去自动取款机那里提款，星期一我们就把这些事情给解决，好吗？”

父亲走出门时，深吸了一口气。“你一定会喜欢那些海风的！”他用手拍着胸脯对我说道，“海风有益心灵呢！”

“你心情似乎很好。”我说，海蒂仍在打电话，她把婴儿车从前廊的台阶弄下来之后，我们便朝着街道走去。

“是啊，突破了难关，心情自然会好。”他答道，伸手过去，把海蒂手中的婴儿车接过来。她对他笑了一下，退到一旁，让他接手笛丝贝的车。

“我为这个章节困扰了许久，就是写得不顺。可是今天，突然之间……所有的灵感都来了。”他弹了一下手指，“就这样！突然所有的问题都解决了，后面的部分也变得简单多了。”

我瞥了海蒂一眼，她正在谈论银行的事，一脸担忧的样子。“我以为你只是在整理和收尾而已。”我对父亲说道。“什么？”他说，向慢跑经过的人点头致意，随后专注地凝视着他的 iPod。“喔，没错。嗯，我只是需要把东西连贯起来而已。要是多几个像今天这么顺利的日子的话，仲夏之前，我至少能完成这份草稿。”

“喔。”我说。这时海蒂刚收起电话，顺了顺头发。父亲伸手过去抓住她的手腕，将她拉到身旁，在她的脸颊上轻吻了一下。“这样很棒对不对？”他笑着说道，“这是笛丝贝第一次到最后机会餐馆，而我们又全家一起出游。”

“的确很棒。”海蒂附和道，“可是去餐馆之前，我得先去另一个地方。薪资的支票显然出了一点问题……”

“现在是星期五的晚上，亲爱的！”父亲说，“算了吧！工作的事等到下星期一又不会不见。”

“是不会，可是……”海蒂答道，这时她的手机又响了起来。她看了一下，把手机拿到耳边。“喂？莉亚，是的，怎么……喔，对，我知道这件事。听着，你在店附近的分行吗？好吧，你走过来，我到取款机那里跟你碰头，我正在想办法补救这个问题。”

“她雇用的那些女孩子啊，”父亲边说边朝海蒂的方向点了点头，“根本是典型的青少年，老是出状况。”

我点点头，好像我不是青少年似的。事实上，我自己就是个青少年，但是在父亲面前，我却不是。

“她们没有按时收到薪水了，这个问题很严重。”海蒂告诉他。

“那就打电话给你的会计，叫他帮你处理啊！”他答道，低下头对笛丝贝做了个傻气的鬼脸，这时笛丝贝已经快要睡着了。“我们正在享受天伦之乐呢！”

“他不负责薪水的部分，这是我负责的。”海蒂说道。

“那就叫她们等到我们吃完饭再说吧！”

“我不能这么做，罗伯特，她们应该马上拿到薪水，而且……”

“听着，”父亲不悦地说道，“不是你总说我不常陪你、小孩和奥登吗？是谁叫我放下工作，陪家人出来吃晚餐的？”

“话是没错，”海蒂说道，她的手机又响了起来，“可是……”

“所以我提早收工，而且还是在我写得最顺手的时候！”当我们走在木板人行道上时，他继续说道：“现在你却不愿意做同样的事。”

“罗伯特，这是我的工作啊！”

“那写作就不是我的工作吗？”

喔，拜托，我心想。虽然细节有点不一样，教授变成生意人，委员变成员工，但是多年前他跟母亲也这样争吵过。我看了一下海蒂：她露出为难的神色，此时柯蕾曼婷映入眼帘，伊瑟和莉亚一起站在店门口。“听着，”她对父亲说，“你何不跟奥登带着小宝宝先去餐厅找位子，我待会就过去找你们。我这里只要几分钟就可以了，这样好吗？”

“好啦！”父亲答道，虽然嘴里说好，其实满腹的不情愿。

他不是唯一一个不高兴的人，二十分钟后，当我们正要在餐厅坐下时，笛丝贝醒了过来，开始大哭大闹。刚开始她只是低声啜泣着，后来越来越大声。等到服务生过来为我们点餐时，简直就是尖声嚎哭。

“天啊，”父亲叹道，来回推了婴儿车几下，笛丝贝还在嚎啕大哭。“呃，奥登，你可不可以……”他没说清楚，所以我也不知道他到底要我做什么。不过，笛丝贝哭个不停，引来众人的注意时，他又看了我一下，露出惊慌的神色，我这才明白他是要我接手照顾她。真是可笑，更糟的是，我居然乖乖照做了。

“我来好了。”我说，从他手上接过婴儿车，推到门口。“你何不……”

“我会坐在这里帮大家点餐的。等她安静下来之后，再带她回来好吗？”他说。说得好听，好像她很快就会安静下来似的。

我把笛丝贝推到外面的人行道上,在那里,至少餐厅里的人听不到声音,我在一旁的板凳上坐下,看着她的脸好一会儿,她的脸皱成一团,脸色红润,接着我又回头看餐厅内的情形。穿过柜台旁的走廊,我看到父亲坐在一张四人桌旁,手上拿着一本摊开的菜单。我咽了咽口水,一手盖住脸,闭上了眼睛。母亲常说本性难移,我想,她说得一点都没错。父亲是一个自私又不体贴的人,即使证据就摆在眼前,我还是不愿意相信这点。也许我们注定要一直重复同样愚蠢的行为,连一件小事也学不会。笛丝贝在我身旁嚎啕大哭,我也好想哭,想往后一躺,张开嘴巴,将多年来的挫折和悲伤全部一股脑儿哭出来。但我只是静静地坐在椅子上,直到突然感觉有人在看我。

我张开眼睛,看到婴儿车旁,站了一个身穿印着"爱上冲撞"字样的褪色 T 恤、牛仔裤和破球鞋的男孩子,我记得之前在海湾和人行道上见过这个人。不知道他是从哪里突然冒出来,此时就站在那里研究着笛丝贝。当他看着她时,我也借机打量他。我注意到他古铜色的皮肤,绿色的眼眸,一头及肩的黑发凌乱地披散在颈后,一只手臂上有一道粗粗的、突起的疤,在手肘上岔开来,有如地图上的河流一般。

我不知道他为什么会在这里出现,特别是上次见到他突然间莫名其妙离去的地点也是在这里。可是,这个时候我没有力气多想,只是开口说:"她是刚刚才哭的。"他想了一下,但还是不发一语。所以,看来只有天知道,为什么我会觉得需要解释清楚。"事实上,她一天到晚都在哭。"我告诉他,"不知道到底是什么原因……我真的不知道该怎么办。"他还是跟那天晚上在海湾,以及人行道上时一样沉默不语。最变态的是,我明知道这点,还是坚持要跟他说话。这一点也不像我,我应该是那种……

"嗯,"他突然说道,不过更让我惊讶的还是后面这句,"不过还有电梯法可用。"

我愣愣地看着他。"电梯法?"

他弯下身,解开笛丝贝身上的安全带。我还来不及阻止他,我确信应该要阻止他的,他已经把笛丝贝从婴儿车里抱出来放入怀里了。我第一个念头是,没想到他会这么做。接着我惊讶地发现,他抱着她的样子居然那么自然,比我和父亲以及海蒂三个人加起来还要自然。

"看着,"他说,将她转过身来,面朝前方。此时的她还是哭个不停,他的手抱在她的腰间。她的双脚垂下来时,疯狂地踢着。"这就是电梯法。"他弯下腿,慢慢地蹲下去,随即又站立起来,然后重复这动作,一次、两次、三次。到了第四次后,她突然安静下来,脸上露出怪异又安稳的表情。

我只是站在那里,默默地望着他。这家伙到底是什么人?严肃的陌生人?单车特技表演者?专门哄小孩的人?还是……

"伊利!"海蒂突然在他身后出现,大声地叫道,"我就知道是你。"这个男孩子瞥了她一眼,脸红起来,不过只有一点点脸红,而且时间很短暂。

"嗨。"他应道,停下电梯的动作。笛丝贝眨了眨眼,随后又哭了起来。

“喔,亲爱的。”海蒂说道,伸手过去把她抱过来,随后向我问道:“你爸爸在哪里?”

“他找到桌子了。我们刚要坐下来时,小宝宝就开始哭闹起来。”我告诉她。

“可能是饿了。”海蒂看了一下手表说道。这时笛丝贝哭得更大声了,我的目光越过她的肩膀,看着这个男孩伊利试着消化刚刚所看到的事。“今天不知道是什么日子,你绝不会相信我今天处理了什么样的麻烦事。支票簿全都乱七八糟,不知道是我忘了把钱存进去还是什么的,感谢老天!那些女孩子还挺善解人意的。我是说,虽然她们的薪资不算多,毕竟工作这么辛苦,而且……”

婴儿都哭成泪人儿了,更不用说伊利把这一切都看在眼里,她还在自言自语,真的很令人恼火。她为什么要把每件事情都搞得很严重的样子呢?“我最好回店里去。”他对海蒂说道,“对了,恭喜你。”

“喔,伊利,你真好,谢谢你。”她答道,一面摇着小宝宝,“我真高兴你见到奥登了!她刚到这里,没认识几个人,我还想说,希望她找到一个能带她到处走走的人呢!”此时的我感觉脸颊又红又热,因为海蒂把我说得好像很需要找个伴的样子,所以我决定不答腔,伊利对我点了点头,随后穿过人行道,推开单车店的门,消失在店里。“笛丝贝,小甜心,没事的,不要难过。”海蒂喃喃地说着,完全无视刚刚发生的一切,同时把笛丝贝放回婴儿车上,绑好安全带。接着对我说道:“我真高兴你跟伊利变成朋友了!”

“我们不是朋友。我们甚至不认识对方。”我说。

“喔。”她望了一下单车店，好像这样就能给她肯定的答复。“他人真的很好。我猜他弟弟杰克跟你的年纪差不多。杰克以前跟玛吉交往，最近才刚分手，玛吉到现在还在难过呢！”

他弟弟？我心想，脸突然红了起来。这个镇怎么这么小啊？海蒂还在说个不停。“我们要回餐厅吗？”她问我，“还是，也许我应该带笛丝贝回家，她看起来很不高兴！你觉得呢？我是说，我是很喜欢出来吃饭的，可是我不知道……”

“我怎么会知道，”我说，我明知道不该这样说的，可是话还是说出口了。“我不知道你应该怎么做，好吗？我只知道我很饿，我想进去跟我爸一起吃饭。如果你不介意的话，我现在就要进去了。”

我看到她倒抽了一口气，脸上露出受伤的表情。“喔。”隔了一会儿，她说，“当然，我不介意。”

我知道自己很恶劣，明知如此，我还是转身离开，把她和仍在哭泣不已的小宝宝丢在身后。但是我发誓，我几乎感觉得到那个声音一直跟着我，黏着我，即使穿过路边的人潮，进入餐厅，又穿过狭窄的走道，来到父亲坐着的那张桌子前，那声音仍然在我耳中萦绕不去。父亲自己已经先吃了，当我在他对面坐下时，他看了我一眼，把菜单推到我面前。

“放轻松点。”他翻了一页说道，“现在是星期五的晚上呢！”

是啊！我心想，当然要放轻松。几分钟后，洋葱圈送来了，而我也试着放轻松，可是不知道为什么，这次吃起来味道不太一样。虽然还是很好吃,可是不像之前那么好吃。

我从过去的经验得知,夫妻一旦开始吵架,就会没完没了。所以吃完饭后,我就到海边散步,然后找一条最远的路回家。可惜我走得还是不够久;两小时后,当我踏上前门的台阶时,就听到了他们的争吵。

“我不明白你到底要我怎么样。你叫我放下工作去吃饭,我照做了,结果你还是不满意。”

“我要我们全家人都坐下来一起吃饭啊!”

“要是你没有去店里的话,我们就可以一起吃晚餐了,那是你自己选择的。”

我放在门把上的手垂了下来,往原路退回去,离开前廊照明的范围。从声音听起来,他们正吵得不可开交,而我最不想做的,就是走进去撞见他们在吵架。

“我只是希望……”海蒂说道,声音开始哽咽起来。随后,安静无声。那静寂几乎让人难以忍受,后来父亲的声音打破了寂静,说道:“你希望什么?”

“我不知道,”她说,“我只是……以为你会想多陪陪我们。”

“海蒂,我一直都在家啊!”父亲说道,声音很冷淡。

“没错,可是你一直都待在你的办公室里。你没跟笛丝贝互动,也不推她的摇篮,夜里也没有起来陪她……”

“你一怀孕我们就已经讨论过这件事了。”父亲对她说道,音量大了起来。“我告诉过你,睡眠中断的话我就没办法工作,所以必须睡满九个小时才行！你明知道的。”

“好吧！可是你上午也可以带她,不然早晨也行啊！这样我就可以处理一些工作的事情,或者是……”

“我们不是谈过了吗?”父亲说道,“今年夏天完成这本书对我来说很重要,我们不是讨论过了吗？学期中我没办法做我想做的事情,这是我唯一可以不受打扰工作的机会,不是吗?”

“是的,当然,可是……”

“所以,”他继续说道,压过她的声音,“我才说要找个奶妈,或是保姆,可是你却说不要。”

“我不要奶妈。我只需要一个小时,让我做点琐碎的事而已。”

“那你就叫奥登帮你啊！你不是因为这样才叫她来的吗?”

我突然觉得好像被人打了一个耳光:我的反应深沉激烈,血液立刻冲到脸上。

“我邀她来不是要她来当保姆的。”她说。

“那她来做什么?”

接着又是一阵沉默。不过这一次我倒喜欢这样的沉寂,虽然,有时候问题比答案更伤人。海蒂终于说道:“为了某些原因,我希望你能多陪陪小宝宝。还有,因为奥登是你的女儿,所以你应该多陪陪她。”

“喔,拜托!”父亲说道,“你真的认为……”

更伤人的话要出现了,一定是。如果父亲可以说一整段,那他绝不会只说一句。这一次我再也听不下去了,我从口袋里拿出钥匙,进入我的车子里。

我在外面待了三个多小时,开着车子在柯比镇的街道上闲逛,绕过本地的大学,转到码头,然后又开回来。这个地方实在太小了,很难让人投入其中,不过也只能尽力而为了。等我开车回到家门外的车道时,我先确定屋子里的灯全都关了之后,才愿意进屋。

我走进门厅,屋里很安静,我轻轻关上身后的门。至少没看到恼人的痕迹:婴儿车停在楼梯旁,一块布披在栏杆上,父亲的钥匙放在门边的桌子上。唯一有变化的是厨房的桌子,那里堆满了海蒂的支票簿、好几迭纸,还有几张横格黄纸。从这些东西看来,显然海蒂想搞清楚她的账目到底哪里出了问题。"扣款",她在纸上写着,"还有存款六十一"和"检查四月以后的所有借据,有错误吗"。从桌上那堆杂物看来真的很乱,而且有点绝望的样子,因为她的进度不大。我低下头望着那堆凌乱的纸,脑中清楚地浮现我恶言相向后她那受伤的表情,以及她在父亲面前帮我说话的情形。她会站在我的立场为我辩护,实在令人意外。我心中对她的感激却更让我意外,即使她只是短暂地为我辩护,也同样让我惊讶不已。

我看了一下手表:十二点十五分,以我的生理时钟看来,现在还很早,还有漫漫长夜在等着我。咖啡机就在旁边的柜台上,里面已经放了早上要煮的咖啡,随时可以煮了。虽然不是瑞伊餐馆的咖啡,也勉强可以接受。我转过身,按下按钮;当机器正在煮咖啡时,我坐在桌前,翻开海蒂的支票簿,帮她看看有没有遗漏了什么。

第五章

“嗨，奥登，是我！有什么新鲜事吗?”手机里传来老哥响亮又愉悦的声音，还伴随着阵阵管乐声。我相信荷里斯除了酒吧之外，一定也会去其他地方，可是他似乎从来不曾从酒吧以外的地方打过电话给我。“没有。”我说，看了一下我的手表，时间是八点三十分，这表示他那边一定已经过了午夜。“只是准备要开始工作。”“工作?”他说话的感觉，仿佛是另一种语言似的。对他而言，似乎也有一样的感觉。“我以为你躺在海滩上，正在度过一个懒洋洋的暑假呢！”

我确信他会这么形容一定不是巧合，因为几乎跟母亲上次跟我谈话时的用词一模一样。如果说荷里斯有办法摆布母亲的想法，那么母亲对他也有类似的影响力。他们彼此的关系真的很诡异，如此强烈的联系几乎让人感觉得出来，他们在一起时，彼此就像受到潮汐影响一般。母亲说这要归因于他还是小宝宝时，两人在一起的时间很多，可是我不知道这是不是因为荷里斯对女人很有影响力，因此从认识的第一个女人开始他就发挥出这种能力了。

“呃，”我应道，他身后的音乐变得越来越大声，接着又慢慢变小。“我并没有计划要工作，事情就这样发生了。”

“感觉真烂！你一松懈下来，那种事情就会找上你，你得随时保持警惕才行,知道吗?”他说。

我知道,可是事实上,最近发生的事情一点都不令人讶异。说实话,是我自己张大着眼睛一头栽进去的。除了怪自己之外,也怨不了别人。

“真不敢相信!”我帮海蒂做完账的隔天走下楼来时,她惊呼道。海蒂跟平常一样背着婴儿,坐在厨房里。“我昨天晚上上床前,这里一团糟,可是今天早上……却全部都弄好了。真是太神奇了!你是怎么会知道要如何处理这些事情的呢?”

“我去年曾经做过一阵子会计的工作。”我边告诉她,边走向冰箱把咖啡拿出来。我知道等我起床时,他们早就把咖啡倒光了,不过也因为这样,我总是能喝到最新鲜的咖啡,全都是我的。“没什么大不了的。”

“我昨晚花了两个小时检查这些支票簿。”她说,拿起支票簿朝我挥了一下。“可是我就是找不出问题来,你怎么会想到有可能是双重预扣款的问题?”

我启动咖啡机,希望在我跟任何人讨论这种事情前,至少手里能有杯咖啡在,可是还是躲不掉。

“记录显示去年五月也曾发生过这种事。”我对她说道,“所以我猜想有可能会再发生。后来我就去检查税单……”

“那里也是一团乱,因为我在税单上找不到问题!现在账单全部都整理好了,你一定花了好几个小时才把这些东西弄好吧。”

四小时,我心想,不过我却说:“没有,没花多少时间。”

她只是摇着头,看着我。咖啡机终于煮出四分之一杯的分量,我马上把它倒进我的杯子里。“你知道吗?这几个月来我一直很想找个人来帮我做账,可是又很犹豫,因为这个工作有点敏感,我不想随便找人来做。"她说。我心想:喔,老天爷,拜托就让我安静地喝一杯咖啡吧!"如果你有兴趣的话,"她继续说道,"我会让你的时间花得很值得,真的。"

我还在等咖啡因发挥作用,我说:"嗯,今年夏天我没有计划要工作。而且我早上的精神都不怎么好……"

"喔,你不需要早上工作啊!那些女孩每天都会把钱存进银行,这是唯一必须在时限内做好的事情。其他的部分,像是账目、薪资和检查收款机款项的事情,你晚一点再做都没关系。事实上,晚一点再做反而比较好,真的。"她说。

当然是这样,可是我现在却被困住了,显然好心没好报。不过,更重要的问题是,我怎么会突然做出这种好心的撒马利亚人才会做的事情呢?虽然不难理解事情不可能就这样结束,做完一件事情之后,接着铁定又会出现另一件事情,可是难道事情就该这样一件又一件地接踵而来吗?

"这个提议真的很好,"我对海蒂说道,"可是……"

我的想法突然被身后的脚步声打断,一会儿之后,父亲绕过墙角,端着放了一罐健怡可乐的空盘子下来。他一看到海蒂,她也回看他时,我马上就知道他们昨天晚上争论的事情尚未解决。空气中冷飕飕的感觉就跟冷冻库内冰冷的寒气一样。

"嘿,"父亲对我说道,走到洗手槽前,把盘子放进去。"我看到你终于起床了,你这几天都是几点睡觉的?"

“很晚。”我告诉他，“不然就是很早，看你从什么角度看。”

他点点头，一面清洗盘子，把它放到沥水盘架上。“啊，年轻真好。整晚熬夜，全天下的事情都不用在意，我真羡慕你。”

我心想道，别羡慕我。海蒂说：“事实上，奥登昨天晚上帮我检查账簿。她找到造成我收支不平衡的错误。”

“真的？”父亲说道，瞥了我一眼。

“我正想说服她帮我工作，”海蒂继续说道，“请她每天到我店里的办公室做几个小时就好。”

“海蒂，”他说，把手冲干净。“你说过奥登不是为了工作才来这里的，记得吗？”

这不过是一小句评语，却造成极大的冲击。他的话显然达到了想要的效果，我看到海蒂露出痛苦的神色。“当然，我只是以为她或许……”

“她应该享受跟家人在一起的时间，”他对她说道，随后对我笑了一下，“你怎么说？奥登，今天晚上我们两个一起去外面吃顿晚餐怎么样？”父亲真是厉害。我不得不称赞他，这是不是为了昨晚的事情报复海蒂的方式？这正是我要的，就他跟我两人一起吃饭，这才是最重要的事情，不是吗？

“听起来不错。”海蒂说道。我看向她时，她对着我微笑，不过笑容有点勉强。“听着，别担心工作的事情了，你爸爸说得对，你该好好享受这个暑假的。”她说这句话时，父亲刚喝完最后一口健怡可乐。从我听到父母亲最后一次吵架至今已有好一阵子了，但是这不重要。还是同样紧绷的气氛，同样带刺的话语。父亲得知自己胜利时还是会露出那种同样的表情。

“事实上，”我还没搞清楚自己在做什么时，话已经出口。“我可以打工存点钱，等到开学以后用，只要时间不太长就好。”

海蒂吃惊地看着我，又看了一下父亲，他的表情只能用厌烦二字来形容。随后海蒂说道：“哦，不会太长的，一个礼拜只要十五个钟头左右就够了。”

“奥登，不要觉得不好意思拒绝，你是来这里作客的。”父亲说。我知道若不是因为我前一天听到他们争吵的话，事情会全然不同。可是人没办法改变已知的事情，就算自己想改变也不行。知道的事情都已经知道了。

当晚稍后，父亲和我走过人行道，来到一间码头旁的小餐馆，在那里点了一磅的蒸虾来吃。父亲静静地坐在那里凝视着海面，我不确定是不是因为我一直不停地想着他先前说的话，或是他还在气我接受了海蒂的提议，至少在他心里，那表示我是站到海蒂那一边，但气氛就是很僵又很怪。不过，他喝了一杯啤酒，在忍耐了几句无趣的对话之后，气氛逐渐缓和了一些，他还问我有关迪弗斯大学的事和我选系的计划。我也成功地让他打开话匣子讨论他的书——这本书是研究一个男人想逃离过去的家庭时，那种错综复杂的心境，还有他的进度——他把中间的部分拆开，因为先前的写法不怎么好，而改过之后的东西就好得多了。虽然花了好一阵子时间气氛才有所转变，但就在第二盘虾和他解释书中人物内心的挣扎时，我又开始想起我热爱他的一切：他对工作的热情，还有他讨论书本时的态度，让人感觉屋内或是全世界的人都不存在似的。

“我等不及要看这本书了。”我对他说道，这时女服务生送来了我们的账单。我们俩的面前有一大堆虾壳，清澈泛红的夕阳斜斜地从窗口投射进来。“听起来好极了。”

“看，你就能了解这一切有多么重要，”他擦着嘴巴说道，“《独角鲸》那本书出来时，你也在我身边，看到那本书的成功是如何改变了我们的生活。这本书也同样会改变我和小宝宝，还有海蒂的生活。我只是希望她能看清这一点。”他说这句话时正在审视着啤酒瓶，在手中转动它。

“嗯，可能是因为她最近睡眠不足，比较情绪化一点，加上还有其他烦人的事情。”

“也许吧！”他喝了一小口，“可是，她的思考模式真的跟我们不一样，奥登。她把精力用在做生意上，一切都要看成果，非常精于算计，跟学者和作家不一样，你也是知道的。”

其实我并不知道，但我晓得虽然母亲符合这两项条件，但对他在那本小说上的努力，她的看法还是跟海蒂一样。不过，知道他愿意跟我谈心，感觉还是蛮好的。

晚餐过后，我们分别走不同的路，我要去柯蕾曼婷，因为我答应海蒂，我会去看一下办公室，在第二天正式上班之前先了解环境。为了某些理由，我其实并不是很期待去那里工作，所以接到我哥哥的电话时，我还蛮感激他能让我暂时分心。

“嗯，”我对他说道，这时电话那头的音乐又开始震天价响。“塔拉人不错。”

“谁?”

“塔拉,”我重复道。“她是你的女朋友不是吗?”

“哦,对。”他明显停顿了一下,那差不多已回答了我接下来可能想问的问题。他接着说道:“这么说你已经收到我送的礼物啰?”

我脑中立刻浮起放在行李袋内那个相框里的照片,还有他笑脸底下的那一行字:最美好的时光。“是啊!”我对荷里斯说道:“很不错的礼物,我爱死它了。”

他咯咯地笑了起来。“才不呢! 奥登,你根本不喜欢。”

“我喜欢。”

“不,你不喜欢,那个礼物很没品。”

“呃,”我说,“它……”

“烂透了。”他帮我把话说完。“既没品又可笑。可能是全世界最愚蠢的毕业礼物,所以我才会送你这个礼物呀!”他大笑道,那种豪爽的朗笑声经常让我也想跟着哈哈大笑。“听着,我认为我送的礼物永远都不能和别人送你的金钱、储蓄债券或新车相比,所以我想至少我的礼物要能让人永生难忘。”

“的确如此。”我同意道。

“你应该看看其他的相框上写什么字呢!”又一声大笑,“他们在上面写了各式各样的话,有的用鲜黄色的字写‘哈啰,朋友!’有的用粉红色的字写‘派对女王’,还有另外一个实在令人百思不解,竟然是用绿色笔写出‘疯子’这两个字。好像人家喜欢在他们的相框上看到那种字眼似的。”

“你就喜欢呀!”

“哼,开什么玩笑!”他嘲讽道,“总之,我觉得最酷的是,你可以经常换照片,因为你总不希望一辈子只有一个‘最美好的时光’,你必须有很多最美好的时光,让照片一层层地迭上去,对吧?”

“对。”我说。就是这样,他又来了:只是随口说说的话,借着某种影响力,他就有办法把它说得头头是道。荷里斯的这种口才简直是艺术,从不需要事先算计,却自有其魅力。“我很想你。”我对他说道。

“我也想你。”他答道,“嘿,听着,我会寄一个‘疯子’的相框给你,到时你可以把我的相片放进去,旁边‘最美好的时光’那个相框内放你的照片,这样感觉几乎就像我们两个在一起了,你觉得怎么样?”

我笑了一下。“那就这样说定了。”

“好极了!”那边出现模糊的杂音,接着是大而清楚的声音。“好了,奥登,我得走了,蕾梦娜和我要去参加派对了。过阵子再聊好吗?”

“当然,”我说,“我们……”

可是他就这样挂了,我还来不及问他蕾梦娜是谁,或是他在阿姆斯特丹做了什么事情。这就是我哥哥,活生生的“请看下集”,就跟父亲的书一样,他总是还在进行式。

我挂上电话,把手机塞进口袋里。荷里斯的电话能让我分心的确不错,可是等我一打开柯蕾曼婷的大门,看到玛吉站在收款机前,莉亚和伊瑟站在她的两旁时,我后悔接下这工作的感觉马上又回来了。再也没有比走到一群对你早有成见的女孩面前更可怕的事了,这就好比走在海盗船上的跳板上,走投无路了只能往下跳。

“哈啰!”红发的莉亚看我走过来时说道。她是身材高挑,曲线玲珑,皮肤雪白的那种女孩,此时穿着低胸的背心裙,细跟的高跟鞋。她的音调既不友善,也不带恶意,只是很平静地说道:“我们可以帮你什么忙呢?”

“她是要来处理账目的。”玛吉对她说道,眼神仍看着我。不过等我回看她时,她却脸红了起来,赶忙把目光移向前面柜台上的纸张,假装忙碌地翻弄着。“自从小宝宝出生以后,海蒂就一直想找人帮忙,还记得吗?”

“哦,对。”莉亚应道。她往后退,跳上后面的柜台,交叉着长腿坐在上面。“哦,也许以后我们的支票就不会延误了。”

“没错!”伊瑟说。她今天没绑辫子了,头发蓬松地垂在肩上,戴一顶陆军式的帽子,穿着一件黑色的背心裙,加一件丁尼布外套,搭一双夹脚拖。“我是说,虽然我很爱海蒂,不过到提款机那里领薪水实在让人很不自在。”

“不过,你还是拿到薪水了呀!海蒂是个好老板,那只是无心之过而已。”玛吉说。她按了一下收款机的按钮后,拿出一叠钞票抚平,做这种无意义的动作以避免直视我。她今天也是穿粉红色衬衫和拖鞋,都是同一色系,我很好奇,不知道这是不是她一贯的个人风格,我打赌一定是。“总之,总得有人带她去熟悉环境。”

“谁?”莉亚问道,“海蒂吗?”

“不是。”她关上抽屉,随后看着我。隔一会儿之后,莉亚和伊瑟也跟着看我。显然我已经走到绝路了,除了往下跳之外,别无他法。

“我叫奥登。”我说。

又一阵沉默。随后莉亚不情不愿从柜台上跳下来,砰的一声,把脚放到地面上。“来吧!”她转过头来说道。“办公室在这边。”

我跟着她穿过牛仔裤、鞋子的展示区和清仓大甩卖区,再转入狭窄的走廊时,感觉那两个女孩的目光一直尾随在我身后。“这间是厕所。”她朝左边那扇门撇撇头,“顾客不能使用,这是规矩。这间就是办公室。往后退一点,门有点卡住了。”

她抓着门把,靠在上面用力推,一会儿之后,呯的一声,门打开了。

首先映入眼帘的是粉红色。四面墙上全都漆着鲜艳的、泡泡糖般的粉红色,几乎跟玛吉最喜欢的色系如出一辙。除了粉红色之外,乍看之下,实在看不出还有别的颜色,另一个颜色是橘色。好像光这样还不够疯狂似的,这个小房间内还挤满了各式各样充满女人味的东西:粉红色的大书架、凯蒂猫的笔筒,还有一个装满口红和唇膏的盆子。就连放数据的柜子都有粉红色和橘色的标签,柜子上面还盖了一条粉红色羽毛披巾。

“哇!”我忍不住开口道。

“我知道,”莉亚赞同道,“感觉就像待在果汁软糖的盒子里一样。那么,保险箱在桌子底下,如果支票簿在店里的话,都会放在左边第二个抽屉,所有的发票都放在小熊下面。”

“小熊?”

她踏进房间，走到办公桌旁，拿起一个戴着橘色帽子的粉红色玩具熊。“这里。”她指着小熊下方的一堆纸张，“不要问我为什么，我来这里上班的时候就已经这样了。有什么问题吗?”

我当然有好几个问题，但都不是她能回答的。“没有，谢谢。”

“当然，如果你有事的话，可以随时叫我们。”她从我身旁走过去，回到走廊，我却仍站在原地，还没有勇气走进去。我听到她走了几步之后说道:“奥登?”

我转过身面向她。“什么事?”

她转头看了一下店内，随后朝我这边走一步。“你别担心玛吉，她只是……有点情绪化而已，过一阵子她就会忘了。”

“哦。”我说，正在想，我到底该怎么响应这个问题呢？我再怎么不懂事，也知道不该在某个女孩面前谈论另一个人的事，尤其她们又是朋友。“好。”

她点头后离开，回到收款机旁，伊瑟和玛吉这时正弯着身子，把标价贴在箱子里的太阳眼镜上。她走到那里之后，她们抬眼看她，自然地调整位置，让莉亚加入她们。

我回头看那个粉红色的房间，不知为什么突然想起母亲，因为我认识的人当中，她是唯一一个比我更难走进这个房间的人。我可以想象她的表情，厌恶地眯起眼睛，喷着鼻息，重重地叹气，这样远比接下来的话所能强调的意思更强烈。“这里简直像子宫似的！这种环境完全受制于人们对女性的刻板印象和期待，待在这里的人也同样可悲至极。”

对极了，我心想道。随后走了进去。

两小时后，虽然海蒂办公室里的文件依然堆积如山，但她的账目确实井然有序了。我在前一个夏天帮母亲做账时，已经见过一些恐怖的做账方式。有人拿账册进来，却把价值一整个月的支票给搞丢，有的人似乎只把收据放在纸板火柴或是餐巾纸上。海蒂的东西很有系统，她的档案都保存得有条不紊，只有几个小地方有点问题，全部都发生在这十个月左右的时间。也许我不应该觉得惊讶，毕竟父亲已经跟我提过她生意头脑的事，但我还是觉得很惊讶。

这也不奇怪，因为刚开始时，这个房间让我很难专心。其实我坐在那里感觉有点恶心，打开桌灯之后，恶心的情况更严重，橘色的灯罩让所有的东西都变得活像是发出辐射线。不过，在我专心投入到计算器和支票簿的事务中后，那种感觉似乎就慢慢消失了。我才发现自己竟然这么想念处理数字时的单纯，加减乘除都有一定的逻辑。没有情绪纠葛，只有屏幕上的数字，排列出完美的序列。

事实上，我完全投入其中，起先都没听到音乐从我后方的店里传过来。等到音乐突然变得很大声时，我才听到它，就像有人把音响突然从最小声转到最大声那样，音乐这才穿透了我正在看的税单，引起了我的注意。

我看了一下时钟，九点零一分，便把椅子往后推，轻轻地打开房门。外面走廊的音乐真的震耳欲聋，这是快节奏的迪斯科乐，有个女孩唱着夏日恋情之类的歌曲。我本来还在想，可能是音响出了点问题,后来却看到伊瑟跳着狐步舞,穿过牛仔裤展示区,手臂在头顶上摇晃挥舞着。不久之后,莉亚也跟在她身后,做着缓慢的扭臀动作,接着是玛吉踮起脚尖跳动着舞步。简直就像三人组的康加舞,她们快速地穿过去,然后消失不见。

我又往前走了一步,朝店内微微地往前倾。我没看到客人,但人行道上有很多路人。我正想回到办公室,等音乐安静下来,伊瑟突然从泳装架后面冒出来,这一次她跳着滑步的动作,头发甩到一旁。她伸出一只手去拉莉亚,让她旋转出去再回来面向她,两人都大笑着。随后她们分开来,换玛吉移到中间,摇摆着臀部,让她们俩绕着她跳舞。我没有意识到自己一直站在那边盯着她们看,后来伊瑟看到了我。“嘿,”她叫道,双颊红润润的,“这是九点的舞蹈,你也一起来跳吧!”

我直觉地摇摇头。“不,谢谢。”

“你不能拒绝呀!”莉亚喊道,拉着玛吉的手,让她转了一圈又再回来。“员工都有参与的义务。”

我心里想:那我就辞职好了。但她们已经走开,又排成康加舞的队形,这一次换玛吉带头,上下跳着,伊瑟跟在她身后,捻着手指打拍子。莉亚走在最后面,回头又再看了我一眼。我一句话也不说,什么反应也没有,所以她看了只是耸耸肩,继续跟在其他人后面绕着展示架跳舞,再回到门口的方向。

我回到办公室,坐在桌子前,我相信她们一定认为我已经深陷泥沼、无药可救了,不过,反正我也不在乎。这和我以前在学校的午餐时间一向都视若无睹地走过各种活动现场一样，“相扑模仿、吃派的大胃王比赛、集体玩扭扭乐”，我总是不明白怎么会有人喜欢做那种事。或许，假如小时候曾经玩过，因为怀念的关系，就会觉得特别好玩。可是我都没玩过，那些事情对我是全然陌生的，因此比任何事都让我害怕。

我拿起笔，又重新专注在我编号一〇九九的税单上。不久之后，音乐停了，就跟刚刚开始时一样突然。又一个小时在沉静无声的数字中过去，这时有人来敲门。

“关门时间到了。”伊瑟说道，手上拿着一个银行的袋子来到我身后。“让我过去打开保险箱好吗？”我把椅子往后推，让路给她过，她蹲下来，把手中的钥匙插入孔中。我看着她把袋子放进去，关上保险箱的门，然后站起来。“我们大概十分钟后就要走了。”她对我说道，一面把膝盖上的灰尘拍掉。“你要跟我们一起走还是待晚一点？”

我想告诉她，对我来说，十点以后并不算晚。可是我知道她并不是真的想跟我聊天，所以我只是说：“我快弄完了。”

“好极了。待会到前面来，等大家都出去后，我们就可以锁门了。”我点点头。她离开时并未关门，所以我在整理最后几样工作时，也听得到她和玛吉，还有伊瑟在柜台旁聊天。

“这个绮果果汁彩虹糖是哪里来的？”伊瑟问道。

“你猜呢？”莉亚问她。

“哦！”我听得出她的口吻带点戏谑的味道，伊瑟正在笑着说：“玛吉，亚当还在送你糖果，是吗？”

玛吉叹口气。“我跟你们说过了，那根本没什么。他喜欢逛街买东西,就跟其他那些男孩子一样。”

“那也许是真的,不过,就算他喜欢买东西,那也不表示他每次都要买给你呀!”莉亚说。

“他也没有每次都买呀!”玛吉不满地辩解。

“看起来很像每次都这样啊！对一个爱逛街的男孩子来说,这就是暗示啰！这样你才会知道他的心意嘛!”伊瑟说。

“真的是这样。”莉亚附和道。

“才不是这样。只不过是糖果而已,不要乱想好不好,你们这些人真是的!”玛吉说。

我再同意不过。她们已经在一起一整晚了,竟然还有这么多话聊,真是不可思议。即使这些话题都了无新意,都是在讲糖果和男孩子的事情,我还是啧啧称奇。等我从办公室走出来时,她们全都站在门边等我。

“你不想跟他谈恋爱,我可以了解。”莉亚继续说道,“我是说,毕竟他只是个高中生而已。”

“他跟我们一样毕业了,莉亚。”伊瑟告诉她。

“没错,可是他还不是大学生。差一个暑假就差很多呢!”

“你怎么会知道？你只跟大学生约会,其他的男孩子都被你拒绝了。”

“这件事为什么会这么困扰你？我是说,反正等我们上了大学之后,我们约会的对象都会是大学生,提早开始有什么不好?”

“我也没说不好。”我们鱼贯而出时,伊瑟答道。玛吉关上门,拿出钥匙来。“我只是认为，你拒绝跟同年龄的人约会，也许会因此而错过了一些好事。”

“我会错过什么？”

“我不知道。”伊瑟耸耸肩。“跟同年龄的人在一起，有时感觉蛮好的。”

“一年多没约会过的人还好意思说这种话。”莉亚说。

“我很注重选择的。”伊瑟告诉她。

“是挑剔，天底下根本没有人配得上你。”玛吉说。

“我只是标准比较高一点而已，总比随便跟人交往来得好吧！”

她们突然停顿了一下，气氛有点怪，就连我都感觉到了。玛吉的钥匙仍插在门上，突然变得僵直起来。伊瑟说道：“哦，玛吉，你明知道我并不是在说杰克。”

“好啦！好啦！”玛吉甩开她说，“我们连谈都不要谈这件事。”

但是这并不容易，因为这时我看到右边那间单车店，鬈发瘦长的男孩正坐在单车上跟另外两个男孩聊天。而在他身后，肩上披着夹克的人正是杰克。当他转身时，眼睛一眨也不眨地看着我。

我心想这下可好了。赶忙转过身去背对他，这使我跟伊瑟和莉亚面对面；她们正在讨论接下来要去哪里。“反正我们总还有海湾这个地方可去。我听说今天晚上那里好像有什么节目。”伊瑟说道。

“我对沙滩和啤酒已经厌烦了。”莉亚哀声抱怨，“我们去夜总会之类的地方吧！”

“只有你一个人年纪够大进得去，你不记得了吗？”

“我可以帮你们两个混进去。”

“你每次都这样说，”伊瑟对她说道，“可是每次都做不到。玛吉，你想去哪里？”

玛吉耸耸肩，把钥匙放进挂在肩上的手提包内。“我不在乎，我或许会直接回家。”

莉亚看了杰克一眼，然后又看看我。“胡说八道，我们至少要……”

她的话被鬈发瘦长的男孩打断，他突然骑到我们身边，紧急刹车。“小姐们！”他说。莉亚翻了翻白眼。“有谁要搭便车去跳跃公园的？”

“哦，上帝帮帮忙，拜托不要到公园玩单车了，你当我们是十二岁的小孩吗？”莉亚说道。

“这可不是普通的单车！”那个男孩子深受冒犯地辩道，“你怎么可以这样说呢？”

“我为什么不能这样说。”她答道，“总之，亚当……”

“我要去。”玛吉打断她的话。亚当微笑起来，在座位上往后挪，玛吉爬上他前面的单车龙头，把皮包放在大腿上。

“怎么啦？”看到莉亚叹气，她说，“这总比去什么夜总会好。”

“不，”莉亚冷漠地说，“没有比较好。”

“哦，开心点吧！”亚当说道，推上人行道，开始踩起脚踏板。玛吉往后倾，闭上眼睛，他们就这样离开了，其他的男孩子也骑着单车跟着他们走了。莉亚不悦地摇摇头，不过她还是让伊瑟勾着她的手臂，跟在那群单车骑士后面走过去。现在只剩下我跟杰克了。我转身想直接回家，可惜天不从人愿。两个箭步之后，他就来到我面前了。

“怎样?”他问道,“那天晚上到底是怎么一回事？你走得很急呢!”他什么事情都太过了:太有自信、站得太近、想要的太多。

我说:“那根本没什么。”

“哦,”他说,声音很低沉,“我认为有！而且现在还有。你想一起散个步,或是做别的事吗?”我现在绝不能畏缩,我已经对那天晚上的事情很后悔了,那还是在知道他是玛吉的前男友、又是伊利的弟弟之前。事情真是奇怪,我本来希望对这里的事情知道的越少越好,现在却知道了这么多?

“听着,”我对他说道,“那天晚上发生的事情是个错误,好不好?”

“你说我是个错误?”

“我要走了。”我对他说完后,打算立刻离开。

“你有毛病,你知道吗?”他说,我低下头,一心一意地走到人行道的尽头。“故作清高的浪女。”

多走几步就能拉开我们的距离,我就能离开人行道步上大街,终于让我放松了一点,却在这时看到伊利从前方迎面走来。他慢慢地走在一群年长女人的身后,这群人的皮肤全都晒成了古铜色,穿的服装也都鲜艳无比。我试着不让别人注意到我,可是他经过我身旁时,回头看了一下。拜托不要停下来,继续走吧！我心想道,目光紧紧地盯着走在我前面那名男子身上的格子布衬衫。

伊利显然跟他弟弟不一样,他很了解我的暗示。一句话也没说地走过去,事实上,他甚至没有再看我第二眼,就径自向前走了。

第六章

“奥登,你有没有……”

我停下手边的事情,静静地听着,等着,可是跟往常一样,接下来又无声无息了。

我叹了口气,放下手中的经济学课本,站起来,打开房门。站在门外的人当然是海蒂,她怀里抱着笛丝贝,一脸不知所措的样子,困惑不解地看着我。

“哦,天啊! 我明明有事才走上来的! 可是现在我却想不起来到底要上来干什么,你能相信这种事吗?”她说。

事实上,我的确能相信,海蒂的健忘症跟我晨间和深夜的咖啡一样,已经成为我日常生活的一部分了。我们同住在一个屋檐下,我还是尽可能将我在柯比镇的生活,跟她和父亲的生活分开来。可是即使这样也没有用,两个礼拜以来,不管我喜不喜欢,我的生活已经无可救药地跟他们纠缠在一起了。

正因为如此,我很清楚父亲的心情好坏完全取决于他那天写作的情况:早上写作顺利的话,他一整天都会很开心,工作不顺利的时候,他就会走来走去,绷着臭脸,怨东怨西。我对海蒂产后情绪高低起伏的问题一清二楚,像健忘症、强烈的情绪波动,婴儿的每件大小事,从睡觉、吃饭到大小便都会让她担忧不已。我对笛丝贝的生活琐事已经了如指掌，从她啼哭——她似乎从来不曾停止哭泣过——到她睡着前常会打嗝的事情都知道。也许他们对我的生活情形也一样清楚，不过，我认为不见得。

因此，其实我还蛮享受，有时甚至是渴望每天在柯蕾曼婷工作的那几个小时。这是一个可以做点有头有尾的实际事务的机会。没有疯狂起伏的情绪，没有人会在厕所里大声抱怨别人的使用习惯，也没有人打嗝。唯一美中不足的是，办公室太靠近伊瑟、莉亚和玛吉了，她们老是有说不完的话题。不过至少当我把门关上时，她们就不会来烦我了。

这时我望着海蒂，看她站在原地，眉头紧蹙，努力要记起她究竟上楼来要做什么。她怀中的笛丝贝还醒着，眼睛一直盯着天花板，脑中很可能正在思索着，到底何时要开始啼哭。“跟工作有关的事情吗？”我问她，我现在已经学会几种能唤起她记忆的方式。

“不是。”她说，一面摇着怀中的笛丝贝。“我在楼下时，心里想着我要哄小宝宝睡觉，可是却很困难，因为她的精神太好了，所以不管我怎么做都没办法让她想睡觉……结果我就开始在心中复习元素周期表，通常碰到她在自言自语的时候，我都会用这种方式来打发时间。我想把她放到床上，可是我没有这么做，因为……”她捻了一下手指。“对了，那个放海浪音乐的机器！就是那个，我一直找不到，你看到它了吗？”

我正想说我没看到，如果是两个星期前，在我刚到这里的时候，我一定会不带罪恶感且毫不犹豫地这么告诉她。不过，我们的生活已经如此紧密地结合在一起了，于是我回答："我猜有可能是在大门旁边的桌子上。"

"哦，太好了！"她叹口气，低下头去看笛丝贝，她这时正在打哈欠。"唉，我这就去拿那个机器，到时希望她会顺利入睡。我是说，昨天这个时候，我试着要让她睡觉，她明明已经很累了，可是一放到床上，她就开始大哭，我发誓，感觉就像……"

我开始关门，很慢很慢地关着，后来她明白了我的暗示，往后退一步，转身走向楼梯。"……祝我好运吧！"她说道，这时门把喀嚓一声，我终于把门完全关上了。我坐在床上，凝望着窗外的海滩。在这里有很多我无法明白的事情，我并不在意，可是那个模拟海浪的机器，简直会让我抓狂。

我们离真正的大海只有咫尺之遥，然而海蒂还是认为笛丝贝只有听到这种人造的海浪声才睡得着，还把音量全开。这表示我一整晚也得跟着听这种海浪声。要不是它使我无法听到真正的浪潮声音，这也许没什么大不了。我就这么住在海边的房子里，听着人造的海浪声，这种情况似乎能说明，为什么一切从头到尾都好像有问题。

我听到门外又出现脚步声，随后门开了又关上。当然没隔多久，海浪声就响起来了。又虚假又嘈杂，却永无止尽。我忍不住站起来，拿起我的袋子，走出门外；当我经过笛丝贝的房门时，脚步尽可能放轻。来到楼梯口时，我停顿了一下，望进父亲的书房里，他通常都让门微微地开着。他跟平常一样，坐在面墙的书桌前，旁边放了一罐健怡可乐和一个没咬过的苹果。这么说他今天写得很顺利了。

正如我说的，我已经对父亲的生活习惯了如指掌了。以我善于观察的才能，我发现他每天午餐过后都会拿一个苹果进书房。如果那天工作顺利的话，他会因为太专心写作而忘记吃苹果。如果写作不顺利的时候，苹果都会被啃光，有时候连果核都被咬成两半。苹果完整无缺的时候，他晚餐时就会兴高采烈地聊个不停。苹果啃光的时候，尤其是果核被咬成两半的时候，如果他还会下楼来的话，大家最好闪远一点。

反正我大部分时间都不在家吃晚餐，因为我大约五点就会出发去柯蕾曼婷，然后随便吃个三明治，一直工作到关门为止。下班之后，我通常会在海边的木板人行道上散步一个小时左右，然后回家拿车，开车到外面去闲晃三四个小时。我找到了一个整晚营业、名叫舵手室餐厅的地方，大约在三十五里外，但是格调完全不能跟瑞伊餐馆相比。座位不但狭窄还有漂白剂的臭味，咖啡也淡得像水一样。除此之外，服务生只要发现客人待得太久，吃东西的速度超过应有的时间，就会开始瞪着人看，即使这个地方平常都空空如也，她们的态度也一样。所以我都尽量避免去那里，只到最近的、加油站旁的便利超市去买一大杯外带的咖啡，再边喝边开车瞎逛。我来这里才两个礼拜，对柯比镇的每一寸地方都已经清清楚楚，也知道哪些地方适合我去。

等我来到柯蕾曼婷之后，已经快六点了，她们差不多就要换班了。理论上来说，这表示伊瑟已经值完班，换玛吉接班，但是实际情况并非如此，我也不明白到底为什么那个已经下班的人通常都会自愿留下来。不过，每个住在柯比镇的人似乎都喜欢聚在一起瞎混。女生喜欢围在柯蕾曼婷店内的收款机旁边聊八卦看时尚杂志，男生则喜欢坐在单车店门口的长椅上聊八卦看单车杂志。这真是荒谬极了，然而，每天都这样，而且一整天都这样。

“嘿，”三个女孩中最友善的伊瑟看到我进门时招呼道。“你好吗？”

“很好。”这是我的标准回答。我很久以前就已经决定要以友善但又不会太过热情的态度响应她，免得被卷入一些关于哪个名人去勒戒所、礼服是有肩带好还是无肩带好的无聊话题。“今天有进货吗？”

“只有这些。”我经过时，她交给我几张纸。“哦，我们不知道为什么在银行发现多出一组硬币，我已经把存款单放到小熊底下了。”

“好极了，谢谢你。”

“不客气。”

一分钟后，我进入办公室，关上房门，一个人独处。我很喜欢这种感觉，要是墙壁都是白色，一切就更完美了。通常我专心工作的时候，对店内的事情都充耳不闻，可是偶尔准备换另外一件事情做的时候，难免会听到片段的谈话。莉亚工作的时候总是在打手机，伊瑟大部分的时候都一个人哼哼唱唱，而玛吉呢？玛吉总是在跟客人说话。

“哦，那件看起来很棒。”我听到她这样说，这时我正要开始计算这个礼拜的薪资。“我发誓，牵牛花是最好的牛仔裤品牌，我每天都穿这个牌子呢！”

“我不知道耶！”一个女孩的声音答道。“我喜欢这条裤子的口袋，可是我不确定我喜欢它的颜色。”

“这个颜色是有点深。”她停顿片刻。“可是我觉得如果有一条随时都可以让你打扮得漂漂亮亮的牛仔裤,不是很好吗?颜色深的牛仔裤就保证可以做到。不是每一条牛仔裤都可以搭配高跟鞋的,可是这条就很适合。”

“真的吗?”

“哦,真的很适合。如果你还是担心它的颜色的话,也可以选其他的品牌。像粉红斯贝克这个牌子的口袋都很好看,而穿柯尼阿曼达的牛仔裤则可以像魔法般修饰你的臀形。”

那个女孩笑道:“那我非试穿一下不可了。”

“没问题,让我来找一下你的尺寸吧……”

我兀自翻了翻白眼,在计算器上按了几个数字。每次我无意中听到她不厌其烦地说着这种琐事:比较不同品牌夹脚拖的细微差别,短裤和比基尼裤哪一种比较好,就觉得聊这种话题简直是浪费宝贵的生命。天下有这么多东西可学,她偏偏要选择把时间花在衣服和鞋子这种琐事上。至少莉亚给人感觉稍微聪明一点,伊瑟显然还有自己的节奏和风格,还算有个人的特色,可是玛吉实在是……实在是太像海蒂了,而且女性化到了极点,她们喜欢粉红色和毛茸茸的东西,言语肤浅轻浮。更糟糕的是,她竟还乐在其中。

“找到了。”这时我听到她说,“喔,我拿了一双刚进货的时髦楔形鞋,让你试试看有点正式的穿法。”

“谢谢。”客人说道,“这双真好看,我最喜欢鞋子了!”

“你当然会喜欢，是人都会喜欢。”玛吉答道，“你也是人，不是吗？”

我的老天爷啊！我心想道，当你需要那些人造的海浪声时，它都跑到哪里去了？

不久之后，我听到前门的风铃响了起来。又过了一会儿，音乐声突然出现，这次是轰隆作响的吵死人的舞曲。我一听到音乐，不用看表也知道已经九点了。

每天晚上关门前一个小时都这样，不管店里只有一个员工还是三个，都会放完一整首歌，绝不会放第二首。我不知道客户看到这种情形会怎么反应，不过我还记得自己的反应如何，这种时候我都会尽量待在办公室里。

大约九点零三分或九点十分左右，店里都会多出几个客人，和一堆来闲聊的人，她们通常都是在聊当天晚上要去哪里，或是毫无计划该怎么办之类的话题。我试着不去听她们的对话，可是有时候根本办不到，因此我才会知道莉亚老是想去夜总会，因为那里比较有机会遇到她们一辈子都遇不到的年长男子，伊瑟则比较喜欢听音乐，她显然有写歌唱歌的嗜好。据我所知，玛吉除了常跟单车店那些男孩一起混之外，没什么其他的活动，很可能她只是渴望待在杰克身边，虽然她口口声声发誓早就把他给忘了。

今天晚上也没什么不同，当我听到莉亚说“塔里荷夜总会今天是淑女之夜，女生可以免费进场耶！”这句话时就更确定了。

“上次我们发誓绝不会再去的地方是哪里？”伊瑟问。

“我们才没有……”

“不不不,不去塔里荷。”玛吉压过她的声音。

有人发出“嗤”的一声,接着莉亚说道:“我不明白你们为什么这么讨厌那个地方。”

“每一点都讨厌行不行?”伊瑟说道。

“总比去欧西法参加什么麦克风之夜,听人打鼓朗诵他的购物清单来得好吧!”

“我不知道,真的是这样吗?”玛吉问。

更多嗤鼻声,“听着,我并不是建议我们非得去欧西法。只是今天晚上我不想再被一群喝醉的游客挤来挤去了。”伊瑟说。

“不然也可以去跳跃公园啊!”玛吉大声哀叫道,“那是免费的,而且那里也有很多男孩子……”

“拜托,那些男孩子我们都已经认识一辈子啦!”莉亚说。

“……而且也很好玩。”玛吉接着说完,“再说,我听说伊利这个周末很可能会做单车特技表演。”

我都已经加了一长串的数字了,却在这时候突然打错了一个数字,只好单击清除,准备重算一次。

“那只是谣言而已。每个礼拜都有人这么说。”莉亚说道。

“也许吧!可是这次我是听亚当说的。”

“那有谁听到伊利亲口说的?”玛吉不答腔,“这就是我的重点,就像传说中的大脚雪人一样不切实际,这件事都已经成了都市传奇故事了。”

良久都没有人开口说话,最后伊瑟终于说:“已经一年多了,你想他会不会已经……”

“埃布尔是他最好的朋友，你也知道他们以前感情有多好。”莉亚说。

“我知道，可是，他总有一天还是得回去玩单车呀！”

“谁说的？”

“她的意思是说，以前单车就像是他的生命一样，现在他只是在那里管理一间单车店而已，感觉就像所有的事情都停摆了一般。”玛吉说。

又一阵静默，莉亚接着说道：“对他来说，可能真的是这样，你不觉得吗？”

这时身后突然传来的敲门声让我吓了一跳。伊瑟不知什么时候悄悄离开她们两人，径自把收银机内的现金拿进来。“我们差不多要走了。”她进来时说道。我跟每天晚上一样，退到一旁，让她钻进桌子底下开保险箱。“你快弄完了吗？”

“快了。”我答道。她关上保险箱的门，抽出了钥匙。“我再过一会儿就会出去了。”

“好的。”

等她离开后，我又回到计算器前，再次加总。可是做到一半的时候，我又不由自主地停下来，静静地坐着，努力想听清楚，她们是否再回到刚刚的话题。等我知道她们不再谈伊利之后，才继续低头算账，这一次算得特别慢，一个数字，一个数字慢慢地打，免得又犯了跟刚才一样的错误。

午夜时，我已经到海边散过步，也开车绕遍了整个柯比镇，可是还得在外面游荡几小时我才会想回家。我显然需要咖啡，便准备前往加油站的超市。

在我刚停好车并在车用烟灰缸里找零钱时，突然听到后面有引擎声隆隆地响起。我抬起头，看到一辆破旧的绿色卡车停在离我几个停车位的地方。我先认出坐在驾驶座的那个矮个子男孩，然后看到卡车后面堆放了几辆单车，玛吉的朋友亚当坐在他旁边。他们关掉引擎后，一起跳下车，走进超市。隔一会儿之后，我也跟着进去。

这间加油站超市很小，但很干净，走道整齐清洁，光线也不太亮。我依照往常的习惯，直接走到热食区，拿出最大的杯子装咖啡。亚当和他的朋友在另一头的冷饮区，拿了几瓶饮料后转往糖果区那条走道。

"花生糖，"我在加奶油到杯子里时听到亚当说，"崔滋乐糖，还有……我看一下，或许来个小薄荷糖怎么样？"

"你知道吗？你念商品名时不需要出声念的。"他的朋友说。

"这是我做事的方式好不好？我出声念的话比较能做出好的决定。"

"总之，听起来真的很烦人，至少小声一点。"

我盖上杯盖，确定都盖紧了之后，走到收银台前，柜台里那个健壮的女人正忙着对她的乐透彩。过一会儿之后，他们走到我身后来。我从头顶上的香烟广告镜面上看得到他们的影像。"一块一毛四。"店员说道，帮我结账。我给她正确数字的零钱，随后伸手端起杯子。

我转身时，亚当说道："嘿，我刚刚就觉得你很面熟！你，呃……在柯蕾曼婷工作对不对？"我知道那个"呃"是什么意思，显然我那个晚上一时错误的判断，替我自己贴上了"勾搭上杰克的女孩"的标签，不过亚当还算好心，至少当着我的面还不好意思说出来。

"是的，我是在那里工作没错。"我回答。

"我是亚当。"他指着自己说道，"这位是华里斯。"

"我是奥登。"我告诉他。

"你看，"亚当推了他一下说道，"她只买一杯咖啡而已，自制力多好！"

"真的假的？"华里斯说道，一面把他们拿的东西放到柜台上。"有谁来超市只买一样东西的？"

"嗯，"亚当说道，店员开始加总所有物品的价钱。"她不是本地人嘛！"

"这倒是。"华里斯看了我一眼，"当然，我们没有恶意，只是我们……"

"是爱逛街购物的人。"我想都没想就接口帮他说完。

他一脸诧异的样子，随后跟亚当相视而笑。"对极了。"

"总共是十五块八毛五。"店员说道，他们把手伸进口袋里，拿出一堆皱巴巴的钞票，我趁机离开，回到自己的车上。不久之后，他们提着大包小包走出来，上了卡车。他们把车开走时，车灯在我身上一闪而过。

我坐在那里喝着咖啡好一会儿，考虑着待会要去哪里。反正大不了可以去那间整晚营业的小吃店，或是在柯比镇再绕一圈。我看了一下手表：才十二点十五分，还要消磨好久的时间才能回家，可是能做的事情却少得可怜。也许正因为这样，我才不自觉地把车朝他们离开的方向驶去。不一定是去找大脚雪人，只是想找点事做而已。

要找到跳跃公园一点都不难，只要沿着停满单车的地方走就对了。

单车停得到处都是，有的停在狭窄的人行道上，有的放在汽车后面的架子上，或是迭在车顶上。我跟着一辆挂吊着鲜橘色单车的老大众汽车，转进离海滩两三条街外的一片大空地。停车时，我看到露天看台那边有两盏大灯，照在一排单车跳跃用的、铺满木料与沙子的坡道上。偶尔会看到有人骑着单车从坡道上飞跃起来，停在半空中，刹那间又在视野中消失。

还有以各种窄道筑成的椭圆形弯道，有人绕着弯道骑行，弯道的底端有两个彼此相对的大斜坡。我坐在车里看着某个戴黑色安全帽的人，从斜坡骑下去，然后又骑上对面的坡道，就这样上下来回了好几趟，宛如有人拿着链表，在我面前左右摇摆着，像会给人催眠似的。这时有人重重地关上大众汽车的车门，突然间惊醒了我。

问题是我不知道自己到底去那里做什么，这不是我喜欢的场合，这群人也不是我的同类。大部分坐在露天看台上的女孩，可能都在忙着比较唇膏，或聊着下方那些单车骑士的琐事以打发时间。还有进一步的证据显示我的观察是正确的：当我仔细看时，发现玛吉就坐在看台的前面，当然也穿着粉红色的衣服。虽然我尚未看清楚，杰克此时是否也在单车弯道中，不过，或许不需要细看，我就知道他应该在现场。

我往椅背上靠去，端起咖啡，喝了一小口。汽车还是陆陆续续地开进来停，偶尔有人经过我车旁，他们谈话的声音传了过来。每次听到这些声音都会让我警觉起来，很想把钥匙插进锁孔中，启动引擎，马上离开那里。然而，他们只是继续往前开，所以我也垂下手来，毕竟我也没有其他更好的事情可做，至少待在这里不会浪费汽油。“哟！”突然有人在我右方大喊一声，“美女！派对在哪里呀？”

我立刻就认出那是杰克的声音，我猜得一点都没错，等我转过头去看时，便看到他靠在离这里约一两排的银色轿车门上。他穿着牛仔裤和红色长袖衬衫，衣角在微风中飘动着，轻轻地喝了一口手中蓝色塑料罐内的饮料。我隔了片刻才发现，原来他并不是在跟我说话，而是跟好几排车道外刚走过的金发女郎说话，那女孩的双手插在外套的口袋里，瞥了他一眼，羞涩地笑了笑，然后继续往前走。隔一会儿之后，他追上她，在我前方只隔一两辆车的距离。

该死！我心想道，看着他对那女孩露出灿烂的笑容。现在马上离开一定会引起过多的注意，可是我也不想坐在那里，看着我最近犯过的大错在眼前重演。我考虑了一下其他的选择，随后小心翼翼地打开车门，踏上碎石子路。轻轻地关上车门，弯着身子绕过旁边的那辆车，接着绕过一辆又一辆的车子，尽量拉开我们之间的距离。

由于我绕道而行，逃出去时，来到了跳跃公园的左边空地，只有几个单车的停车格和几棵零散的树木。这里刚好是大灯照不到的范围，所以我可以看清楚一切又不致被人发现。换句话说，这简直是个完美的地点。

我斜倚在一辆单车的架子上，看着人们在单车道上穿梭来去。乍看之下，每个骑士都一样，不过仔细观察之后，我发现每个人骑车的速度都不同，有的小心翼翼地留在地面上，有的飞跃得很高，但还有人跳得更高。偶尔看台上会传来阵阵掌声，有时又传来不满的嘘声，否则就是异常的安静，只听得到轮胎压过碎石子的声音，偶尔有单车飞跃到半空中时，现场便出现短暂的静寂。

不久之后，我看到亚当和华里斯坐在自己的单车上，脱下安全帽跟其他人一起排队，等着进入跳跃坡道。华里斯正在吃品客洋芋片，亚当则抬头望着看台的方向，跟某人招手，劝那人加入他们。我顺着他的目光望去，又看到玛吉了，她仍然独自一人坐在那里，盯着下方的单车坡道。我很想告诉她，你继续找吧！不过，你恐怕是找不到他的，因为他是在看台底下，而不是在前面的单车道上，真是笨女孩。

我想到这里时，她好像听到了我说的话，突然站起来。她举起手，把深褐色的鬈发拨在颈后，用橡皮筋扎起来，再把手伸进身旁的袋子里，拿出一顶安全帽，手抓着帽带，从看台上一直走到在下方等待她的男孩身旁。

我不得不承认，我真的很惊讶，不过接下来看到的事情更让我震惊不已：她来到亚当面前时，他便跳下车，让给她骑，然后她跨上单车，戴上安全帽。他不知对她说了什么，她点点头，把单车慢慢地往后推，手指弯曲地抓在把手上。等她退到大约二十米后,踩了几下踏板,调整肩膀的姿势,开始朝跳跃弯道骑去。

她骑到第一个弯道时,路上扬起了一阵尘烟,速度还算缓和,越接近跳跃弯道时,冲力越快,接着绕过一个又一个的弯道。等她来到第三个弯道时,跳得很高,弯着背脊,飞冲上去,单车仿佛飘浮在她的身下一般。即使以我有限的骑车经验,我也看得出她跳得真的很好:她撞到木块时非常平稳,落地时的动作也很流畅,不像我先前见到的那些骑士那么笨拙。她似乎没花多少时间,不费吹灰之力就完成了一整套的跳跃动作,接着绕一圈,回到男孩们排队等待的位置。华里斯请她吃洋芋片,她接过来,解开安全帽扣,把洋芋片塞进嘴里。

我起先忙着看这些动作,并未注意到有人从我右方出现,后来才发现来人是伊利。他的头发披散在肩上,身穿牛仔裤和长袖 T 恤。很不幸的,等我看清楚这些时,我盯着他太久,已经引起了他的注意。他转过头直视我,我点头响应,希望样子看来很自然随意。

他也点点头,把手放进口袋里。我想到今天稍早时,伊瑟、莉亚和玛吉谈到的事情,说他不再骑单车是为了某种原因,或某个人。其实这也不干我的事,反正我正要离开这里了。我正想朝停车场的方向走去,这也表示我必须从他面前走过去。当我走近时,他又看了我一眼。"这么快就要走了?"他以我熟悉的冷淡口吻说道,"对你来说,还不够刺激是吗?"

"不是,只是……我得去别的地方。"我说。

"很忙喔。"他说。

“没错。”

我并未假装认识伊利，可是即使如此，我注意到他的态度让人有点难以理解。他说话的方式让人难以断定他到底是认真的，还是在开玩笑。这让我很困扰，或是很吸引我，或者两者都有。“那么，”良久后我说，心想问一下也不会有什么损失。“你也要去玩单车吗？”

“没有，你呢？”

我差点笑出来，随后想到玛吉，明白或许这不是玩笑话。“不，我甚至不会，我是说，我已经好久没骑单车了。”

他思索了一下，随后回头看了一下单车跳跃场。“是喔。”

他这句话也说得冷冷淡淡的，所以我接下去也没什么话可说，不过，我总觉得很想替自己辩护，于是说道：“我只是……小时候没有很多时间做户外活动。”

“户外活动。”他重复。

“我是说，我也会出门的，”我补充，“也不是宅女或是什么的，我只是很少骑单车而已，最近也没什么机会骑。”

“是喔。”又来了，这也不像是在批评，可就是让我很不舒服。

“怎样？在这里不会骑单车有罪吗？就像在加油站超市只买一样东西也犯法是吗？”我说。我本来想以开玩笑的口吻说这句话，可是连我自己听到这句话都觉得刺耳，也许还有点疯狂。

伊利说：“什么？”

我顿时脸红起来。“没什么，算了。”

我转身要走，从口袋拿出我的车钥匙。可是才走了两步，他又说：

“你知道，就算你不会骑单车也不是什么丢脸的事。”

“我会骑单车，”我说，而且这也是事实，我七岁那年圣诞节时，在我们家的车道上，曾经学骑荷里斯那辆有助轮的旧单车。就我记忆所及，我还满喜欢骑单车的，起码不讨厌。但这也无法解释我为什么不大记得，在那之后很少骑，或者一次也没再骑过。“我只是……好一阵子没有机会骑而已。”

“嗯哼。”他说。

他只有这句话，只是嗯哼一声，拜托。“怎样？”

他挑起眉毛，可能是因为我的音调再次升高，甚至有点颤抖的样子。这实在很奇怪，因为我跟男孩子讲话通常都会很紧张，可是伊利却不同，他让我很想多说一点，而不是少说一点。这或许不是件好事情。

“我只是想说……”隔一会儿之后，他说，“我们现在正在跳跃公园里。”

我只是看着他。“我不会为了要向你证明这个就去骑单车。”

“我也没叫你去骑。”他答道，“只不过，如果你想找机会骑的话……你现在就有机会了，如此而已。”

这倒是真的，非常合理，因为我刚说没机会骑：他只是向我指出，现在机会来了，确实如此，那我为什么觉得这么不自在呢？我大口地吸气，一口接一口地深呼吸，等我的声音终于平稳之后才说：“事实上，我想这次还是不骑了吧。”

“好吧！”他说，似乎一点都不在乎。

随后我走回我的车子，谈话就这样结束了。可是“好吧！”那到底是什么意思呢？

等我坐到驾驶座上，关上车门，回头看他时，心里已经想到几十种较好的应对方式。我启动引擎，把车开出去，转弯离开时看到的最后画面是：伊利仍站在原位，凝望着在单车坡道上那些跃上跃下的单车骑士，他的头微微地倾斜着，仿佛在很认真地思考事情。从这个距离望过去，很难分辨那些单车骑士到底有什么不同，也很难看出他们各种不同的跳跃和风格有什么差别。在我看来，他们全都一个样，先在车道上平稳地骑着，再飞跃，落地，刹那间出现在视野中，随后又马上消失不见。

第七章

只要是跟笛丝贝有关的事情，海蒂就全都要操心。既担心她睡不好，吃得不够多，又担心她吃得太多。操心她腿上的红点不知道是什么——是轮癣？湿疹？还是不好的胎记？——担心她这么常哭，不知道会不会伤身，不知道她的头发是不是脱落了，又担心她的大便颜色不知道有没有问题。现在她又要让孩子出现自我认定的问题。

“哦，我的天啊！”有一天我下午四点下楼来倒咖啡时，听到她大叫道。她和笛丝贝正在客厅的地上练习“趴睡”，她把这当场宗教仪式一般，因为据说这样可以避免小孩的头变得太扁。“你看看，你好壮喔！”

刚开始我只是专心致志地想提高我的咖啡因浓度，并没有注意她们。而且我在这里住了这么久，早就习惯了；如有必要的话，我也能完全忘记海蒂的存在。可是，我喝了半杯咖啡之后，开始发现好像有什么事情不大对劲。

“卡罗琳。”她以歌唱般的语调说着，刻意强调每一个音节。“谁是我美丽的卡罗琳呀？”

我再装满另一杯咖啡，走进客厅。她在孩子身旁弯着身子，而小宝宝正趴在地上，挣扎着要抬起那颗大头，很可能是已经扁掉的头。“卡罗琳。”她搔着小宝宝的背说道，“好漂亮的卡罗琳·魏斯特小姐。”

“我以为她的名字是笛丝贝。”我说。

海蒂吓了一大跳，随后抬眼看我。“奥登，”她结结巴巴地说道，“我……我没听到你进来。”

我看了她一下，又看了一下小宝宝，然后目光又回到她脸上。“其实我只是路过而已。”我说完转身就要走，以为这样就没事了，可是等我走到楼梯口时，她却开口说话了。

“我不喜欢那个名字！”我转过头去时，她满脸通红地望着天花板，好像这句话是别人说的似的。随后她叹了口气，跪着坐直起来。“我不喜欢，”她慢慢地、更小声地说道，“我想给她取名叫伊莎贝尔，这是我在柯比镇的好朋友的名字，我一直都很喜欢这个名字。”

听到这里，我充满渴望地望着楼上父亲的办公室的方向，跟平常一样很希望是他在此处理这个问题，而不是我。可是最近他更加专注地投入写书的工作，他没吃的苹果不断增加。“那么，”我对海蒂说道，走回她身旁，“你为什么不这样做呢？”

她咬了咬唇，用手顺着小宝宝的背。“因为你父亲想要一个比较有文学味的名字。他说伊莎贝尔太俗气、太平庸了，说这样她就没有机会出人头地。可是我担心笛丝贝这个名字太突出、太奇特了，有一个别人几乎听都没听过的名字一定很辛苦，你不觉得吗？”

“嗯，那也不见得。”我回答。她张大嘴巴。

“哦！奥登！我不是在说你的……”

“我知道，我知道。”我说，举起手制止她道歉，否则她恐怕一直道歉得没完没了。“我只是说，以我的经验来说，那并未造成我的阻碍，如此而已。”

她点点头，随后再低下头看着笛丝贝。“嗯，我想，能知道这点也不错。”

“可是如果你不喜欢这个名字的话，”我告诉她，“那为什么不叫她卡罗琳。我是说……”

“谁叫卡罗琳？”我吓了一跳，转头看到父亲就站在楼梯口。显然我不是唯一一个会无声无息冒出来的人。

“哦，我只是在说小宝宝的中名而已……”我说。

“中名，”他重复道，“那只是因为她妈妈坚持要叫那个名字，我本来想叫她笛丝贝·安德洛墨达。”我眼角的余光瞥见海蒂皱起了面容。

“真的？”我说。

“这个名字强而有力呀！”他答道，捶着胸膛以示强调之意。“令人印象深刻，不能缩短，也不能改成可爱的小名，名字就应该要这样。如果你是叫艾希礼或莉萨，而不是奥登的话，你想你会这么特别吗？”

我不知道该怎么回答这个问题。他真的以为我会同意，是他帮我选了个好名字，而不是因为我自己努力的关系，才让我有今天的吗？

幸好，这似乎只是个反问句，他并不是很认真，因为他已经走到冰箱旁，拿出一罐啤酒来了。

“我觉得，”海蒂看了我一下说道，“名字虽然很重要，但那个人本身的个性才是让自己与众不同的关键。所以如果笛丝贝想当笛丝贝，那很好，可是如果她想要叫卡罗琳，那她也可以有这个选择。”

“她的名字，”父亲打开啤酒说道，“不会叫卡罗琳。”

我只是看着他，很想知道他到底何时开始变得这么自负和不可理喻。他不可能在我过去的人生中都是这个样子，如果是的话，我应该会记得的，那我为什么不记得呢？

“你知道吗？”海蒂很快地说道，把小宝宝抱起来，走进厨房。“我还不知道你的中名呢，奥登，你的中名叫什么？”

我定定地看着父亲的脸。“佩内洛普。”

“看吧？”父亲对她说道，好像这可以证明什么一样。“强而有力，有文学气息，独特且与众不同。”

我心想道，这名字让人觉得尴尬极了，太长、太做作了。

“真是个好名字！”海蒂过于热情地答道，“我真没想到呢！”

我什么也没说，只是低着头默默地把咖啡喝完，然后把杯子放进水槽中。不过我感觉海蒂一直盯着我看，即使父亲已经走向前面的阳台，打开了啤酒盖，她还在看我。我听到她深吸一口气，欲言又止的样子，幸好这时父亲在阳台上呼叫她，问她晚餐要做什么。

“哦，我也不知道！”她说，瞥了我一眼，一面把笛丝贝放到厨房桌上的娃娃椅上。她帮笛丝贝绑好安全带，随后充满歉意地看了我一下，便走出去跟父亲说话。“你今天怎会有心情问这个？”

我站在那里好一会儿，望着他们俩站在一起看海。父亲喝着啤酒，海蒂跟他说话时，他搂着她的腰，把她拉近自己，她则把头靠在他的肩上。有些事情实在令人费解，我也在学习中。小宝宝在厨房的柜台上发出咯咯的声音，挥舞着手臂，于是我走过去，低头看她。她现在还没办法直视人的眼睛：她的目光总是盯着人的额头中央。

也许她最后还是会叫笛丝贝,父亲从来不曾考虑过卡罗琳这个名字。可是想到父亲说话时那一脸笃定的样子,让我想靠在她耳边,再给她一个全新的名字。既不是她真正的名字,也不是海蒂取的名字,而是只有我会叫她的名字。

“嘿,伊思比。”我低语道,“你是漂亮的伊思比。”

夏天住在海边给人一种特别的感觉。当你习惯了阳光和沙滩,就很难记起在世界其他角落的景象,或是夏天之外的时间到底是什么样子。几天后我打开前门,突然见到外面下着倾盆大雨,我站在那里发了一会儿呆,才发现我已经完全忘了下雨的日子是什么样子了。

我没有雨衣,只好跟海蒂借,她拿了三件雨衣外套给我选:一件鲜艳粉红色、一件浅粉红色,还有最后一件,套句她自己的话说,叫做“暗粉红色”,不管那是什么意思都一样。我挑了浅粉红色的那件,然而当我走在潮湿的灰色人行道上时,仍然觉得自己好像会发光似的,跟周围的一切比起来,显得异常的醒目。

到了柯蕾曼婷,玛吉坐在收银台里面,穿着迷你裙、夹脚拖和旧T恤,T恤上面写着“克莱德的单车”(CLYDE'S RIDES),两个D字母上都有单车轮。她正低着头读杂志,八成是她最喜欢的《好莱坞世界》杂志,我走近时,她懒洋洋地跟我挥手。

“今天下这么大雨还来呀?”她说,从收款机里拿出当天的收据给我。

“是啊!”我答道。“今天有进货了吗?”

“还没。”

我点点头,随后她又翻了一页,继续看她的杂志。伊瑟和莉亚有时会想跟我多聊几句话,可是玛吉向来话都说得很少,事实上我还蛮感激这一点的。我们也不需要假装是朋友,除了同事之外,我们也没什么共同之处。不过,我不得不承认,她在跳跃公园的表现,还是让我有点意外,否则我以为我已经把她的性格大致都摸熟了,我知道她对我的想法可能也是如此。

我走进办公室时,不知为什么感觉里面特别冷,因此坐下之后,仍继续穿着海蒂借我的雨衣外套,拿出支票簿,翻找我的计算器。这一个小时里,店里一片死寂,只有几个女孩进来挑打折的衣物,看了一下鞋子。偶尔我会听到玛吉的手机传出哔哔声,表示有短信进来,除此之外,店里都很安静。大约六点时,挂在门上的风铃响起。

“嗨,”我听到玛吉说道,“需要我帮你找什么东西吗?”

那人停顿了一下,我正在想不知道那人是否听到了她的问话。但后来那人的声音响起时,我比谁都清楚那个人是谁。“哦,不用了。”母亲说道,我听得出她的音调有点颤抖的样子。“我只是来找我女儿而已。”

“你是奥登的妈妈?”玛吉问道,“好极了!她在后面,我相信她……”

我立刻坐直起来,把椅子推进去,匆忙赶到门边。尽管我已经尽快冲出来了,但还是不够快。我看到母亲跟往常一样穿着全身黑的服装,礼服外再加一件毛线衣,头发挽成一个发髻,站在化妆品展示区。

她拿着一个小玻璃瓶，眯着眼睛打量上面的标签。

“翘臀野莓。”她慢慢地读着，咬字清晰地念出每一个字，随后从玻璃瓶上看着玛吉。“这是什么？”

“香水。”玛吉对她说道，然后对我笑了一下，“事实上，应该说是喷在身体上的香氛，它跟香水很类似，不过味道淡一点，而且比较持久，每天都可以用。”

“那当然。”母亲淡淡地说道。她把瓶子放回去；随后认真地环视店里的一切，她脸上明显露出不悦的神情。等她终于把目光移到我身上时，表情也没有更愉快。“哦，你在这里。”

“嗨。”我说。她严肃地审视着我，使我顿时紧张起来，当我想到身上穿的粉红外套时，感觉更加紧张。“我，嗯……你什么时候想到要过来的？”

母亲叹口气，从玛吉身旁转身离开——不知为什么玛吉此时还在对她微笑着，来到泳衣展示区，她那表情好像在观看着某个悲剧节目似的。“今天早上，”她摇着头说道，伸手去摸一件有花边的橘色泳裤。“我突然很想逃离那里，可是我好像把不好的心情和天气也带过来了。”

“哦，别担心。雨势晚上应该就会变小了。明天天气一定会很好！完美的阳光沙滩，到时你就能做日光浴了。”玛吉说。

母亲转过头去看她，好像她说的是外星语一般。“嗯，”她说，我看得出来，那种口气表示她极力克制自己不把心中的想法说出来。“如果真是那样就好了。”

“你吃过了吗?”我感觉问她的口气过于急切,于是深吸一口气,较为平静些之后才说,“我们门前这条路走过去不远的地方,有一间很不错的汉堡店。我应该可以休息一个钟头左右。”

“你当然可以休息一下啊!你应该去陪你妈妈,账簿的事情晚点再弄就好了。”玛吉说道。

母亲又瞄了她一眼,好像在怀疑她可能连账簿是什么都搞不清楚,更别说看了。“我可以去喝一杯东西,什么都可以。”她说,又环顾店内一眼,随后朝门口走去。连她的步伐看来都像对一切不予苟同的样子。“你带路吧!”

我瞥了玛吉一眼,她正着迷地看着母亲。

“我晚一点就会回来,好吗?”

“没关系,你慢慢来!”她说,“真的,我一个人在这里不会有事的。”

母亲对她的回答嗤之以鼻,幸好我们很快就出门了,又回到大雨倾盆的屋外。门在我们身后一关上,她马上就说:“哦,奥登,这里比我想象的还要糟糕。”虽然我对她如此直言不讳地说出来一点都不觉得惊讶,可是脸还是立刻红了起来。“我需要一件雨衣,否则我通常是不会……”

“我是说,”她继续说道,“我知道海蒂开的店可能不符合我的理想,可是什么翘臀野莓香氛呀?还有那个什么洛莉塔式的泳裤?我们现在是不是要把所有的女人都打扮得像小女孩一样?还是让小女孩看起来更像小女孩,好让别人来剥削她们的纯真?她身为一个女人,还是一个母亲,为什么还能容忍这种事情?”

听到这里，我松了一口气，对我来说，听母亲这样骂人，就像听儿歌一样稀松平常。“呃，事实上，她很了解市场，这些东西真的很好卖。”

“当然好卖啦！可是这并不表示这样做就是对的。”母亲叹道，打开雨伞，遮住头顶，随后把手伸过来，让我勾起她的手臂，跟她共撑一把伞。“而且全都是粉红色，那里简直就像巨大的阴道一样。”我忍住想笑的冲动，用手遮住嘴巴。“可是我想那正是重点。”她叹口气说道，“正因为这是女性生活中最肤浅、最差劲的东西，才会让人这么生气。糖果和香水，无谓的包装外表，一点都不切实际。”

我们来到最后机会餐馆，难得今天没有大排长龙。“就是这里。”我朝店面点头说道，“这里的洋葱圈让人爱不释口。”

母亲看了一下门口。“哦，不，不，我至少要一张铺着桌巾的餐桌，菜单上还要有很多种葡萄酒才行，我们继续找吧！”

最后我们回到她住的饭店，那是在人行道尾端一家名叫“兀鹰”的精致旅馆。旅馆内的餐厅很小，只有几张桌子，窗上挂着厚重的红色窗帘，地毯也是同色系的。母亲找到一个位子，朝桌上闪烁的蜡烛点头赞许，边脱下毛线衣边跟服务生点了一杯红葡萄酒。我被她瞪了一下之后，脱下海蒂的外套，塞进袋子里，让她眼不见为净。

等红酒来了之后，她喝了一大口，随后说道：“嗯，跟我谈谈你爸的书吧！他现在应该已经写完，准备寄给他的经纪人了吧？他让你看过那本书吗？”

我低头看着水杯，拿着它在桌上转圈圈。“还没，”我小心翼翼地答道,因为我知道她不只要我回答这个问题而已。“不过他日夜都在忙着写书。”

“听起来好像还在写,而不只是润稿而已。”她评论着,拿起菜单快速地浏览了一下,然后放到一旁。我一语不发。“可是你爸写作的习惯一向都很奇怪。写作对他来说,不像别人那么轻松。”

我心想现在该换个话题了。“小宝宝长得很可爱。不过她还是很会哭,海蒂认为她可能有点毛病。”

“如果你认为小孩有毛病,那她很可能就没有。”母亲说,又啜饮了一口红酒,“要知道,荷里斯就铁定有毛病,他从医院回来的第一天开始,就哭得声嘶力竭,这种情形持续了三个月。”

我点点头。“嗯,笛丝贝蛮会哭闹的……”

“笛丝贝,”母亲摇摇头,“我还是不敢相信他竟然会取这个名字。你爸老有希望孩子变成伟人的妄想。她的中名是什么?普西芬尼?还是碧翠丝?”

“卡罗琳。”

“真的假的?”我点点头。

“真是奇怪,这一点都不像他会取的名字。”

“好像是海蒂取的。”

“她应该更努力争取才对,毕竟那只是个中名而已。”

服务生这时正好过来,问我们要不要点开胃菜。母亲又拿起菜单,帮我们俩点了桔醋凉拌干贝和一盘起司。我低头看着海蒂的粉红色外套,此时隐藏在深红色的桌布底下,几乎看不见了。我突然想到那天我们讨论到名字时,她急着赞美我这个长得烦人的中名,只因为她认为这样说,我会觉得好受一点。

"不过,话说回来,"服务生走了之后她说,"我不认为你爸选海蒂是因为她有刚毅的个性,事实上应该正好相反。我认为他只是想找个软弱听话的女人,那样他就能确定她会乖乖听他的话。"

我知道她说得可能没错,毕竟过去几个礼拜以来,海蒂的态度也没有表现出有骨气的样子,可是我却莫名其妙地说:"不过,海蒂也不是肤浅幼稚的人。"

"不是吗?"

我摇摇头。"事实上她还是个蛮聪明的生意人。"

她转过来面向我,用那深褐色的眼睛凝视着我。"是吗?"

"没错,我是说,我知道这点是因为我帮她做账的关系。"我忘了母亲的目光能看透人心,于是赶紧补充解释,并把注意力拉回到我的水杯上。"柯蕾曼婷或许只能做季节性的生意,可是她却有办法让生意一整年都有利润。而且她真的很了解流行的趋势,她去年订的东西这时候都很畅销。"

"我明白了,"她缓缓说道,"比方说,就像翘臀野莓这种香水是吧?"

我脸红了起来。我干吗要替海蒂辩护呀?"我只是说,她的人跟外表不大一样。"

"没有人是里外合一的。"她说,不管怎么样,她总是有办法在最后关头扭转局势,把话说得好像她始终都是对的。我真不知道,她为什么总有办法做到这点。“不过，我们不要谈海蒂了，来谈谈你吧！你课业准备得怎么样了？一定读了不少书吧？”

“我是读了，只是进度有点慢。那些课本有点枯燥无味，尤其是那些经济学的东西，可是我想……”

“奥登，你不可能要求每一门课都能为你简化，你也不希望如此。挑战就是意味着你会得到更多更好的知识。”

“我知道，我只是觉得没有教授指导，自己读有点困难而已。我想等我上过课之后，就应该能知道什么才是重点了。”

她摇摇头。“可是你不需要那样。我有一些学生经常都要等我解释戏剧中的某一句话，或是舞台的指示在文中是什么意思。他们甚至不愿意自己想办法去搞懂文意。可是在莎士比亚的时代，大家只拿得到剧本，你得靠自己解读其中的涵义，这也是唯一的、最单纯的学习方式。”

她显然又要开炮了，所以我或许不该这么回答。“可是这是经济学，又不是文学，这两科是不一样的。”她现在把全部的注意力都集中在我身上了，眯起了眼睛说：“不，奥登，是不一样，那正是我的意思，我什么时候教导你盲目听从别人的意见了？”

我只是静静地坐在那里，这一次聪明地知道我最好不要答话。幸好食物来了，她也念完了。之后气氛也没有转好，她不再谈论我的事情，只是点了另一杯红酒，开始长篇大论地说着关于她课程的争论，显然这些事情榨干了她的时间和精力。我漫不经心地听着，必要时虚应了几声，一面吃着色拉和意大利面。我们吃完已经八点了，步出大门时,雨已经停了,天空中映着几条淡红色的彩霞。

“哦,你看看,”母亲看着天空说道,“这是你最喜欢的颜色呢!”我感觉好像被打了一巴掌,这正是她的本意。

“我不喜欢粉红色。”我说,声音跟我的感觉一样僵硬。她对我笑了一下,随后伸手过来摸摸我的头发。“我认为你太费心辩解了,但你的雨衣外套却说出了不同的看法。”

我低头看了一下海蒂的外套。“我跟你说过了,这不是我的。”

“哦,奥登,放轻松一点,我只是在开玩笑而已。”她深吸了一口气,随后慢慢吐出来,闭上眼睛说,“再说,你在这里跟海蒂和其他人在一起,你会稍微改变一点也是意料中的事。我猜我总不能永远把你当成我自己的影子,终有一天,你还是会想尝试翘臀野莓香氛的。”

“我不想!”我说,我察觉自己的声音很尖锐刺耳,她也听出来了,微微地睁大了眼睛。“我是说,我不想尝试,我只是在那里工作而已。”

“亲爱的,没关系的。”她又摸摸我的头发说道,可是这次我却往后退,不让她碰我,我很讨厌她这种高傲又故做亲切的态度,也讨厌她微笑耸肩的样子。“我们都难免会有一些不可告人的小秘密不是吗?”

那纯粹只是巧合,这时候我刚好望向我们后方栅栏内的水池,那边空空荡荡,只有一个男人。那人戴着方形的黑框眼镜,皮肤苍白得几乎半透明,穿着一条红色的运动裤,正在读一小本精装本的书,任何人一眼就可以看出那是本文学书。我凝视着母亲的眼睛,随后又转过去看他,确定她的目光跟着我移动。等她看到时,我说:“我猜我们的确都有小秘密。”

她的表情想要保持轻松的模样，但我还是见她脸上抽搐了一下，表示我这句话正中红心。可是我并未因此觉得更好过一些，其实什么感觉都没有。“嗯，”隔一会儿之后，她说，“我相信你应该还要回去工作。”她说这句话时就跟谈到我父亲的工作时一样，表明她不认为这个工作有多重要，或是认为根本就不存在。

她靠过来让我亲吻她的脸颊，可是我却站在原地不动。她又对我笑笑说：“哦，亲爱的，不要这么顽固愤怒，这可是软弱的第一个反应呢！”

我咬咬唇，转身背对她，不想回答那句话。只是伸手去拿海蒂的雨衣外套，我走路离开时，好像要把粉红色从上面掀掉似的。我感觉好像有人在身后叫我，不过我知道母亲是不会叫我的。她话都已经说完了，对她来说，那句话已经让她称心如意了，这才是重点。

回到柯蕾曼婷的途中，我一直低垂着头，想要吞下哽在喉中的硬块。显然我替海蒂辩护让她很不高兴，即使我只是说她并不是“肤浅幼稚的人”，然后给她两句小小的赞美而已。可是在母亲眼中，这已经足够把我打入粉红一族了。好像我如果不同意她的看法，那我就是跟海蒂一样的人，没有任何中间地带可言。

想到这里，泪水就盈满眼眶，这时我正要打开柯蕾曼婷的大门。好在伊瑟、莉亚跟玛吉都围在收款机前，跟平常一样热烈地讨论着晚上下班后的计划。我穿过店里，走进办公室时，她们几乎都没注意到我，我坐在办公桌前，准备全心投入工作。可是大约二十分钟后，眼前的数字却变得模糊起来，我用手背擦干眼泪，决定今晚就到此为止了。

我离开办公室前，先把头发用橡皮筋绑起来，尽可能摆出一张严肃且未受影响的表情。深吸两口气后走向门口。

“问题是，”我走出来时，莉亚正在说，“我在咖啡厅是不可能遇到帅哥的。”

“谁说的？”伊瑟问道。

“这是常识好不好，帅哥是不会去咖啡厅坐的。”

“那敏感、充满艺术气息的帅哥呢？他们几乎整天都泡在咖啡厅里。”

“对，可是，”莉亚说，“我不觉得有艺术气息的男孩子是帅哥。”

“哦，对喔！你只喜欢那些头上抹油的男孩子。”伊瑟答道。

“事实上，抹发油的男孩子是你喜欢的类型，而艺术家型的男孩子都是不洗澡的。”

我只希望她们专心地聊这些话题，不会注意到我。可惜运气不好，我一走过来她们就看见我了，这下子大家的注意力全都跑到我身上来了。“我要走了。”我尽量让声调保持平稳，“那些收据都处理完了，明天我会早点来算薪水。”

“好的。”玛吉说，“嘿，你跟你妈妈是不是玩得很愉快……”

“你知道，”伊瑟突然对莉亚说道，“我有点不喜欢刚刚那个评语，跟我约会过的男孩子，没有一个会像你去年认识的那个军人那么油头粉面。”

“他才不是油头粉面呢！”莉亚说道，拿起手机浏览着屏幕。“那是发油好不好。”

“我觉得那也算呀!”

“那才不算。”

“你确定吗?因为……”

谢天谢地,这样我才有办法假装没听到玛吉说到一半的话,一言不发地悄悄溜出门。反正她似乎也没注意到:我回头看时,她正被莉亚说的话逗得哈哈大笑,伊瑟翻翻白眼,三个人还是跟往常一样,沉浸在她们的粉红小世界中。

我来到一间名叫“海滩豆”的店面,买了一大杯咖啡,随后找个沙滩坐下来,边喝边看夕阳。等到喝完最后一口时,我拿出手机,按了快拨键中的第一个号码:维多利亚·魏斯特博士。

“嗨,妈,是我。”

电话那头停顿了片刻,随后她说:“奥登,我就在想你应该会打来。”这不是一句好的开场白,但我不想跟她计较。

“我只是,想问你明天早上要不要一起吃早餐。”

她叹了口气。“哦,亲爱的,我很想去,可是我明天一大清早就要回去了。老实说,我担心我这趟来错了,我忘了我有多讨厌海边,而且这里的一切都这么……”我等着她把下面的形容词说完,知道这个形容词很可能也是在说我。不过她只是让这句话不了了之,饶了这片海岸,也饶了我。“总而言之,”隔了令人难以忽视的沉寂之后,她说,“很高兴能来看你,要让我知道你接下来的暑假过得如何,我每件事都想知道。”

我可没忘记,我离开的那天,她也说过一模一样的话。不过,我们彼此都知道她指的是关于父亲和海蒂生活中那些愚蠢可笑的琐事。由于我身上这件粉红色的雨衣，我现在也置身在他们愚蠢的生活中。

“以后我会跟你说的，回去时小心开车。”我说。

“我会的，再见，甜心。”

我挂上电话，呆坐在那里，感觉到哽在喉中的硬块又出现了。要跟她的工作、同事、学生还有我哥哥竞争，我经常都要极其努力才能得到母亲的注意。我常在想，不知道我这种感觉是不是很可笑。不过显然我的直觉是对的：要赢得她的注意不但很困难，而且要失去也容易得很。

我在那里坐了一段时间，望着天空中的彩霞淡去，天色渐渐变黑，人们在我前面的海滩上散步。有些是全家一起出游，小孩跑在前头，闪躲着冲上来的海浪。即使天已经快黑了，仍有许多牵手漫步的情侣和成群结队的男女，还有远方冲浪者的点点身影。但最后海滩上的人群还是慢慢散了，后方那排房子还有远方码头上的灯也亮了起来。黑夜才刚要开始，到明早之前，还有很长的时间要过。想到这个，就让我觉得好累好累。

“奥登？”我被这叫声吓了一跳，回头竟看到玛吉站在我身后。她的头发随风飘扬，肩上背着手提袋。她身后那排人行道的路灯，一盏接一盏宛若无止境地向外延伸。“你没事吧？”她问。见我不答腔，她又说，“你离开时看起来有点难过的样子。”

我想到母亲用轻蔑的眼光看玛吉、比基尼裤、翘臀野莓香氛，最后再看我，这下我们全都被归在她讨厌的类型里了。长久以来，我一直极力避免这种事情发生,可是她不喜欢的事物实在太多了,就跟这片海滩一样又宽又长。现在我发现自己也身处其中,而我其实很高兴能有一个同伴。

“没有,”我对她说道,“我不觉得难过。”我不确定她听到这句话会怎么做,或说什么话。对我来说,从那一刻开始发生的一切都是崭新的体验。不过,从她轻松地抖落手提袋,任它掉在沙地上,径自在我身旁坐下的态度看来,她显然对这种事情很有经验。她并未把我一把抓过去,来个慰藉的拥抱,或是说一些温和的话安慰我,因为这两种方式肯定都会把我吓跑。她只是一语不发地陪在我身边,我后来才发觉,原来这正是我需要的。

第八章

“我发现，”玛吉说，“当你有口香糖的时候，总是会想再买其他的东西，因为口香糖不算是真正的点心。”

“说得对极了。”伊瑟赞同道，“如果我拿了口香糖，一定还会再拿洋芋片，或是两包饼干。这样一来，不但有吃的，吃完之后又有东西能让自己口气清爽。”

莉亚摇摇头。“我不知道耶！”她说，“那狄塔糖怎么说？它也像口香糖呀！可是我听说狄塔糖要在饭前吃才好。”

“但狄塔糖是可以吞下去的。”伊瑟指出，“你可以拥有它，可是口香糖只是借来嚼一嚼而已。”

玛吉转过去对她笑道：“真是了不起！”

“谢谢你，”伊瑟答道，“我在加油站超市里向来都是充满灵感。”

然而我却感觉不到什么灵感，也不觉得有什么东西能让我印象深刻，如果有什么感觉的话，那就是我感觉跟大家格格不入，只是一个在陌生世界里的陌生人。前一分钟还独自坐在海滩上，后一分钟却跟这群女生站在这里，甚至还变成一个爱逛街买东西的女生。

当玛吉在海边在我身旁坐下时，我并不知道接下来会发生什么事。虽然我在以前读过的几所学校里也交过一些朋友，但一般来说，我从不曾真正跟任何人一起做过女孩子家的事情。我跟其他女生的往来大都局限在课业讨论上，而且都有明确的共同目标。所以我现在只能根据以前在有线电视中学到的零碎片段的知识来行事；电视中那些女生联络感情的方式，似乎都是喝大量的酒、听迪斯科音乐、一起跳舞，不然就是以上各种活动通通来一遍。但是既然这些事情都不可能发生在我身上，即使是我情绪最低潮的时候也不可能，我不由得纳闷，我们到底要做什么呢？玛吉终于开口了，她又再次让我感到意外。

“这么说，你妈是个强悍的人啰？”我转头看她，她正凝望着前方的海水，海风把她的头发吹到脸颊上，而她的脸贴着膝盖。

我说：“那只是其中一种形容词而已。”

她笑了笑，伸手去拿她的手提袋，咚地一声，丢到我们俩中间的位置，接着一手伸进去翻找东西。过一会儿，她拿出一本杂志，我还担心是什么名人八卦之类的，不禁暗自哀求道：上帝救救我吧！结果等她把杂志摊放在腿上时，我却发现那竟然是U大的概况一览表。她翻着书页找到折角的地方后，把杂志交给我。

上面写着“U大英文系”，我看不清楚书页上的文字，因为这里唯一的光线是来自我们后方远处屋宅的灯。可是杂志上有母亲的照片——她坐在讲桌前，一手拿着眼镜，显然正在上课——不管光线多暗，距离多远我都能认出她来。

“你从哪里拿到这本杂志的？”我问她。

“这本杂志是跟我的申请书一起寄来的，我申请那家大学就是为了要上英文系。”

“你要去念U大?”

她摇摇头,我觉得自己不该问这个问题,因为申请书被拒这种话题一定很令人难过。“不过我做了很多研究,我今天在店里看到你妈妈时,就觉得她很眼熟,但我想不出来究竟在哪里见过她,我回家之后看到这个才想起来。”

我低下头,又看了母亲的照片一眼,然后慢慢地合上杂志。“她是个……很复杂的人。当她的女儿并不容易。”

“我想,有时候不管当谁的女儿都不容易。”她说。我把杂志还给她,她放进袋子里时,我一直思索着这个问题。我们在那里坐了好一会儿,两人都静静地望着海面。我当时在想,我在柯比镇遇到的这些人当中,最意想不到的就是跟她这样一起坐在海边,这突然又让我想起了另一件事情。

“你知道,”我终于开口说道,“我跟杰克之间真的不算什么,跟他扯上关系其实让我很尴尬。”

她缓缓地点头。“他对别人似乎都有这种影响力。”

“不过,说真的,如果可以重来的话,”我深吸了一口气,“我一定不会这么做的。”

“可是你,”她把腿往前伸直后说道,“只跟他相处过一个晚上,想想看,要是你跟我一样在他身上浪费两年又会如何?”

我当然无法想象,我甚至不曾有过男朋友,即使是差劲的男朋友都没有过。我说:“你一定很爱他了。”

“我是很爱他。”她说得简单明了,却也是事实,“我猜大概每个人都有过这种经验吧？”

“什么经验？”

“初恋，还有第一次被某人伤透了心。对我来说，初恋和失恋刚好都是同一个人。至少我的效率很高，一次搞定两件事，不是吗？”她又伸进袋子里找东西，随后拿出一盒口香糖。她打开盒子时，皱起了眉头。“空的，该去加油站超市一趟了。”

我抬头看她站起来，拍拍身上的沙子之后抓起袋子。“嗯，谢谢你过来看我。”

“你不要一起过去吗？”她问。

“去加油站超市吗？”

“随便哪里都可以。”她把袋子挂到肩上，“我是说，你要继续坐在这里当然也可以，只是感觉好像有点寂寞的样子，尤其你现在心情又不好。”

我只是坐在原地，静静地望着她，感觉我似乎应该要老实说，其实我还蛮喜欢孤独一人的，即使是在我心情最恶劣的时候也一样，甚至有时候我还比较希望独自一人。不过，我又想起先前一个人坐在那里望着夕阳的感觉，不知道我是不是真的宁愿独自一人。也许是，也许不是，这时候似乎有很多事情需要做决定，所以我干脆就选了另一个绝不会让我有疑虑的事实。

“嗯，我想我可以去买杯咖啡。”我说。

我马上就站了起来，把那个空杯子丢到附近的垃圾桶里，跟在她身后，从沙滩走到人行道，途中经过一群观光客；来到加油站超市之后,发现伊瑟和莉亚正坐在一辆老旧的福斯汽车保险杆上等我们。就这样,我现在就看着玛吉拿了一包饼干和口香糖,然后停在崔滋乐糖面前,正在考虑要不要买。伊瑟在她身后研究着一包葵瓜子。

“我整个晚上都在想着这件事情,”她说,“但是现在,就在这个当下,我不确定这是否有足够的零食饱满度。”

“零食饱满度?”我问。

“就是指你从零食里得到的口感和营养素。”莉亚拿起一包狄塔糖,摇了几下时,玛吉解释道:“比方说,葵瓜子的饱满度低,牛肉干的饱满度就比较高。”

“我必须实话实说,我对这些事情都不是很了解。”我说。

“什么事情?”

“爱逛街的疯狂嗜好,买零嘴时还分析比较每样东西的细节这些事情。”我不解地问,“这到底是为什么呢?”

她们面面相觑,随后伊瑟说道:“我也不知道,只是我们要去某个地方时,都不晓得接下来可能会碰到什么事情,所以就想多买点补给品了。”

“先逛街买吃的,”玛吉补充道,“然后好玩的事情就会出现了。”

她们走向收款机,我则拿起一个空杯子去装满咖啡。我的选择很简单,除了咖啡之外,别无所求。可是在前往收款机的途中,我却莫名其妙地抓了一盒二份装的巧克力杯子蛋糕。我知道它们是多余的,热量一定超高,而且也很浪费钱。然而我不由得想道,或许她们说得有道理。你永远都不知道接下来会去哪里,多准备一点吃的总不会错。

“哦,天啊!”伊瑟哀叫道。“我们以前又不是没去过那里。”

我们站在海边一栋大房子前的车道上,明亮的窗子内有许多走动的人影,前廊、阳台和下面的沙滩上到处都挤满了人。即便如此,车子还是陆陆续续地开进来,停在早已停了不少车子的窄路上,看样子几乎要塞满整个巷子了。我们站在那里大约两分钟左右,至少就有十五个人从我们身边走过,进到屋子里。

“就因为我们以前来过,”伊瑟继续说道,这时有一辆车停到我们后面,音乐声开得震天价响。“我才投票说,趁我们还可以保有尊严之前,赶快离开这里呀!”

“我可不打算要失去尊严哪!”莉亚说,打开一包狄塔糖,丢了一颗到嘴里。“我只是想要开心一下而已。”

“那还不是一样。”

“哦,拜托,才不一样呢!你们能不能放轻松点,这次也许会很好玩的。”莉亚说。

“这种派对向来都不好玩,除非你希望让人把啤酒泼在身上,或是在拥挤的走廊上,屁股被某个厚脸皮的男孩子乱抓一把。显然你喜欢这样。”伊瑟说。

莉亚叹口气,拨开脸上的头发。“听着,昨天晚上,我去卡洛米尔夜总会时,坐在那里听一个女生弹木琴,唱了十首歌曲,我抱怨了吗?”

“抱怨了喔!”玛吉和伊瑟异口同声地说道。伊瑟又加了一句:“抱怨得可大声了!”

“可是我去了呀,”莉亚不理会她们,继续说道,“今天晚上换我选地方了,而我选择这里,所以我们进去吧!”她不等大家同意,就立刻收起狄塔糖,自信满满地大步朝屋内走去。伊瑟没精打采地跟在她身后,玛吉则看着我。

“没那么糟的,我是说,你知道这只是个典型的周末派对而已。”她说。我并不知道,我根本就没概念,不过我不会这么说。我只是跟着玛吉穿过车道,小心地避开别人乱丢在车道和门阶上的啤酒罐。

进到屋内,走廊内满满的都是人,大家都挤在两旁,只留下一个狭窄的通道,就连这个通道也都要挤才能过得去。室内的空气闻起来像混着古龙水、汗水和啤酒味,越往里面,味道越浓烈。我尽量向前看,不过偶尔会在眼神的余光中,看到有个额头冒着汗水的男孩子在看我,或是听到某个说话声“嘿,宝贝,你好吗?”,那人也许是跟我说话,也许是跟别人说话。

我们终于来到客厅,虽然人更多,却有较多喘气的空间。震天价响的音乐从我看不到的音响内传出来,有一群人在客厅角落跳舞,跳舞的大部分都是女孩子,男孩子则在一旁观看。我的正右方是厨房,厨房水槽旁边的柜台上有一个大啤酒桶和各式各样的酒瓶,还有两盘糕点:一种是漂亮的杯子蛋糕,显然是手工冰制的,每一个上面都点缀着玫瑰,另一种则是各式各样的饼干棒柠檬、巧克力片和木莓,这些都被细心地放置在小小的杯盘垫纸上。

玛吉注意到我在看那些糕点,招手叫我过去,在我耳边说道:“柏里莎的爸妈开了一间烘焙店，这里是她家。”她朝一个将黑色长发挑染成金色，身穿白上衣和一条牛仔裤的女孩点头示意，那女孩正在客厅跟一群人跳舞。她仰着头朗声大笑，鲜红色的口红跟小糕饼上的玫瑰花一样红。

“我们需要啤酒。”莉亚从玛吉的另一边说道。她不知从哪里拿了几个红色的杯子，交给我说，“拿去，你离那里最近。”

我低头看着那些杯子，又看看旁边的啤酒桶，莉亚和玛吉正在谈事情，伊瑟不知道跑哪里去了，所以她们都没注意到我犹豫不决的样子，随后我转身面向啤酒桶，我猜她们应该是要我倒啤酒。看起来好像很简单的样子，所以我把酒桶上的栓子往上一翻，可是却毫无反应。

我环顾四周，莉亚和玛吉还在谈事情，附近的其他人——靠在冰箱上亲热的那对情侣——根本没注意到我，他们一副旁若无人的样子，显然只看到彼此。我又把栓子往上扳一下，还是没反应，我不由得脸红起来，觉得尴尬极了。我向来都不大会找别人帮忙，尤其是大家都认为你应该已经知道的事情。虽然我懂的事情很多，可是这简单愚蠢的事情我却一点经验也没有。

我深吸了一口气，正想再试一下，突然有一只手伸过来，手指往栓子上一压，啤酒就开始流进我手中的杯子里。“让我猜猜看，”伊利说道，音色跟平常一样冷静低沉，“从啤酒桶中倒酒也是属于户外活动的范围了。”

我看着他，他跟我初次见到他时一样，还是穿着蓝色的套头衣和牛仔裤。碰到这种事情已经够丢脸了，偏偏还被人看到，我立刻觉得很反感，于是说道："我们是在户外吗？"

他左右张望了一下，好像需要这样才能确定似的。"不是。"

"那这就不属于户外活动了。"我的注意力回到啤酒桶上。

他把手从栓子上移开，站在一旁看着我装满另一杯。"你知道吗？"他说，"我发现你防卫心真的很重。"

"而我，"我答道，"也发现你这人很爱乱批评人。"

"哦，这么说你还在为单车的事情生气了。"他说。

"我知道怎么骑单车！"我说，"可是现在却不会开啤酒桶的栓子。"我叹口气。

"你干吗在乎这个？"他耸耸肩。

"因为在这里，这是必要的常识，就像到加油站的超市不能只买一样东西。"我有点讶异他竟然还会记得我在跳跃公园里说过的话，有人记得是件好事，即使是尴尬的事情也一样。可是我不想理他，只是招手叫玛吉和莉亚，好让我把啤酒交给她们。可是当我面向她们时，她们两个都张大眼睛盯着我看。"什么事？"我问道，她们只是接过酒杯，然后走开几步，跟我保持距离，两人边喝酒边交换眼色。

我回到啤酒桶旁，伸手过去装最后一杯酒。我装完酒之后，她们还是用怪异的眼神看着我，我只好啜饮一口手中的酒。啤酒有点暖，且淡而无味，看来我以前也没错过什么好东西。

站在我身旁的伊利正在研究着糕点，我知道我刚刚或许有点无礼，为了缓和一下气氛，我说："看样子这家人好像拥有一家烘焙店之类的。"

他瞥了我一眼。"真的有。"

我不知道为什么又喝了一口酒,因为这杯酒真的难喝死了。"她是那个穿白衣服,口红很鲜艳的女生。"

他望向我指的那个方向,看着她们跳舞,良久后说:"哦,对,我看到她了。"

那个女孩舞动得很起劲,头发在身后左右摆动着,扭着屁股绕圈圈,一个抹发油的男孩子在她背后扭动着身子。

"哇,"我说,"真是不得了。"

"什么意思?"

我耸耸肩,那个女孩看向我们,目光对准我的眼睛,我又喝了一小口啤酒。

"只是……有时候简约即是丰富[①],你知道吗?"他仿佛淡淡地笑了一下,好像自以为很帅的样子,感觉有点讨厌。我看了玛吉和莉亚一眼,这时她们不知道为什么瞪大着眼睛看我。

"我也不是这个意思,"我对伊利说道,"你应该吃她的杯子蛋糕,看起来真的很好吃的样子。"

"不,我还是不要吃好了。"他说。

"你知道,"我告诉他,"如果你不知道要怎么吃杯子蛋糕的话,其实没什么好丢脸的。"

---

① 简约即是丰富"Less is more":为著名的建筑师米斯·凡德洛(Mies Van der Rohe)说过的一句话,提倡简单就是美,后广泛的被各界引用来提倡简约之美。

他现在真的笑了。“我知道怎么吃杯子蛋糕。”

“是喔!”

“我真的知道,”他说,“我只是不想吃那些糕点而已。”

“是吗?”我放下酒杯,从袋子里拿出从加油站超市买的糕饼,放在两人之间的柜台上。“证明一下。”

“你真的要我证明啊?”他问道。

“这在这里是必要的常识。”我说,“就跟骑单车一样。”

他打量着我的脸好一会儿,随后从那盘杯子蛋糕中拿出一个来。我看着他,正要喝另一口啤酒,突然觉得有人抓住我的胳臂。

“撤退,”玛吉悄声在我耳边说道,“撤退,撤退,快点撤退。”

“什么?”我问道,可是我话还没说出口,她就拖着我离开伊利——他正嚼着食物,呆呆地看着我们——来到后阳台,莉亚已经为我们清出了一条路。

“快点走!”莉亚抓着她的肩膀,玛吉点点头,拖着我跟她走。“我猜如果我们从这边的楼梯下去的话,速度会比较快,那就能避开那个了。”

“对,”玛吉答道:“我们一定要避开那个。”

“你们到底在说些什么呀?”我问道,玛吉一直拖着我匆忙地跑下楼梯,来到楼下的阳台,那里人比较少一点。

“避开什么?”

她转过头来,正想要回答我的问题,可惜却没有机会。因为这时候,我们右边的玻璃门突然打开,刚刚在跳舞的“简约并非丰富”的红唇杯子蛋糕小姐气喘吁吁地跑出来，挡住了我们的去路。跟她一起跳舞的两个女孩，一个是穿着黑衣的红发女生，另一个是矮胖的金发女孩，也跟在她身后冲出来。

“好了！”她高举着双手，手掌对着我们，她的鼻音很重，嗓音很细。“刚刚在里面到底发生了什么事？这个该死的家伙是谁？”她和两个朋友都怒视着我，我立刻就直冒冷汗，以前我在书上读过，但一生却从不曾真正经历过的事情发生了。

玛吉放开我的手臂说：“柏里莎，真的没什么。”

“没什么？”柏里莎往前一步靠近我。站得这么近，我都可以看到她皮肤上的坑坑洞洞了，她的鼻子似乎比原本的样子更尖更细。“你叫什么名字？贱人。”起先我还以为这两句既是问你叫什么名字，也是答案。随后我才发现原来她是在等我回答她。

“奥登。”我说。

她眯起了眼睛。“奥登。”她重复道，那口气好像在说垃圾或是粪便一样。“这是什么鬼名字啊？”

“呃……”我说。

“这不重要。”莉亚打断我说道，“正如玛吉说的，什么事也没发生。”

“她刚刚是不是在跟伊利调情？”柏里莎问道。

“她没有。”莉亚淡淡地，但很肯定地说道。那个红发和金发的女生彼此交换了一个眼色。“她不是本地人，谁都不认识。”

“而且什么事都不知道。”玛吉补充道，语气却没那么有自信。柏里莎看了她一眼。“你明白我的意思。”

“我看到他跟她讲话的样子。”柏里莎说道。她瞪我的样子很古怪，眼睛明明看着我，却能完全无视我的存在。“拜托，伊利在笑耶！”

“难道他不能笑吗？”莉亚问道。

玛吉瞪了她一眼，又说道：“听着，柏里莎，这真的是一个误会，我们现在就要走了，这样好不好？”

柏里莎想了一下，又走过来，这次靠得更近了。“我不知道你是谁，”她说，手指着我的胸口强调她的话，指尖几乎都碰到我了。“我也不在乎，可是你最好离我男朋友远一点，尤其是在我的屋檐下，你给我小心点，懂不懂？”

我望向她身后的玛吉，玛吉用力地猛点头。我说：“好吧。”

“好吧。”柏里莎重复我的话。莉亚在她身后叹了口气，抬头仰望天空。“现在给我滚出去！”

她说完之后，玛吉又拉着我的手臂，拖向旁边的楼梯。我们跟着莉亚走到海边之后，她还是死命地抓着我，我们绕过沙丘，穿过人行道，回到街道上，直到来到车子前，她才放开我，伊瑟已经先站在那里等了。

“你跑到哪里去了？”莉亚问道，“我们刚刚在那里很需要你助阵呢！”

“让我猜猜看，”玛吉和我坐进后座时，伊瑟说道，“没尊严的事情发生了。”

“如果你把奥登害我们被赶出来的事情称作没尊严的事，那你说得一点都没错。”莉亚告诉她，用力关上车门，转过身来看着我。“你疯了不成？竟然在柏里莎·诺伍德面前跟伊利·史塔克调情？而且还是在柏里莎的家中，吃着柏里莎的杯子蛋糕？”

这时大家都看着我，我说：“我们没有吃她的杯子蛋糕。”

莉亚摊了摊手，回身坐好，伊瑟发动了引擎。坐在我身旁的玛吉说道：“嘿，她根本不知道这些事情。”

“她也不知道你跟杰克的事情呀，”莉亚说，“可是她勾搭上杰克时，你还不是一样想揍扁她。”

“说得也是，”玛吉说道，“可是，跟柏里莎一样，我也错了，柏里莎和伊利已经分手了，伊利爱跟谁讲话是他的事。”

“问题就出在这里，”莉亚告诉她，转过头来面向我。“伊利是从不跟人讲话的，任何人都一样，所以他为什么要跟她讲话？”

没有人答话，后来我清了清喉咙说道：“呃，我也不知道，自从我某天看他在半夜骑单车之后，他就开始跟我说话了。”

一片寂静，大家全都盯着我看，连伊瑟也从后视镜中看着我。玛吉轻轻地说道：“你看到伊利骑单车？他在那里干什么？”

我耸耸肩。“我不知道，耍特技吧？他在人行道后面的空地练习跳跃。”

玛吉和莉亚两人面面相觑。“你知道吗？”莉亚说：“我想也许……”

“同意。”伊瑟说道，看到前方的加油站超市时，打开了方向灯。“这件事值得我们买一堆零食，大肆庆祝了。”

“事情是这样的，”玛吉开始说道，“如果我们要跟你说伊利的事情，那我们就得先跟你讲埃布尔的事。”

我们几个坐在防波堤旁的板凳上，凝望着海面。我们走向码头最末端的海角时，经过几个站在防波堤边，拿着钓竿、聚精会神地凝视海面的渔人。但我们坐的这个地方，没有旁人，只有阵阵海风和打在下方岩石上的海浪。

“伊利和埃布尔，”玛吉说，“是密不可分的，他们大概从幼儿园开始就是好朋友了，大家几乎很少看他们单独行动。”

“可是他们两人的个性迥然不同，”伊瑟补充道，“伊利的个性有点阴郁文静，而埃布尔……”

每个人都沉默了片刻，随后莉亚说道：“完全是个开心果。”

“没错，”玛吉赞同道，“像你有生以来见过最傻气的人，他可以让在场的每个人都开怀大笑。”

“伊利也不例外。”

“尤其是伊利。”莉亚微笑道，“天啊！你们还记得埃布尔死之前，伊利是什么样子吗？他其实……还蛮风趣的。”

“埃布尔死了？”我问。

玛吉哀伤地点点头，拆开一包口香糖。“那是去年五月的事。他和伊利开车到伯克顿去参加水泥丛林的活动对吧？从好几年前开始，就一直有厂商赞助他们。他们两个都是玩 BMX 花式单车起家的，不过伊利选了半管道，埃布尔则比较喜欢平地花式，至少在比赛的时候是。可是他们在城市风格的表现很杰出，考虑到我们的出生地，其实这也没什么好惊讶的。”

我只是呆呆地看着她。莉亚说道：“玛吉，这里没有人听得懂那些单车的术语啦！拜托你说普通话好不好。”

“哦，抱歉，”玛吉拿出一片口香糖，扔进嘴里。“伊利和埃布尔两个真的真的很会骑单车，厉害到有人愿意花钱请他们到各地去比赛，因此他们才会去伯克顿。”

“比赛完之后，”伊瑟说，“他们从某个派对离开，正要开车回家，车祸就是在那时发生的。”

“车祸？”我说。

莉亚点点头。“开车的人是伊利，车祸身亡的却是埃布尔。”我听到自己倒抽一口气。“哦，我的天啊！”

“我知道。”玛吉把手中的包装纸折起来，先是一折，两折，最后折成一个细小的正方形。“伊利打电话回来时，我刚好在杰克身边。那时我们在他家里，我从他口气中听得出来，打电话来的人是伊利。他在医院很努力想要说话，可是我们只听到他泣不成声……”她没有把话说完，只是静静地望着身旁幽暗的海水。“那不是他的错。他们正要穿过十字路口，有辆车突然冲过来撞上他们。”

“酒醉驾驶。”莉亚补充道。

伊瑟点点头。“这件事让伊利伤心欲绝，感觉就像埃布尔离开时把他的一部分也带走了，你知道吗？从那之后，他就判若两人了。”

“他放弃了所有厂商的赞助金，放弃单车，什么都放弃了。”玛吉说道，“他考进了 U 大，但是为了参加比赛办了休学，可是他后来也没回去,只是找了一个经营单车店的工作,从此再也不骑单车了。"

莉亚瞥了我一眼。"或者,我们以为他不骑了。"

"我只是在那天晚上看到他在人行道旁骑车,"我告诉她,"那时真的很晚了,事实上,或许应该说是大清早。"

"嗯,"玛吉说,"我猜这多少有一点特殊的意义,究竟有什么意义,我也不知道,反正有意义就是了。"

我们后方突然传来一阵喧闹声:当我回头看时,发现站在防波堤旁的某个渔人拉起了钓竿。那条鱼摇摇摆摆,翻来翻去,不时闪现淡淡的鳞光,随后那人慢慢地把鱼放进钓具箱里,鱼儿便消失了踪影。其他渔人看完热闹之后,回到自己的位置上继续钓鱼。

"那柏里莎呢?"我问道,手捧着杯子取暖。"她又是什么样的情形?"

"他们是从高二那年开始约会的,"莉亚告诉我,"柏里莎陪他一起参加葬礼,度过最艰难的时期,但几个月后,他们的关系就恶化了。我听说是柏里莎抛弃了他,可是她显然不觉得是那样。"

"显然如此。"我说。

莉亚摇摇头,微笑着说道:"我发誓,柏里莎问你那是什么鬼名字时,你好像真的想要回答她……我差点就想把你一个人丢在那里,让你自己解围算了。"

"因为她问了我一个问题。"我说。

"可是她并不想知道答案呀!"

"那她干么要问啊?"

“因为，”莉亚说，“她想打你耳光。老天爷！难道你完全都不知道要怎么应付醋劲大发的前女友吗？”

“不知道，”我说，“不大清楚。”

玛吉微笑道：“那你可是刚上完了一堂如何处理冲突的速成课。”

“处理冲突是很有用的字眼，”莉亚补充道，“我是说，你看到她有多生气吗？然后她叫你滚开，还是什么的，结果你还说……”

“好吧。”玛吉接话。

伊瑟杏眼圆睁。“不会吧。”

“她真的是这样说的。那种口气就好像她答应柏里莎的要求，只是给她面子似的。”

“我才没有。”我说。莉亚和玛吉只是看着我，“我有吗？”

“真的有。”莉亚摇了摇杯子，随后从吸管中喝了一小口，“那样说不知道是超级大胆，还是超级愚蠢，我到现在还不确定是哪一种。”

伊瑟哈哈大笑起来，我只是一动也不动地坐在那里，低头望着咖啡，想起我先前在派对里时的遭遇，完全在我的专业领域之外。虽然我花了大半辈子在学习，可是以前从来不曾犯过这么白痴的错误，看来我还有许多不懂的地方。显然这些无心的错误，就够让我惹出大麻烦了，如果当时没有人在那里帮我的话，我就惨了。

“的确很笨。”我大声地说道，仍在思索着这件事。她们全都看着我。“我是指我刚才的回话。老实说，我以前在高中的时候，真的没什么社交经验，或者说，我对这种事情一点经验也没有。”大家听了之后，沉默良久；或许只是因为我感觉很久。

"要知道,"莉亚说,"这么说的确能解释很多事情。"

"的确。"玛吉的看法也一样。

"你们这话到底是什么意思?"我问道。

"没什么意思。"玛吉赶忙回道;随后望着莉亚,继续说,"我是说,你刚来镇上,马上就勾搭上杰克,然后大家议论你时,你却又一脸惊讶困惑的样子。"

"她说的大家,"莉亚说,"是指我们。"

"我懂了,"我答道,"谢谢。"

"除此之外,"伊瑟补充道,"你老是独来独往不和人往来。"

"今晚除外。"莉亚指出。

"对,今晚除外。"玛吉同意道,"我是说,我们猜想你可能自以为了不起,不过也许你只是不知道怎么跟人相处而已。"

我很想相信是后者,可是我内心深处很清楚,其实我的确自以为高人一等。以玛吉的例子来说,我只是看她外表一眼,就妄自评断,以貌取人。

"就像我刚刚说的那样,"莉亚说,"只有从不曾有过真正的好朋友的女生,听到'那是什么鬼名字'时,才会认真地回答这种问题。"

"我以为她真的想知道呀!"我说。

"我不认为柏里莎真的想知道这个著名现代诗人的生活琐事、政治上的成就和他不求回报的爱。"玛吉说道。

我突然转过头来面向她。"你知道奥登这个诗人?"

"我的毕业论文就是写他的诗中关于失去的探讨。"她答道。"就是这份论文让我考进迪弗斯大学的。嘿，莉亚，你还有狄塔糖吗？”

我愣愣地坐在那边，惊讶得说不出半句话来，这时莉亚拿出那包糖给她。这天晚上我碰到不少令人吃惊的事情：母亲突然出现，在派对里差点被打，然后又得知伊利的过去。可是真正让我震惊得哑口无言的却是这件事；玛吉竟然跟我一样要去念迪弗斯大学。

“该死！”伊瑟看了一下手表说道。“已经过午夜了，我最好赶快回家去。谁要搭我便车？”

“我想我需要搭你的便车。”莉亚说完站起身，用手拍拍裤子上的灰尘。“因为我今晚在派对里没遇到可以送我回家的帅哥。”

“抱歉。”我说。

“啊，她死不了的啦。”伊瑟说道，搭起莉亚的肩膀，大家一起走回码头去。“明天晚上，我们就去班特雷参加麦克风之夜，也许你可以在那里找到一个可爱的油头粉面音乐家。”

“哼，也许为了气你，”莉亚答道，“我还真的会去找一个这种人呢！”

“奥登，那你呢？”玛吉走在我身旁问道，“你需要搭便车回海蒂家吗？”

我低下头从码头的防波堤望向木板人行道，再看到大马路上的街灯照破了黑暗。“不了，我想先买杯咖啡再回家。”

“还要喝咖啡？”伊瑟瞪着我的杯子问道，“那不会让你睡不着吗？”

我摇摇头。“不会。”

我们来到防波堤的尾端，互相道别之后，她们走回车子那边。我听到她们还在聊天，风将她们的说话声吹了过来，这时我转身朝另一个方向走去，又回到加油站超市，这时候只有我一个客人来装咖啡，我加了牛奶，拿了一支搅拌的棒子之后，考虑了一会儿，又拿了一条糖果棒。站在收银台边那位金发的年长女子，身上挂的名牌写着“汪达”，正在玩字谜游戏。她放下字谜游戏帮我结账，同时还打了个哈欠。

“漫漫长夜喔。”我把钱推过去时，她说。

“哪一天不是了？”我答道。

走到停车场时，风又暖又强劲，那一瞬间，我闭上眼睛，站在那里让风吹在我的脸上。六小时前，我独自离开店里，后来才发现连我自己都很惊讶有人陪我正是我需要的。然而，我知道玛吉愿意出来找我并不容易，她并不知道我见到她时会有何反应。最简单的方式就是不管我，可是她并没有选择简单的方式。

我以前也是个喜欢接受挑战的女生，至少我自认为是那种人，所以我就去找伊利。

我在前往木板人行道的途中，见到一个警察开车开得很慢，收音机的声音很嘈杂。还有两个手挽着手的女生，其中一个走路摇摇晃晃的，另一个则拖着她往前走。酒吧再过一个小时左右才会关门，人群从那些敞开的酒吧大门陆陆续续地走出来，音乐声也跟着流泻而出。但是商业区内所有店面的灯都是暗的，只有单车店的后头还有一盏灯亮着。

我抬起手想要敲门，却又放下来，反复思考着。我一整晚跟女生混在一起，也没什么大不了的，但这真的能改变任何事吗，尤其是我？

我站在那里，为这个问题在心里反复辩论；我见到店内有一个黑发蓝衣的人走到门边点亮店后门的灯。我还没搞清楚自己在干什么，手已经在用力敲着玻璃窗。

伊利警觉地抬起头来看，走近门边时才发现是我，但他紧绷的表情并未因此而松懈下来。事实上，或许是因为太过惊讶之故。他打开门锁，拉开了门。“我猜猜看，你是不是等不及要学骑单车，没办法等到明天早上了。”他说。

“不是。”我说。他放下搁在门把上的手，只是站在那里呆望着我。我后来才明白他是在等我解释来此的原因。“我刚好路过这里，看到这里的灯还亮着。”我举起咖啡，仿佛把它当作证据似的。“今天晚上很漫长，又发生了这么多事情。”

他审视我的脸庞好一会儿。“是喔。”他终于开口道，“进来吧。”

我走进去之后，他关上了门，在我身后把门锁上。我跟着他穿过店里来到后面的房间，里面看来像是检修区。架子上有一些单车零件，轮胎靠在工作台边，桌子上有一堆齿轮，到处都看得到工具。某个角落里，有一辆已经组装到一半的单车上面挂着一个手写的标示，上面写着“亚当的工作区，谁敢乱碰就死定了！”底下还画了一个骷髅头和两根交叉的骨头。

“坐吧！”伊利说道，朝那辆未完成的单车旁的一个凳子挥手示意。

“看起来很危险的样子。”

他看了那个标示一眼，翻翻白眼。“不会啦。”

我坐下来，捧着咖啡杯；他则溜到邻近那张杂乱的桌子后面，桌子上堆满了纸张、各式各样的零件、一堆空汽水罐和许多在超市买来的杂货。“那么，”他拿起一个信封，低头看着它问道，“你说你不是为单车而来。”

“不是。”我说。

“那是为什么？你只是半夜在外面闲逛吗？”

伊利从不跟人说话的，莉亚说过，对任何人都一样。可是他跟我说话了，也许这代表某种意义，即使我并不清楚究竟是为什么。

“我不知道，我只是……我想你可能会想聊聊天什么的。”我说。

伊利慢慢地关上抽屉，抬眼看着我。抽屉关上的声音显得特别大声。“聊天。”他冷淡地说道。

“是啊。”

他只是坐在那里，面无表情地盯着我看，我感觉好像坐在母亲面前那样局促不安，好像有不好的事情即将发生。“你还没睡，我也醒着，我只是在想……”

“哦，我了解了，”他点点头说道，“你现在知道了。”

“知道……”我说。

他摇摇头。“我在门口看到你时就该明白的，更不用说在派对上我也该想到，玛吉可不是那种守得住消息的人。”

我坐在那里不知如何是好，我说：“听着，我很抱歉，我只是在想……”

“我知道你在想什么。”他拿起一叠纸张，随意地翻了几下。“我很感激你想帮我，不过，我不需要，好吗？”

我木然地点点头，突然感觉屋内的光线太亮了，把我每一件失败的事情都照得一清二楚。我从椅子上站起来。“我该走了，很晚了。”我说。伊利看着我。我想起我初次见到他的那天晚上，感觉他好像被什么事情困扰着，现在我知道为什么了。

他说：“你想知道我为什么跟你讲话吗?”

“是的，我是想知道。”

“因为，从人行道见到你的第一天开始，我就感觉你跟别人不一样。在我面前你从来不会小心翼翼，或是表现得很诡异，或是替我难过，或是用那种眼神看我。”

“什么眼神?”

“就是这个眼神。”他指着我的脸说道。我感觉自己脸红了起来。“你以前……很正常的，可是今天晚上就变了。”

我心想道，今天晚上变了，我一个小时前也听玛吉和伊瑟说过同样的话。伊利又打开抽屉东翻西找，我想起那天跟笛丝贝在人行道上看到他的时候，他轻松地抱起笛丝贝。要安抚小婴孩有很多种方式，电梯法却是令人意外的一种。

“你知道，”我靠在门柱上说，“其实我听到你这么说确实松了一口气，因为我不想为你难过。”

“你不想。”他头也不抬地说道。

“不想，坦白说，其实我还在生你的气。”

“生气?”我点点头。

他这时抬起头来了，这下我赢得他的注意力了。“为什么生我的气?”

“因为你今天差点害我被人打。”

“我有吗?”

我翻翻白眼。“你这个样子好像完全不知道我讲的人是你的女朋友似的。”我对他说道,“更不用说,你还亲眼目睹我说的事情。”

“等一下,”他说,“她……”

“你只是站在那里听我胡说八道。”我不理他,继续说道:“然后当她来找我算账……”

“她去找你算账?”

“她还指着我的胸口,骂我贱人呢。”我说,他挑了挑眉,“那个时候你却不知道在哪里吃杯子蛋糕。”

“还真是对不起喔,”他关上抽屉说道,“可是是你叫我吃那个杯子蛋糕的。”

“那时候我并不知道我有生命危险呀!”我叹口气,“我要说的是,你就让我站在那里替自己辩护,这样实在很没义气!”

“听着,柏里莎不是我的女朋友。”

“那你就应该这样跟她说呀!”我答道,“如果你可以利用一点吃杯子蛋糕的时间跟她讲清楚就好了。”

伊利只是一语不发地看着我,从表情看不出他在想什么,我又开始局促不安起来,可是却不是为了同样的理由。“你这么晚在外面做什么?”他问。

“我晚上睡不着。”

“为什么睡不着?”

“以前是因为我爸妈晚上常常吵架。可是现在……我不知道为什么。”

这个答案仿佛是未经思考的本能反应。伊利点点头然后说道：“那么，除了不骑单车之外，你是怎么打发时间的？”

我耸耸肩。“看书呀，开车乱逛。在我妈家时，附近有一间我喜欢的二十四小时营业的餐厅，可是这里只有一家舵手室小餐馆，那里实在是差强人意。”

“你常跑去舵手室餐馆？”他摇头说道，“那里的咖啡难喝死了。”

“我知道，而且服务生也很恶劣。”

“你又没有占到别人的位子。”他叹口气，“你应该要去我去的那个地方才对。二十四小时全年无休，还有很棒的咖啡和派。”

“真的假的？这简直太完美了啊！”

“我知道。”

“等一下，可我上网查遍方圆五十里内所有二十四小时开放的餐厅，除了舵手室餐厅之外，就没有别的了。”

“这个嘛，是因为我去的地方是本地的秘密小店。”

“哦，是喔。”我往后靠到门柱上，“这下又回到本地人的问题了。”

“是啊！”他说，伸手到书桌后面去拿一个帆布袋，把它背起来，“不过别担心，我可以带你进去。”

“这里根本就不是餐厅呀！”我说。

屋内一边是投币式洗衣机，另一边是烘干机，一看也知道不是餐厅。更不用说还有许多并排供客人折衣服的桌子、几张塑料椅和一台卖小包洗衣粉和衣物柔软剂的贩卖机，只是上面贴了一张“故障”的字条。

“我没说是餐厅。”伊利说道，走到一台洗衣机前，把帆布袋放到上面。

“可是你也没说是洗衣店呀！”我向他指出这一点。

“说得也是。”他从袋子里拿出一瓶洗衣精倒进去，然后把袋子内的衣物丢进去。放了一些水进去之后，玻璃门内的衣物便开始翻搅起来，很快就冒出了泡泡。他说：“跟我来。”我虽然有点犹豫，但还是跟着他穿过一排洗衣机和烘干机，进入一条狭窄的走廊，最后来到一个简单的白色门前。他敲了两下，随后推开门，示意我先进。起先我不大想进去，不过闻到咖啡味之后，我就有足够的理由踏进门槛了。

坦白说，我感觉就像进入了另一个世界。这里没有亚麻油地毡和亮晶晶的机器，室内很昏暗，墙面漆成了深紫色。这个房间只有一扇窗户，一串彩色小灯泡悬挂在窗边和几张小桌子上。敞开的后门旁有一个小柜台，暖风也从后门吹了进来。一个年长的灰发男子坐在柜台里面，读着一本杂志。他抬眼看到进来的人是伊利时，立刻微笑了起来。

“哟，”他叫道，“我就在想，你今天晚上可能会过来。”

“我快没衣服穿了。”伊利答道。

“是喔。”那名男子放下杂志，站起来，搓着手掌说道，“你今天要吃什么？”

“那得看情形了，”伊利说完，走到柜台前拉开一张凳子。我正想跟他一样拉张椅子，但他却指了一下他前面的凳子，我才明白原来那张凳子是要给我坐的。

“有什么东西好选？”

“嗯，”那个男子往后退一步，看着柜台底下说道，“我看一下……有大黄和苹果，还有紫莓口味。”

“紫莓？”

那个男人点点头，“就是红莓加蓝莓的口味，有点酸，有点甘甜。味道虽然重了点，不过值得一试。”

“听起来不错。”伊利看了我一眼，“你要什么？”

“咖啡？”我说。

“只要咖啡就好吗？”那男子问道。

“她不是本地人。”伊利解释道，然后对我说，“相信我，你会想要派的。”

“哦，”他们两个都盯着我看，于是我说，“嗯，那就来一份苹果派好了。”

“选得好。”伊利说道，那个男子转身从后面的架子上拿了两个杯子，再从一旁的壶内装满两杯咖啡。随后在我们的注视下，从柜台底下拿出两个盘子和两个派。他各切下一大块，整齐地放到盘子上，并在旁边各放了一支小叉子，推到我们面前。

我先拿起杯子，喝一小口。伊利说这里的咖啡很棒真的不是开玩笑的：这咖啡简直棒透了，可是，苹果派更棒，老天爷！简直好吃得不可思议。

“我就说嘛!”伊利说道,“比舵手室餐厅的东西好上几百倍。”

“舵手室餐厅?谁去那里吃东西了?”这个男人问道,伊利朝我这边撇撇头,“哦,天啊!我实在不想听到这个。”

“克莱德,”伊利对我说道,“是一个对派非常认真的人。”

“哦,”克莱德听了很高兴,“我是说,我努力朝这方向前进,可是在烘焙上,我还是个新手,因为我起步得比较晚一点。”

“克莱德就是单车店的老板,”伊利告诉我,“这间洗衣店也是他开的,他在柯比镇还有其他四间店,是个大人物哪!”

“我比较喜欢博学多艺这个形容词。”克莱德说道,又拿起他的杂志,我现在注意到那是一本《美食家》杂志了。“我会做生意并不表示我就能做出完美的派,所以我还在学习中。”

我又吃了一口派,事实上,我觉得这派吃起来已经很完美了。然后,我又环顾了一下四周。克莱德翻着杂志,正在研究马铃薯加面包屑的食谱。伊利说道:“你不得不承认,来这里比四处兜风或是在家看书好。”

“好多了。”我赞同道。

“她晚上也不睡觉。”伊利对克莱德说道,克莱德点点头,随后伊利对我说,“克莱德买下这个地方,好让他晚上有事可做。”

“是啊!不过咖啡店这部分是伊利的主意。”克莱德说。

“才不是呢!”伊利摇摇头说道。

“是你的主意。”克莱德又翻了一页,“我们以前在等衣服洗完的时候，经常一起分享保温瓶内的饮料，还有我练习做的各式烘焙糕饼。后来他就劝我说，也许，深夜想找酒吧以外地方窝着的人不止我一个。”

伊利把叉子插进派皮上。“转轮，”他说，“嗯，事实上，这个名字不错。”

“嗯哼，”克莱德考虑了一下，“你说得对，那就写下来吧！”

伊利掏出皮夹，拿出一张折叠起来的黄纸。那里好像有一份很长的名单。克莱德递一支笔给他，我看着他把转轮加在名单最底下。

“我们需要帮单车店取一个新名字。”克莱德对我解释道，“可是想了很久都还没找到一个好名字。”

我想到我第一天刚到柯比镇，走在木板人行道上经过单车店时，曾听到杰克、华里斯和亚当的对话。“那现在店名叫什么？”

“单车店。”伊利淡淡地说道。

我挑了挑眉。“这个名字也不错，对吧？”

“事实上，店名现在叫克莱德的单车。”克莱德说道，拿起我的杯子，帮我续杯。“可是招牌在去年碧翠丝台风来时就被吹走了，我想换新招牌时，突然想到也许该趁机给它换个新名字……”

“……从那以后，我们就想到现在了。”伊利说道，“可是克莱德一直拿不定主意。”

“等我听到时，就会知道那是不是我要的名字了。”克莱德满不在乎地说道，“在那之前，大家要叫它‘单车店’也没关系，反正它本来就是单车店不是吗？”这时他身后的电话突然响了起来，他转身接起电话。当他拿着电话走到屋外时，伊利转过头来看我。

“我是怎么跟你说的？”他说，“很不错，对吧？”

“的确，”我同意道，“你说得对，再花一百万年，我也不可能找到这个地方。”

“没错。”

我们坐在那里静静地吃了一会儿。我听到墙的另一边传来干衣机隆隆转动的声音。此时我的手表指着两点十五分。“嗯，你还有什么点子？”我问。

我以为自己既能熬夜，又能保持高效率，可是伊利才是这方面的高手。离开洗衣店之后，我们回到他的车里——一辆老旧的丰田平头卡车，后面装满了单车零件，每次转弯还会铿锵作响——往溪边开了十五公里，来到二十四小时营业的公园超市。凌晨三点在那里不仅能买到食品杂货、衣物和小工具，如果有需要的话，还能换轮胎。我们推着手推车，在走道上边走边聊天，除了埃布尔的事之外，几乎什么都聊。

“迪弗斯大学，”他比较着爆米花品牌时说道，“那不是玛吉要念的那所大学吗？”

“应该是。”我说，看着他拿出一盒来检视。

“那一定是所好学校了，玛吉那女生超聪明的。”

我不发一语，隔一会儿之后，他继续说道：“所以这表示你也很聪明啰？”

“是啊！应该是这样吧！”

他挑起眉毛，看了我一眼，把爆米花丢进推车内。“不过，你的头脑果真这么好的话，那你怎么会不知道不该在别的女生家厨房里和她的男朋友调情呢？”

“我只是会念书而已，对街头上生活的事情没什么历练。”

伊利做了个鬼脸。“我可不会称柏里莎是街头上的人，她连牛仔裤都拿去干洗呢！”

“真的假的？”

他点点头。

“哇！”

“我知道。”我们在走道上又往前走了一小段。他虽然没有拿购物清单，却很清楚要买什么东西。

“不过，说真的，”我说，“你说得对，我的确是有点……”我说不下去了，可是他并未插嘴逼我说完它。我发现自己还蛮喜欢这样的。

“我想，”我说，“我只是高中时错过了很多东西，比方说，社交。”

“我不认为如此，”他答道，停下来抓起一卷纸巾，丢进推车里，“很多事情都被人高估了。”

“因为你很受欢迎，所以才会这么说。”

他看了我一下，我们转了个弯，来到汤品区的走道。走到一半时，有个穿长大衣的人正在自言自语。这么晚或这么早出门难免会碰到这种事，因为疯子这时候也会跑出来。我打量着伊利，发现他的态度跟我一样，坚守三个原则：不盯着对方看、保持距离、表现得很正常的样子。“你怎么会认为我很受欢迎呢?”

“哦,拜托,你以前是单车特技专家,当然会受欢迎了。”我说。

“说不定我只是个擅长单车特技的呆子而已。”他说。

我盯着他看。

“好吧!我也不能算是壁花啦!”他从架子上拿了一罐又一罐的西红柿粥罐头,“可是,那又怎么样,这对人生的长期规划也没多大帮助呀!”

“我认为也许有帮助。”我倚近推车,弯身看着那堆东西。“我是说,我只会一天到晚读书,都没交到什么朋友,所以有很多事情我都不知道。”

“比如说……”

“比如说不能在别的女生家厨房里跟她的男朋友聊天。”

我们不断往前走,远离那个穿长大衣的男人,他仍在叽里咕噜地叨念着;我们走向奶品区,在走道上碰到一脸困意的补货员。“嗯,”伊利说,“不过你因此差点被揍,所以应该学到了教训,这下子你大概永远都不会忘记了。”

“是啊!可是,那其他的事情呢?”我说。

“还有什么事情?”

我耸耸肩,靠在推车上,看着他拿了一瓶牛奶,还检查了一下保质期。望着他时,我心想——其实那天晚上我不止一次这样想过——现在这个时间跟他在一起,我应该觉得很怪才对,可是我却一点都不觉得奇怪。这是那天晚上的怪事之一,大白天会觉得怪的事情,晚上过了一定的时间就不觉得怪了。感觉好像夜晚的黑把某些事情淡化了。我说："我只是在想，现在说这些或许太迟了。过去十八年来错过的事情，比如参加睡衣晚会，或是星期五晚上打破宵禁，或是……"

"骑单车。"他说。

我停了下来。"这是怎么一回事？你跟单车之间究竟是怎么一回事？"

"我开始工作了，而且这也是成长的重要部分。"他答道，走到起司区。"再说，现在也不算太晚。"

我不发一语，两人一起走向收银台，有个女孩站在唯一一个开放的柜台前，检查她分叉的发尾。

"当然，"伊利一面说一面把推车内的东西放到输送带上，"现在要参加睡衣晚会或是其他事情也不算太晚，不过星期五晚上打破宵禁的事情，你可以把它划掉了。"

"为什么？"

"因为现在已经凌晨四点了，而你在超市里。"我们等着那个女孩扫描产品价目表时，他说："我想这应该也算吧！"

我考虑了一下，看到几个苹果在输送带上滚动着。"我不知道，也许你说得对，我认为我错过的这些事情的价值或许被高估了。再说，我干吗在乎这种事啊？这样又有什么意义呢？"

他想了一会儿。"谁说一定要有意义？"他问道，"为什么要有理由？也许只是你需要经历这些事情而已。"

他走过去，开始把东西装入袋子里，我只是站在那里，让那个念头进入脑海中。也许你只是需要经历这些事情而已,不需要任何借口,或是理智的原因,其实我还蛮喜欢这个想法的。

我们离开公园超市,前往“木石材”家庭用品大卖场,伊利跟我说,他们一大早就会开门让建筑包商进去。虽然我们不是建筑包商,不过他们似乎也不在乎,还是让我们进去。我跟着伊利进去,看他买了一套扳手、一箱铁钉和一盒灯泡:他等着结账时,我坐在前门的板凳上,望着太阳从停车场的上方缓缓升起。等我们离开大卖场时,已经快六点了,其他人终于陆续醒来,加入我们的行列。

“我看到了。”他说,我坐到驾驶座旁的前座时,打了一个哈欠。

“我通常都在这时候开始想睡觉的。”我说。

“再去最后一站。”

当然还是去加油站超市,先前看到的守在柜台前的那个女人,这时正在看报纸,手机紧贴在耳边。“你要买什么吗?”伊利问道,我摇摇头,斜躺在椅子上,他离开车子,自己进去买东西。

他走出去后,一辆本田汽车停到不远处的停车位。我正想再打个哈欠时,突然看到有人从那辆车内走出来,关上驾驶座旁的车门,他也让乘客坐在里面等。他很高大,穿着皱皱的卡其裤和一件格子衬衫,戴着一副黑框眼镜。

我往前倾,趁他走进去时,注意看他的侧影。随后我慢慢地转头,望向那辆本田汽车,当然,母亲就坐在前座。她的头发盘起来,黑色的毛线衣绑在肩上,脸色看来很疲倦的样子。她的学生到里面给自己倒了一杯咖啡,我看到他拿了一包口香糖和苹果派之后,走到收银台前,女店员正在跟伊利聊天，随后帮那个研究生结账。我心想，有谁会想到，母亲竟然跟一个爱逛街购物的人约会。

伊利出来时，拿着一罐矿泉水和一袋多力多滋，我看着母亲在他经过时，眯起眼睛打量他，对他过长的头发和破旧的T恤，还有手上摇晃着钥匙的动作不予苟同。我知道她立刻就把他归类成：只有高中学历，没接受大学教育甚至对大学不感兴趣的蓝领工人。如果我对自己诚实一点的话，我过去的想法也是一样。可是，隔了一夜，仅仅数小时之间，我现在的想法跟母亲却大不相同，即使我们两人的距离仅在咫尺之遥。

伊利钻进车子，关上车门时，她很可能还在看他。我不知道她有没有看向这边，她可能认不出我来，因为我这时已经背对着她，面向着伊利，从背后看来，我就像任何一个小女生。他问我准备好要走了吗？我只是点头响应，终于要回家了。

第九章

“完成了！”我张开眼睛眨了眨，随后又闭上眼睛。也许我在做梦，不过，隔了一会儿之后，我又听到了。“完成了！结束了！”门打开又关上，接着是砰砰的脚步声，越来越近。“哈啰？大家都跑到哪里去了？”我坐直起来，看了一下手表。是下午四点十五分，我昨晚熬夜到六点，事实上应该说是到今天早上。这几天我已经分不清楚时间了。

我爬下床，走到门边，轻轻地打开门，刚好看到父亲站在笛丝贝的房门口，手已经伸向门把了。“哈！”他对我说，“你猜怎么着？我……”

快如闪电，我拦住他正伸向门把的手。“等一下，”我轻声说道，“不要开门。”

“什么？”他问道。我拉住他的手，把他拖到我的房里，轻轻地关上房门。随后我挥手示意他跟我走到窗边，离隔着小宝宝和我的房间那面墙最远的地方。

“奥登，”他还是很大声地说道，“你在干什么呀？”

“小宝宝昨天哭闹了一整夜，”我小声说道，“到今天早上好不容易才睡着，我猜海蒂也是。”

他看了一下手表，然后看一下我那扇紧闭的门。“你怎么知道她睡着了？”

“谁?”

“小宝宝,或是海蒂。”他问。

“你听到哭声了吗?”我问他。

我们两个静静地倾听,除了人造海浪声之外,什么也没听到。“哎,真令人扫兴。”片刻之后,他说道,“我好不容易写完我的书,结果却没人在乎。”

“你的书写完了?真是太好了!”

这下他笑了。“刚写完最后一段,要不要听听看?”

“别开玩笑了,我当然要听啰。”

“那就过来吧!”

他打开门,我跟着他出去悄悄地穿过走廊,回到他的办公室,几个礼拜以来,他几乎日日夜夜都待在那里。我一进门就看到,这里堆满了马克杯、空的宝特瓶和烂成各种不同程度的苹果核。

“来吧!”父亲说道,坐在计算机前,敲了几个按键。一个文件在屏幕上出现,他搓着手掌,往下卷到只有几行字的那一页。“准备好了吗?”

我点点头。“准备好了。”他清了清喉咙。“此时小径更窄了,我经过树林底下时,那细小的枝桠交相垂下,海洋就在前方的某处。”

他念完后,我们只是静静地站着,让文字的氛围在四周回荡。这是很重要的一刻,虽然我有点恍惚,不过刚刚的确听到了叫声。“哇,”我说,但愿是自己听错了,“真是太棒了!”

“这本书真的拖了很久。”他往后靠在椅背上,椅子在他身下嘎吱作响。“写了十年,终于以这段收场。我简直不敢相信我真的写完了。”

“恭喜你。”我说。

笛丝贝这时真的哭了,走廊传来的声音越来越大。父亲坐直起来倾听了一下,说道:“看样子她们都起来了,我们赶快过去跟她们分享这个好消息吧?”说完他就从椅子上站起来,轻快地走回笛丝贝的房间,推开房门。哭声立刻从低泣变成嗓门全开。“亲爱的,你猜怎么样?”我追上他时,听他说道,“我的书写完了!”

光看海蒂的表情就知道,其实她根本不在乎。她仍穿着和昨晚一样的睡衣,一条瑜伽裤,皱巴巴的 T 恤上还有一大片湿痕。她的头发油腻沉重,眼睛爬满血丝,望着我们的眼神,仿佛觉得我们很眼熟,但却完全认不出来。“哦,罗伯特。”她总算回神了,笛丝贝在她怀中扭动着身体,满脸通红,面容皱成一团。“那真是太好了。”

“我认为有必要庆祝一下,你不觉得吗?”他问完这句,转过头来希望得到我的肯定。我还在想着,不知道该不该点头,他接着又说:“我正在想,我们应该出去好好地吃一顿,就你跟我两个就好,你觉得如何?”

笛丝贝哭得这么大声,让人很难忽视她的存在。我很清楚这点,因为从我到这里的第一天起,就很努力试过了。可是,显然我父亲就是有办法完全不受影响。“我不知道,”海蒂慢慢地说道,低头看着明显激动不已的小宝宝。“她这个样子,我不确定我能带她出去……”

“当然不能带她出去,”父亲说道,“我们会找个保姆,伊莎贝尔不是说，她很乐意过来帮你照顾一个晚上吗？”

海蒂震惊地看着他，她的模样看来就像是我在历史课本上看到的战俘一般，整个人都被吓呆了。“她是说过，可是……”

“那就打电话给她吧！”父亲说道，“让她来善尽教母的职责，如果你愿意的话，我来打也可以，她的电话是多少？”

“她出城去了。”海蒂说。

“哦，”父亲考虑了一下，随后慢慢地转向我，“呃……奥登？你可以帮我们吗？”

海蒂看着我，然后摇摇头。“哦，不行，这样太不公平了，我们不能这样逼你。”

“我相信奥登不会介意的。”父亲说完，转过头来问我，“你会介意吗？只要两三个钟头就可以了。”

听到他轻易就认为我愿意帮忙，或许我该生气才对，可是，老实说，看到海蒂的样子，我感觉自己比较像和事佬，而不是帮忙而已，所以我说：“好的，没问题。”

“可是你还要去工作呀！”海蒂边说边把笛丝贝换到另一边，只是这样也没办法让她停止号哭，或是让她哭声小一点。“账簿……明天就要发薪水了。”

“哎，”父亲又看了我一点说道，“也许……”我发现他常常这么做，故意把话说到一半，要人——在这个情况下是要我——帮他把话说完，就像玩词语接龙的游戏一般，改以被动的方式来控制你。

“我就把她带去店里，”我对海蒂说，“等你们吃完之后，你再过来接她好了。”

“我不知道这样好不好。”她摇着笛丝贝说道，“她现在的情况不大适合出门。”

“她到海边去呼吸点新鲜空气就会好了！”父亲说道，伸手把笛丝贝抱过来。低头微笑着看着她号哭的小脸，随后坐到摇椅上哄她。海蒂的表情不变，目光紧跟着笛丝贝的一举一动。“亲爱的，你去好好冲个澡吧！慢慢来，这里交给我们就好了。”

海蒂看了我一下，我点点头，片刻之后，她终于走向门口。到了走廊还不时回头看我父亲，虽然笛丝贝好像不认得他的样子，一直哭个不停，但他似乎丝毫不受影响，仍在摇来摇去地哄着她。老实说，那一刻连我也不认得他了。

海蒂走了之后，我以为父亲会马上把笛丝贝交给我，可是他却没有，只是坐在那里，边摇边拍着她的背。我甚至不确定他知不知道我就站在门边看着他，心中暗忖道，不知他以前是否曾经对我和荷里斯做过同样的事。如果母亲的话是可信的，那大概他没有；十分钟前，连我也想不到他会这么做。可是也许人是会变的，或者，至少会试着改变自己。我已经看到了许多证据，只是仍无法相信自己亲眼所见到的事。

我在外面待一整夜已经一个星期了，从那次以后，我对柯比镇夜生活的知识就不断提升。我一个人开车到舵手室餐馆、在邻近的小区巷道闲逛还有偶尔到加油站超市买咖啡，这些都跟去海边散步一样无聊。可是现在有伊利陪我，我才发觉了真正的夜生活。

到洗衣店去分享克莱德的派和咖啡，听他巨细靡遗地讨论最近尝试的厨艺。在公园超市躲避疯子，一面寻找牙线、风铃，或是伊利脑中购物单上的物品。最后一站结束之后，就到木板人行道去；一位名叫穆罕默德的家伙在最热门的夜总会外面，摆了一个美味的披萨小吃摊——一片披萨才一块五毛——我从不曾吃过这么好吃的披萨。在码头钓鱼，看着水底下发出片片磷光。柯蕾曼婷关门之后，我就跟那些女生闲聊几句，然后找借口独自离开。十五分钟、半小时或一小时后，来到加油站超市或是海滩，我跟着伊利越过小路，接着冒险就开始了。

“怎么会有人活到十八岁，还不曾玩过保龄球？”他前天晚上这样对我说。

我们来到邻近小镇一间名叫“十瓶”、营业到很晚的保龄球场。这里的球道很窄，椅子黏答答的，我甚至都不敢去想我租的鞋子有谁穿过，可是伊利一听到这是我小时候错过的众多事物之一，就坚持要过来。

“我跟你说过了，”他坐到球道前，用生锈的夹子把我们的记分表夹在下方时，我说：“我爸妈不大喜欢运动。”

“不过保龄球是在室内打的。所以你应该是这方面的专家才对。”

我对他做了个鬼脸。“你知道，虽然我跟你说我错过了很多事情，但那并不表示我对每一件事都很后悔。”

“如果你不曾玩过保龄球的话，一定会很后悔的。”他告诉我，并帮我选了一颗球,“拿去。”我接过球,照他说的,把手指放到球内的孔中,随后他示意我跟他走到球道前端。“我小的时候,”他说,“他们教我蹲下,用双手把球往前推。”

我低头看着两旁的球道都空无一人,因为现在是凌晨两点。只有吧台那边还有人在,香烟的烟雾弥漫,模糊得几乎让人看不清。“我才不要蹲下。”我坚定地说道。

“没关系,那你就学正式的丢球方法吧!”他拿着假想中的球,举起手,往前走几步,再把球放低,往前一丢,放开手指。“像这样,可以吗?”

“可以。”我拿起保龄球。他没有移动,只是站在我身旁。我瞪他一下,他耸耸肩,回到那张黏答答的椅子旁。

自从一星期前我们首次一起出门之后,我们相处的模式差不多就是这样了。经常如此一来一往,有时很严肃,但大部分的时候都不会严肃,在人人都回家休息时,我们却在外面玩到天亮。我知道如果我在白天或是傍晚跟伊利花同样多的时间相处的话,或许也能亲近起来,但不会像现在这样。夜晚会让人改变,扩大了彼此认识的范围和幅度。我们对彼此说的话,一起做的事情,在黑夜中的意义就变得更深远,仿佛时间同时加速和减慢一般。

所以,或许就因为这样,当我们在霓虹灯下商店前面的走道上闲逛,或是在昏暗的屋内喝咖啡,或是在几乎空荡荡的街道上开车前往别的地方时,经常会谈到时间的问题。谈到将来上大学时的情景,谈到过去童年的时光。可是我们大部分的时候都在讲,如果可能的话,要如何弥补过去错过的年少时光。伊利似乎觉得这是可能的，尤其是我的情况。

“你知道大家都是怎么说的吗？”几天前的某个晚上，凌晨三点我们在加油站超市喝思乐冰时，他这样对我说，“要享受快乐的童年永远不嫌迟。”

我拿起一根吸管，插进杯子内的粉红冰沙。“可是，我不会说我的童年过得不快乐，只是不怎么……”伊利等着我说下去，同时嘎地一声，盖上了他的杯盖。“……像小孩子的生活而已。”我终于把话说完了。我吸了一口冰沙，随后加一点蓝色的冰沙调味，这是几天前他教我的方法。“我哥哥几乎把我爸妈对小孩的耐心全都磨光了，没有耐心再来一次。”

“可是你也是小孩呀！”他向我指出这一点。

“我是啊！”我同意道，“可是在他们心中，只要我够努力的话，就可以克服这一点。”

他用那种既迷惑又佩服的表情看我，我现在已经学会读他的表情了。你得亲眼见到才会了解，随后他说：“我家刚好完全相反，儿童活动中心，一向都是如此。”

“真的吗？”

“没错，你知道小区里都会有这样一个家庭，每个人都喜欢去那里骑单车、看卡通、睡觉或是盖树屋之类的？”

“有，”我说，随后又补充道，“我是说，我听过这种事情。”

“我家就是那样，因为我家有四个小孩，不管是要去踢球还是玩躲避球，大家都会找我们凑齐人数，加上我妈几乎成天都在家里，所以我们都有最棒的点心。她做的披萨皮超棒的，镇上远近闻名呢。”

“哇，”我边说边跟着他走到收银台。我已经认得柜台里这位中年女子了，她放下杂志，抬头看了我们一眼，帮我们结账时，一直对他微笑着。“听起来你妈妈人真好。”

“她真的很好。”他以就事论事、简单明了的语气说道，同时把几张钞票交给收银员。“她人好到我们都不舍得搬出去。她花了很久的时间才摆脱掉我姐和我哥。杰克是被宠坏的小弟，我妈恐怕得等到哪个笨女孩愿意嫁给他之后，才有办法摆脱他了。”

听到这里，我想到我们在沙丘后面急促而笨拙的接触，顿时脸红了起来。我吞咽一下口水，把注意力放在收银员汪达的身上，掏出钱付我的思乐冰沙。

我们走到外面之后，他才突然说道：“听着，我无意冒犯，我是说，我刚刚说的话并无恶意，我知道你们两个……”

“我没有被冒犯的感觉，”我赶紧在他试图解释之前打断他，“只是有被羞辱的感觉。”

“我们不需要谈这件事。”

“很好。”我吸了一大口冰沙，静静地走向门边，可是我后来又说，“不过我想替自己辩解一下，我对……呃，男孩子没什么经验，所以那是……”

“你不需要解释。”他打开门说道，“真的，我弟弟就是个任性的浑球，我们就不要谈他了。”

我感激地笑了一下。“我家也有一个,我哥就是那种任性的浑球,只是他现在人在欧洲,不过就算在欧洲游历,也已经跟我爸妈揩油好几年了。”

“在国外都还有办法揩油啊?”

“荷里斯就有办法,他是这方面的大师了。”

我们走出门,踏进了炎热多风的夜晚,伊利正在思索着这件事。“听起来有点自私,”他评论道,“尤其只有他一个人享受到童年生活。”

我从不曾这样想过。“哎,正如你说的,也许现在要弥补我快乐的童年和其他的一切都还不迟。”

“的确还不迟。”伊利说道。

“你那口气好像非常肯定似的,这让我不禁怀疑,或许你以前曾经做过这种事。”

他摇摇头,啜饮一口饮料。“没有,事实上我的问题刚好相反。”

“什么问题?”

“童年生活玩太多了。”我们走到卡车前,他拉开车门,“我一天到晚都在玩,甚至还有办法靠玩乐赚钱。”

“你是指骑单车对吧?”他点点头,“然后有一天醒来,却发现这么多年来没做过什么有价值的事情。只做了一堆蠢事,日子久了之后,就显得更蠢了。”

我从车顶上方望着他。“如果你真的这么想的话,那你为什么一直鼓励我做这些事情呢?”

“因为,你随时都可以打破宵禁,或是参加睡衣晚会。永远不嫌迟,你应该这么做,因为……”他突然停下来,这时我已经学会不要帮他接话了。“……不是每件事都可以这样的。或者说,这是我的经验。”这时,前方的大灯照在那堆保龄球瓶上,闪烁明灭几下。球道一直往前延伸,抛光的木头已经磨损了,我试着想象,对小孩来说,球道看起来会更长,几乎长得无止无尽。“你想太多了。”伊利在我身后呼唤我。“把它丢下去就好了。”我往后退几步,试着记得他刚刚示范的动作,然后把球抛到前方去。球飞了起来——我很确定这种事情不该发生——然后砰地一声,重重地坠落到旁边的球道上,极端缓慢地滚入沟槽内。“嘿!”有人从后面的吸烟区大叫道,“小心点!”我的脸红了起来,觉得丢脸死了。这时球滚到球道末端,消失在那排球瓶后方。片刻之后,前方传来铿锵一声巨响,伊利来到我身后,又拿了一颗球给我。

“我觉得我最好还是不要再玩了,这显然不是我的强项。”我说。

“这只是你的第一次而已。”他答道,“你还以为可以打个全倒吗?”

我咽了咽口水,事实上,我刚刚真的是这样想,至少是这么希望的。“我只是,不擅长玩这种东西而已。”

“那是因为你根本不曾玩过。”他伸过来拉我的手,把球放进我的手里,“再试一次,这次早点丢出去。”

他回到座位上,我强迫自己深呼吸。我告诉自己,这不过是游戏而已,并不是很重要。然后,当我心里还在想着这个时,脚已经往前踏出了一步,把球丢出去了。这次的表现也不是很理想,球滚得歪歪扭扭的,而且很慢,不过我击倒了右边那两支球瓶,这样……

“不错嘛!”机器重排球瓶时,伊利大声说道,“真的一点都不差喔!”

我们玩了两局,在这两局中,他打球不是全倒就是补全倒,而我只能努力不洗沟。然而我还是有几次丢得不错,因此觉得很开心,这倒让我很惊讶。我竟开心到要离开的时候,还跑去把扔在垃圾桶里的记分表拿回来,折成一个小方块。我抬头时,发现伊利正在看着我。

“留做纪念呀,”我解释道,“这个很重要的。”

“是啊!”他说,眼睛一直盯着我把它放进口袋里。“那当然。”

到了外面,我们穿过遮雨棚,走到停车场,保龄球的霓虹招牌在我们身后闪烁不已。“那么你现在已经玩过了保龄球,打破了宵禁,又差点在派对里被打,你的单子上还有什么事情没做的?”

“我不知道,你十八岁之前还做了什么?”

“就像我说过的,”我开锁时,他说,“我不确定你应该以我为模范。”

“为什么不?”

“因为我有些遗憾。而且我是个男孩子,男女生做的事情不大一样。”

“就像骑单车吗?”我问。

“不是,”他答道,“就像打食物战,打破东西,还有在别人家门前放鞭炮,还有……”

“女生就不能在别人家门前放鞭炮吗?”

“可以,”他说,我启动了引擎。“可是女生比较聪明,知道不该做这种傻事,就是这点不同。”

“我不知道,我认为打食物战和打破东西是男女都有机会做的事。”

“好吧,不过,我要说的是,如果你要放鞭炮的话,那你自己去,我可不奉陪。”

“什么？你怕了呀?”

“不是,”他坐定后说道,“我只是已经玩过了,还因为那件事被抓到警察局,这种事都经历过了,我很敬佩你对探索之旅的勇气,不过我得画一条界线才行。”

“等一下,”我举起手说道,“我的探索什么?”

他转过头来看我,我们正在等红绿灯,眼前并没有半辆车子。“对啊!”他说,“你知道的,就像魔戒或是星际大战里的人那样,你要探索失去的或是需要的东西,这就是探索之旅。”

我只是愣愣地看着他。

“也许这是男孩子才喜欢的玩意儿吧,”他说,“没关系,那就不要称它探索之旅好了,叫它鸡肉色拉①也可以,我不在乎,我要说的重点就是,我愿意加入,不过我只能做合理的事情,如此而已。”

我还以为我们只是一起玩乐,随便打发时间而已,不管是否跟性别有关,我倒蛮喜欢探索失去的或需要的东西这个点子。

---

① 此指遇到不知道该如何形容,或是敏感话题需要用代号时,就会称之为“鸡肉色拉”。

灯号终于换了，变成绿灯，可是我没有踩油门，反而问道："鸡肉色拉？"

"什么？你小时候不曾那样说过吗？"

"用鸡肉色拉当代号吗？"我问道。

他点点头。"嗯，没有吗？哇，"他摇摇头，"你这辈子都在干什么呀？"

他此话一出，我脑中立刻出现几百万个答案，每一个都是真实合理的答案。我知道有无数种度日的方式，都没有对与错。可是假如有机会让一切以另外一种方式重来的话，谁会说不呢？我不会，那时候不会。要说这是疯狂，或叫它鸡肉色拉都没关系。反正不管合不合理的事情，我都要做。

"嗯，这套衣服蛮有趣的。"玛吉说。我们全都低下头去看笛丝贝，她躺在婴儿车里，我把她从车道推出来之后，她到现在都还处于半催眠般的状态，双眼圆睁，安静无声。

"有趣？"我重复道，"你要说的重点是什么？"

"这衣服是海蒂帮她穿的吗？"莉亚问道，蹲下去，目光跟笛丝贝保持同样的高度。

"不，是我帮她穿的。"莉亚看了一下玛吉，她挑了挑眉。"干么？我觉得这样看起来蛮可爱的呀！"

"她穿黑色的耶！"玛吉说道。

"那又怎么样？"

“你经常看到小婴儿穿黑色的吗?”

我又看了一下小宝宝。我父亲去换衣服准备出门时,我在想她可能也需要换一下衣服,所以我就到她的衣橱里找了一套特别的衣服。因为她每一件都是粉红色的,不然就是有一部分是粉红色,于是我就决定到最底层的抽屉,挖出一些不一样的衣服,后来找到一套黑色上衣配嫩绿色裤子的婴儿服。我个人觉得她看起来蛮有摇滚歌手的味道,不过,看其他人看她的表情——更不用说我们道别时,海蒂看我的怪异表情——也许我错了。

“要知道,”我说,“就算是女生,也不一定要穿粉红色的呀!”

“的确,”莉亚同意道,“可是也不需要穿得像卡车司机一样。”

“拜托,她才不像卡车司机呢!”

莉亚歪着头说:“你说得没错,她看起来比较像农夫,或是水泥工。”

“就因为她没穿粉红色的衣服吗?”

“她是婴儿耶!”玛吉对我说道,“婴儿都要穿粉色系的。”

“谁说的?”我反问道。伊瑟张口欲答,可是我却抢先说:“这是社会大众的偏见,我得说,就是因为这个社会要求小女孩一定要打扮得又香又甜,漂漂亮亮,怂恿她们不要有主见,才会导致女生缺乏自信,也造成饮食失调的问题,还让女人更加容忍家暴、性暴力和精神虐待。”大家全都望着我。

“就一套粉红色的婴儿服,”隔一会儿之后,莉亚说道,“就能让你想到这么多事呀?”

这时候笛丝贝开始呜咽啜泣起来,头也左右摆动着。"啊哦,"我推着婴儿车前后移动说,"这可不是个好兆头。"

"她是饿了还是怎样?"伊瑟问道。

"也许是缺乏自信。"莉亚说。

我不理她们,径自解开笛丝贝的安全带,把她抱进怀里。她的肌肤很温暖,哭声开始变大,我把她的身体转过去,双手抱住她的腰,弯下膝盖,上下、上下地动着,等到上下动了三次之后,她就安静下来了。

"哇,你还真有两下子,不是吗?"玛吉说。

"这叫做电梯法,"我告诉她,"每次都很管用。"

她们盯着我看了好一会儿,随后伊瑟说:"你知道,我觉得奥登说得对,黑色衣服一点都不怪,其实还蛮有个性的。"

"你当然会这么说。"莉亚说,"看你自己穿那种衣服就知道了。"

伊瑟低头看自己深色的T恤。"这又不是黑色,这是海军蓝。"

另外两个女生不以为然,随后莉亚转向我说:"她以前有过一段偏爱歌德风格的时期,那时她就是这么说的,她除了黑色之外,别的颜色都不穿。黑衣、黑鞋……"

"黑眼线,黑唇膏。"玛吉补充道。

"你们什么时候才肯不提那些事情?"伊瑟问道。她叹口气,"那只是一段过渡期,好不好?别说你们两个高中时不曾做过后悔的事情。"

"只有五个字。"玛吉答道,"杰克·史塔克。"

"这倒不是开玩笑的。"莉亚赞同道。

"还有你,"伊瑟指着她说,"为了乔·帕克把头发染成金色,那真是……”

“红发女孩都不该这么做。”莉亚帮她说完，“我到现在还觉得很丢脸呢。”

她们聊天的这段时间，我还是一直抱着笛丝贝做电梯的动作。她又回到迷茫半催眠的状态，安静无声，有一段时间，大家只是看着她上上下下地移动着，最后玛吉说：“想到我们以前也曾这么小，感觉是不是很怪？”

“怪极了。”莉亚伸过去，捏了一下笛丝贝的小手，“她是这么纯洁无瑕，还没有半点错误和瑕疵。”

“幸运的女孩。”伊瑟说，随后靠过去补充道，“给你一个忠告：千万别搞那种鬼怪的玩意儿，永远都不要忘了这一点。”

“还有永远不要为男人改变自己，”莉亚追加道，“假如他们是值得你爱的人，就会接受你原来的样子。”

“做单车跳跃时一定要戴安全帽。”

“玩云霄飞车前，绝对不要吃牛筋。”莉亚说。

“戴鼻环，”伊瑟也加入告诫的行列，“不一定适合每个人，相信我。”

笛丝贝以她一成不变的严肃表情聆听着这一切。我让她在我怀里换个姿势，靠过去闻她身上带着牛奶香和婴儿洗发精的气味。“来吧！奥登，”莉亚说，“你一定也有些智慧之语可以跟她分享。”

我想了一下，“不要在别的女生家厨房里跟她的男朋友调情。”我说，“或者，听到‘那是什么鬼名字’这句话时也不要回答。”

“取名叫笛丝贝，你知道绝对会有人问她这个问题的。”莉亚说。

“那这句怎么样？”玛吉说，“离骑单车的帅哥远一点，他们会让你心碎。”我看了她一眼，她只是笑笑。“当然，说得容易做来难，对不对？”

我只是看着她，纳闷地想着她话中的含义。我尚未告诉任何人我跟伊利的事，主要是因为我知道她们一定会认为我们彼此勾搭上了，不然每天晚上，一整夜都聚在一起能做什么事呢？实际上，这个问题有太多的答案，因此我不想回答玛吉这个似问非问的问题。

“天啊！玛吉，”莉亚说，“我以为你已经把杰克的事情给忘了。”

“我是忘了。”玛吉对她说道。

“那你现在为什么还要拿这件事情来烦奥登？”莉亚摇摇头。

“我不是这个意思……”

她的话突然被打断，有人撞到了前门。我们全都转过头去，刚好看到亚当弯着腰，背对着玻璃门，一面揉着手臂。“门是要拉的，”玛吉大叫道。

莉亚翻翻白眼说道：“他每次都忘记，真是个怪人。”

“不能说我没有做隆重登场的仪式。”亚当说道，一般人会觉得当众出糗很丢脸，他却毫不在乎地走向我们，手上提了一个购物袋。“小姐们，我有事要宣布。”

莉亚心生警惕地看着那个袋子。“你该不会又要卖那些棒棒糖来替数学社筹钱吧？”

亚当看了她一眼，“那已经是八年级以前的事情了，”他说，“中学生活早就结束了，记得吗？”

“不要理她。”玛吉告诉他，莉亚耸耸肩，走到柜台后面去。“有什么事要宣布？”

他咧嘴微笑，手伸进袋子里。“要开热狗派对了。”他拉出一大包熏肉香肠。“这是今年夏天第一次热狗派对。下班后到我和华里斯家，你们自己带调味料过来吧！”

“不要算我的份，”伊瑟从柜台上跳下来说道，“我吃素。”

亚当把手伸进袋子里，又拿出一包热狗。“豆腐热狗！特别为你准备的！”

“你家厕所干净吗？”莉亚问道。

“不是一直都很干净吗？”

“不是。”莉亚、玛吉和伊瑟异口同声地说道。

“那今天晚上会很干净，我会拿出所有的清洁用具，彻底打扫一番。”

玛吉微笑着看他把热狗包放回去，绑紧袋口。“很久都没办热狗派对了，”她说，“今天是什么大日子？”

“我们两个月前搬进去的时候忘了办乔迁派对了，而且已经好久了，你知道吗？感觉也该是时候了。”他说。

“伊利要来吗？”伊瑟问道。

“我们邀请了他，到时候就知道了。”亚当说道。

玛吉转向我，说道：“热狗派对是埃布尔生前的传统，他以前每个礼拜六都会在他跟伊利的住所办这种派对，烤热狗、豆子……”

“……素食的人就烤马铃薯片。”莉亚说道。

“甜点就是棒棒冰。他说这是夏天最棒的食物。”玛吉举起手，手指缠起鬈发转动着。“以前他和伊利都会到公园超市买一大箱的食物，所以就算是临时通知，他们也可以随时开派对。”

“他们称之为即狗派。”伊瑟看我扬起眉毛时说道，“即兴的热狗派对。”

“真的喔。”我说。我的膝盖开始酸了，所以我停止电梯的动作，把笛丝贝抱在右边。亚当靠过去对她做了个滑稽的怪表情。

“你可能太小了，不能参加热狗派对。”他说，戳戳她的肚皮，然后转身走向门口。“至于你们其他人呢，我要你们下班后带佐料到华里斯家跟我们会合，不准找借口缺席。”

“要知道，你以前卖棒棒糖的时候，我还比较喜欢你一点。”莉亚说。

“待会见！”他答道。这次他正确地打开门，消失在人行道上，门上的风铃叮当作响。

莉亚看着玛吉。“好极了，”她嘀咕道，“他对你热情如火，这下连我们都得陪着吃热狗了。”

“他才没有对我热情如火呢！”玛吉说道，走到耳环展示区，调整了一下摆放的位置。

“哎，我不要去啦！”莉亚说，按了一下收款机的按钮，打开抽屉，拿出几张钞票，抚平皱痕。“夏天都过了大半了，我却只跟小学认识到现在的男孩子玩在一起，实在是越来越荒谬了。”

“热狗派对里说不定会有新来的男孩子。”伊瑟提示道。

“哦，拜托！”莉亚哀叫道。

“嘿，他们连豆腐热狗都有了，什么事都是有可能的。”

可是我感兴趣的却不是新来的男孩子，接下来的一个小时，我的脚一直放在笛丝贝婴儿车的轮子上，来回地推着，一面翻阅当天的收据。时间慢慢地过去，我心里却自始至终都在想着同一个男孩子。

我尽量不去想这件事，但还是难以停止思绪，时间越晚，我越会好奇地想，不知今天晚上我和伊利会怎么度过。这是我以前没有机会经历的事情，期待跟某人见面的心情。热狗派对听起来蛮好玩的，或许符合我探索之旅的条件，如果伊利也去的话就好了，但我确定如果他不去的话，我也不会想去。即使是豆腐热狗派对也一样。

大约八点半时，父亲和海蒂就过来接笛丝贝。他们到时，店里立刻惊声四起。“哦，我的天哪！你看起来好漂亮喔！你现在变得超瘦。”玛吉说。

“拜托，店里的东西我现在一件都不能穿了，连披肩都不能呢！”海蒂说。

“别说了，你简直美极了。”伊瑟告诉她。

“笛丝贝也很美。”莉亚补充道，“对了，我们很喜欢她的名字。”

“看吧？”我听到父亲说，“我跟你说过，这是个强而有力的名字，非常有魅力的。”

“不过，笛丝贝的故事真的有点悲伤，为情人而死，灵魂又附在桑葚树上。”玛吉说。

隔着一道门，我看不到他们的互动，然而我几乎可以感觉到父亲有多么惊讶，他说："你知道笛丝贝的故事？"

"我们在古典文学课里读到过，那时我们在念神话和女人的故事。"玛吉答道。

"我以为那是莎士比亚戏剧里的名字呢！"海蒂说。

"那是莎士比亚以笑闹剧的方式改写的。"父亲告诉她。"可是这个小女生说得对，原始的那个故事其实蛮悲伤的。"

"这就是我们的玛吉，"莉亚说道，"对所有的悲剧都了如指掌。"

"奥登在后面吗？"我听到海蒂问道。不一会儿后，她敲了一下门，探头进来。当她看到笛丝贝在婴儿车内打瞌睡时，不禁微笑起来。"看看她，我还在担心她一整个晚上都会嚎啕大哭呢！"

"没有一整晚。晚餐好吃吗？"我说。

"好极了，"她说。随后掩着嘴巴，打了个哈欠。"我们今天出去庆祝蛮好的，这是你爸爸很大的成就，这几个礼拜以来，他一直都在辛苦地工作。"

我低下头看着笛丝贝。"你也一样辛苦。"我说。

"哦，"她不以为意，往前走几步，轻轻把婴儿车推出去。"我真不知该怎么谢你，奥登。我已经不记得我们俩上次单独出去是什么时候了。"

"不用客气。"我说。

"不过我还是很感激。"她看了一下店里的展售区，"我最好趁你爸爸心情还不错的时候，赶快带他出去，他说待在这种地方会让他头痛，因为太多粉红色的东西了,你能想象吗?"

我当然能想象,但是我不会说出来,只是点点头,看着她把笛丝贝的娃娃车推到走廊去,她回过头来跟我挥手道别。

接下来的两个小时,我全神贯注在工作上,只稍微注意到客人来来去去——我听到夹脚拖踏来踏去的声音,还有九点的舞蹈——这次是放猫王摇滚时期的歌曲,她们不停地辩论要不要去参加热狗派对的问题——玛吉要去,莉亚不去,伊瑟还在考虑。十点一到,我立刻锁好保险箱,关上门,走出办公室跟她们一起踏上人行道,她们仍在讨论要不要去。这部分跟我平常下班后的情形一样,只是接下来,我不知道要不要跟往常一样找借口离开,去找伊利。

"我们可以去一下子,"玛吉说道,"只要秀一下,表示到场就好了。"

莉亚转过来看我。"奥登,那你呢?你去不去?"

"哦,"我说,"事实上,我想我还是……"

我本来想用我惯用的借口之一,比方说"回家"或是"去办点事情",可是这时候我却看到玛吉背后的单车店门口的情形。伊利坐在板凳上,他身后的店门已经关了,店里一片漆黑。这一次我根本不用去找他,多简单,只是这次他不是独自一人。

柏里莎站在他面前,她的头发在脸颊四周飘动着,双手插在口袋里。她并未像在派对里那样盛装打扮,只是简单地穿着牛仔裤和一件无袖衬衫,腰上绑着一件毛线衣,我一时大为惊讶,她这时看起来比那天晚上美多了,果然简约就是丰富。她正在跟伊利谈事情,他没有看她，只是倾身坐在板凳上，双手掩面。随后她又说了些别的事情，他抬起头看她，并点点头。我只是站在那里，呆呆地望着他们，随后她坐到他身旁，两人的膝盖贴在一起。片刻之后，她闭上眼睛，把头靠在他的肩膀上。

“奥登？”莉亚说道。她看到我的表情之后，回头望望身后，这时正好有一群穿运动服、虎背熊腰的男人从附近的大冰沙店里走出来，挡住了一切。“什么事？”

“没事。”我很快地说道，“我去。”

华里斯的公寓位于一间温室的下层，离海滩约隔两条街。院子里大多是泥土，只剩几块零星的草坪。前廊上有一台洗衣机，车库前挂着一个牌子，写着令人难以理解的词句“感性之旅”。

“这名字选得真是有趣。”我跟着玛吉和伊瑟穿过车道时说道。我们先到加油站超市买了一袋佐料：西红柿酱、芥末、蛋黄酱和巧克力酱，此时正提在我手中。莉亚慢慢地走在最后头，手机紧贴着耳朵，仍在到处打电话询问，希望能找到更好的地方可去。

“这名字不是他们选的，”玛吉回过头来解释道，“那是房东选的，住在海边的人都喜欢搞这种玩意儿，你知道的，他们就是爱替房子取名字。华里斯上次住的房子还叫‘海鸥之声’呢！”

“那个名字真是难听死了。”伊瑟说道，“喂，玛吉，你还记得以前伊利和埃布尔在第四街时住的那个烂地方吗？叫什么名字……”

“夏之恋。”玛吉帮她说完，这时我们已经步上了门阶。“可是，我告诉你,那个烂地方真的没什么值得眷恋的。"她说到这里时,亚当正好打开门,手上戴着防热手套。

"嘿,"他不满地摸着胸口说道,"你们都还没进屋里来呢!"

"我不是在说这个地方,"玛吉告诉他,他站到一旁,让我们大家进去。"这里……还不错。"

这样说实在太客气了。这个客厅小得可怜,还摆满了破旧又不搭调的家具:格子布的沙发、条纹图案的躺椅、破旧不堪的茶几,上面还布满一圈又一圈的污渍。不过,从桌上那碗干果和从吧台连到厨房的崭新的香水蜡烛来看,显然已经有人事先整理布置过了。

"装饰过,"亚当发现我们在看那个便说道,"真的差很多,对不对?"

"但还是跟啤酒一样臭。"莉亚把手机放进皮包里,一进门就对他这样说。

"这表示你不要喝啤酒啰?"华里斯从厨房里大喊道。

"不要。"莉亚说。

"我想也是。"他答道,带着十二瓶啤酒走出来。他绕一圈,把酒一一分发给大家。我本来想拒绝的,最后为了礼貌,还是拿了一瓶。

"你左边有杯垫。"莉亚打开瓶盖时,亚当对她说道。

"杯垫？这种烂茶几还要用什么杯垫？桌上都已经布满一圈圈的污痕了。"她说。

他看看茶几,又看看她。"不能因为东西已经有点损坏了,就不尊重它呀。"

“亚当,这只是个茶几,又不是孤儿。”华里斯说。

伊瑟暗自窃笑,不过,玛吉还是乖乖地伸手去拿杯垫,把它放到桌上后,再把啤酒放上去。这时亚当伸到后面的台子上拿起一台相机。“我们的第一场热狗派对,”他举起相机说,“我一定要拍一张照片做纪念。”

全场的人动作都很迅速一致:除了我之外,每个人都举起手捂住脸。不过,接下来各种抗议声就此起彼落。我听到“拜托,不要。”——玛吉,“哦,耶稣基督!”——华里斯,“再拍你就死定了!”——不用想也知道这是谁说的。亚当叹口气,放下了相机。“为什么?”他说,“你们就不能偶尔拍一张吗?”

“因为我们已经说好了。”华里斯答道,他的手仍捂着脸,手指还压在嘴巴上,因此嗓音有点模糊。

“说好了什么?”我问道。

玛吉挪开拇指和食指,从缝隙中说道:“亚当这两年是负责学校年刊的编辑,所以一直拿着相机到处拍个不停。”

“我只有一个帮手呀!”亚当抗议道,“哪有什么选择的余地,总得有人拍照才行啊!”

“所以我们就告诉他,”华里斯从手掌边出声追加道,“我们就忍耐到年刊完成,之后就……”

“不要再拍照了。”玛吉说。

“永远不拍了。”莉亚补充道。

亚当一脸忧郁地把相机放回原位。“唉,好吧!”他说,这时每个人都把手放下来。“可是，如果数年后你们开始怀念今年的夏天，却没有任何记录供你们回忆往事，到时可别怪我喔！”

“我们已经有很多记录了。”玛吉告诉他，“那本年刊里，全都是你偷拍我们的照片。”

“很好啊，这样你们什么事都不会忘记了，”他告诉她，“可是那已经成历史了，此时此刻却没有半张照片。”

“我们现在不希望被拍了，”莉亚拿起啤酒，没用杯垫，喝了一小口，接着说道，“还有谁会来参加这个派对？”

“你知道的，就是那些老面孔嘛！”华里斯答道，坐到扶手椅上，椅子立刻明显地凹陷下去。“单车店的人、几个常去公园的本地人、冰沙店的可爱女生，还有……”他的话被砰砰的脚步声打断。

“哎哟！”有人大叫道，“你们最好有啤酒，因为我要去拿……”杰克·史塔克穿着一件紧身的黑色T恤，皮肤比以前更黑了，他一踏进门，看到我跟玛吉并肩坐在一起时，突然住了口。看样子好像受到不小的惊吓。

“拿什么？”莉亚问道，又喝了一口啤酒。

杰克看看她，又看看华里斯，华里斯只是耸耸肩。“很高兴见到你。”他对莉亚说道，随后从她和我们的身旁穿过，往厨房走去。我斜睨玛吉一眼，她只是凝视着前面杯垫上的啤酒，表情深不可测。

“现在赶去夜总会还不算太晚。”莉亚对她说道，“新的男孩子，新的机会。”

“上烤肉啦！”亚当从后门喊道，“有谁要吃第一根热狗？”

玛吉拿起啤酒站起来。“我,”她回道,从杰克身边走过去,杰克正靠在吧台上,弯身闻着香水蜡烛。“我要吃。”

一小时后,我喝了一瓶啤酒,吃了两条豆腐热狗,尽管我努力投入派对中他人的对话,但还是有太多时间在想,刚才在人行道上看到伊利和柏里莎在一起的事情。我看了一下手表:已经快午夜了。昨天晚上这个时间,伊利和我刚离开克莱德的洗衣店。在那里洗一堆浅色衣服时,我们还一起分食一块杏仁焦糖奶油派。我看了一下前面桌上那碗没人动过的干果,又喝了一口啤酒。

说真的,对这一切的事情竟然有所期待,真是愚蠢极了。晚上一起出去过几次并不代表我们就已经发展成男女朋友的关系。

这时候我的手机突然响了起来,我吓了一跳,急忙接起来,因为我猜有可能是伊利打来的。后来我才突然想到,伊利根本没有我的手机号码。我掀开手机盖,看到的号码是另一个经常让我惊奇的男人——我哥哥。

“奥登!”我一答腔,他就叫道,“是我啊! 猜猜看我现在人在哪里?”

我们以前常玩这种游戏,但我老是输,所以我只是淡淡地说:“你就直接告诉我好了。”

“在家里! Home!”

起初我以为他是在说罗马(Rome),我要他再说一遍之后,才知道他是在几英里外的家里,而不是在几千英里外的地方。“家里? 你什么时候回来的?”我问。

"大概两个小时前。"他笑道,"我跟你说喔,我现在时差很严重,根本搞不清楚现在几点钟了,你在哪里?"

"在派对里。"我说,站起身来,走向前门,推开大门。

"派对? 真的假的?"他听起来好像很震惊的样子,或许我应该觉得不高兴才对。但是几个礼拜前,连我自己也会很惊讶。

"是啊!"我说完,走下去坐到最底下的台阶上。"那么……是什么风把你吹回来的?"

他停顿了一下,显然是为了制造戏剧效果。"不是什么风,而是什么人。"他说。

"什么人?"

"奥登,"他又停顿了一下,随后说道,"我恋爱了。"

他说到这句话时,我正仰头望着头顶上明亮的街灯,几只飞蝇绕着街灯打转,嗡嗡地叫着。"是喔?"我说。

"是啊!"他大笑起来,"我知道这样很疯狂,可是我犯了严重的相思病,病到不得不缩短行程,跳上飞机跟着她回来。"他已经旅行好几年了,我可不会说他的行程短,不过对荷里斯来说,这一切都是为了将来长远的计划着想。

"那么,她是谁呢?"我问。

"她的名字叫劳拉,她实在是棒透了! 我是在塞维利亚的青年旅馆遇到她的,当时我去那里参加为期三天的节庆……"我兀自在黑暗中翻翻白眼。

"……她到那里参加基因研讨会。她是科学家耶! 奥登,她在 U

大和世界各地做研究。她在图书馆念书时，我就在旁边睡觉，她还说我的打呼声吵到她，把我叫起来，要我出去呢。很疯狂对不对？我将来一定要把这个故事说给我们的子孙听！”

“荷里斯，你是在跟我闹着玩的对吧？你现在应该人在巴黎或是欧洲别的地方，只是……”我说。

“什么？”他答道，“才没有呢，天啊！哪有，这是真的，我可以证明我现在人在家里。”

电话那头传来模糊的声音，接着出现一些静电的噪声。随后我听到母亲在不远处用她最荒谬可笑又平板的音调说道：“没错，这是真的，你哥哥谈恋爱了，而且现在人在我的厨房里。”

“听到没？”荷里斯问道，即使我人坐在这么远的地方，听到他的话还是吃惊不已。“这不是开玩笑的。”

“那么……”我说，仍然需要努力稳住惊讶的情绪。“你这次要在家里住多久？”

“直到劳拉不要我为止。我们现在正在找公寓，我还要去学校申请秋季班。天知道，说不定我会去念英国文学。”他笑着说道，“不过，说真的，在那之前，我要先过去看看你和老爸，还有海蒂和小不点，并让你们见见我的女朋友。所以拜托你帮我跟他们说一下好吗？”

“好的。”我慢慢地说道，“我很高兴你回来了，荷里斯。”

“我也是，我们很快就能见面了！”

我挂上电话，望着宁静的街道和远处黑暗中的海洋。夜还这么早，然而，看到伊利的事，还有我哥突然回家，这一切让我长久以来第一次想在这个时间爬上床睡觉。把被子拉到头顶上,等到夜晚过去再醒来。

想到这里,我便想走进屋里道别,可是客厅里却没半个人,音乐还在隆隆地播放着,啤酒罐零乱地放在茶几上,大部分人都没有用杯垫。我拿起皮包,穿过厨房来到后门。走出后门时,我看到每个人都聚在后阳台上:亚当站在烤肉架前,玛吉站在他旁边,莉亚和伊瑟并肩坐在栏杆上。华里斯打开一罐烤豆子,杰克坐在草坪的躺椅上望着大家。

“你知道他可能不会来的,”杰克对亚当说道,亚当正忙着翻动烤肉炉上的热狗。“自从发生那个事件之后,他就不再参加任何社交活动了。”

“可是都已经一年了,他偶尔也该出来玩玩了。”亚当说。

“也许他出去玩过,只是不跟我们玩而已。”玛吉说。

“你这话是什么意思?”华里斯问道。我往后退进门内,等着听玛吉如何回答,但她却不答话。

“跟柏里莎吗?我跟你们打包票,这是不可能的事情。”

“开什么玩笑,他们已经分手好几个月了,白痴。”杰克说道。

“对啊!可是柏里莎还是一直黏着他。”华里斯答道,“今天晚上她到店里来告诉他,她已经交新男友了,是一个从 U 大来的男孩子,暑假在凯迪拉克酒吧打工。她说想要亲口告诉他,不希望他从别人那里听到这件事情。”

静默片刻之后,莉亚说:“那你又是怎么知道这件事的?”

“我刚好在门里面,检查展示车轮胎的气有没有问题。”

有人不以为然。亚当说道:“你真的很八卦耶,华里斯,比女生还糟糕。”

“嘿!”伊瑟说。

“抱歉,只是形容词而已。”亚当告诉她,“不过,说真的,玛吉可能没说错,也许他真的在别的地方办事也说不定。我今晚邀他时,他说他会尽量,不过他已经跟某人约好要出去办点事情。”

“办什么事?有谁会大半夜出门办事的?”莉亚说道。

“我也觉得蛮奇怪的,”亚当跟她说,“可他就是这么跟我说的。”

我环视一下厨房四周,走过去打开一个又一个的抽屉。后来我在第三个抽屉中找到了我想找的东西:柯比镇的电话簿。这个镇这么小,所以电话簿上只登记了一家洗衣店。

“洗衣店,我是克莱德。”

我看了一下外面的阳台,随后走近冰箱。“嘿,克莱德,我是奥登,伊利在那里吗?”

“你猜对了,他的确在这里,稍等一下。”电话那头似乎受到一点干扰,对方说了几句话之后,话筒就转到伊利手上。

“你错过了最好吃的苹果派了。”

“我被人拖来参加热狗派对了。”我说。

他停顿了片刻。“真的?”

“真的。”我转过身,合上电话簿,“看样子他们有一场重要的活动,所以为了我的探索之旅,我想我应该过来看看。”

“对。”他说。

有那么一会儿的时间,我们两个都没说话,我才发觉长久以来,这是第一次我在伊利身边觉得紧张或不自在。我们在一起那么多个晚上,做了那么多疯狂的事情,然而,在电话中谈话却这么困难。

"所以,让我猜猜看,现在这个时候,亚当可能正在烤他的热狗,尽管已经没人要吃了。"他说。我瞥了外头一眼,果然,亚当在烤肉炉前,又开了另一包热狗。

"嗯,的确,你说得没错。"

"莉亚和伊瑟可能开始吵着要离开。"我又看了一眼,证明他说得没错,她们看起来好像谈得很激动的样子,起码莉亚的动作很大。

"她们的确是在争吵的样子,你怎么知道……"

"还有我弟弟,"他继续说道,"一进来就吹嘘追女人的事情,现在可能已经喝得烂醉,正在某个地方独自打盹。"

我回头看了一下杰克,他的眼睛确实闭起来了。"你知道,我们花了那么多时间在一起,你大可以告诉我,你是个灵媒。"

"我不是。你需要搭便车吗?"

"要。"我毫不犹豫地答道。

"我十分钟后到。"

七分钟后,我跟其他人一起在后阳台上看着莉亚和玛吉争辩。"我刚刚答应过的是,"莉亚的声音有点含糊不清,"如果我们来一会就离开,还有时间再去做其他的事情。"

"都已经过午夜了。"玛吉答道,"要去哪里都已经太迟了。"

“这正是你的计划对不对，把我拉来这里，灌醉我……”

“是你自己喝醉的。”亚当指出这点。

“……害我被困在这里。每次都这样。”莉亚继续说完，“说好上大学前要过个有趣的暑假，这会儿是怎么了？不是说要趁大家分开前留个新奇又美好的回忆吗？本来应该要……应该要……”她说不下去了，显然找不到她要说的字眼。

我说：“最美好的时光。”

“对，就是那样！”她捻一下手指。“最美好的时光！可是最美好的时光跑到哪里去了？”

每个人都安静下来，我猜是因为他们都在想着这个问题。随后我才发觉是因为伊利在我身后出现，站在厨房的门口。

“别问我。”他说。大家全都盯着他看。“我只是过来吃热狗的。”

“热狗！”亚当兴奋地大叫，“我们有热狗！好多好多热狗，来！吃一条！”

他拿起一个圆面包，塞了一条热狗进去，然后递给他。伊利挑了挑眉，然后接过来说道：“谢谢！”

“不客气！那里有很多热狗，还有洋芋片，烤豆子和……”亚当说。

“亚当。”华里斯声音低沉地说，“不要这么激动。”

“对。”亚当答道，声音却更大，随后以一种稍微转小的音量继续说道，“我们还有棒棒冰呢！”大家又望着伊利，气氛真的很怪，而且很紧绷，你可能会认为我们是在灵前守夜，而不是在办烤肉派对。不过，或许我们真的是那样。

“那么，伊利，”没多久之后，玛吉说道，“单车店怎么样了？想到新名字了没？”

伊利瞥了她一眼，随后看着手中的热狗。“还在讨论中。”

“我个人呢，比较喜欢链条帮。”亚当说。

“那名字听起来我们好像是合唱团似的。”华里斯对他说道。

“还是很烂的合唱团。”莉亚说。

“总比叫什么循环打气轮好吧？”

“循环打气轮有什么不好？”华里斯问道，“这是个好名字呀！”

“听起来好像是月经周期。”亚当告诉他。伊瑟打他手臂一下，“什么？真的像呀！”

“我认为，”杰克说，每个人都吓了一跳，因为大家都以为他睡着了。“我们需要一个很特别的名字，要有点神秘，有点危险的感觉。”

“比如说？”伊利问。

“比如说，”杰克闭着眼睛继续说道，“带刺铁丝网单车，或是心跳终止单车。”

亚当翻翻白眼。“你不能把观光区的单车店叫做心跳终止单车啦。”

“为什么不行？”

“因为人家来度假是一件轻松快乐的事情。他们来租单车时，可不愿出什么意外死亡的事情。”我从亚当说话的表情看得出来，他先是轻松随兴，固执己见接着就是震惊和羞愧——他根本不知道自己会说出这种话，等到话说出口时已经太迟了，现在就是这种情形。

大家再度陷入沉默。亚当羞得满脸通红，我看到玛吉和伊瑟彼此交换了绝望的眼色。伊利只是静静地站在我身旁，表情怪异极了，大家都能感觉到紧绷的气氛。我心里只想到，他之所以会来这里，还有现在发生的这一切都是我的错。可是我却不知道该怎么办，后来我看到旁边的桌子上有一锅烤豆子。

那是刹那之间所做的决定，听说人们在最危急、最重要的情况下就会做出这种决定。此时的情况虽然不算危急，但我还是不假思索地做了，我把手伸到锅子里，掏出一把豆子，随后也没细想，转身就把豆子丢到伊利脸上。

豆子击中他的额头，又弹到他的头发里，还有几颗豆子掉到他的脚背上。我听到阳台上的其他人全都惊声喘气，表示他们看到这一幕时，全都吓呆了。可是我的眼睛仍盯着伊利，他惊讶地眨眼，伸手抹掉鼻尖上的豆子。

“哦，要命！”他对我说道，“开战了。”

就这样，他以迅雷不及掩耳的速度，伸过去抓起那锅豆子，一个敏捷的动作——快到让人还来不及思考，更别说要阻止他了——他就把豆子往我头上倒来。我感觉到头发上很热，黏黏的东西流到我的眼睛里，即使如此，我还是从旁边抓起一个盘子，把吃到一半的热狗朝他扔过去。

“搞什么鬼……”我听到莉亚说道，可是她话还没说完，伊利就从厨房的柜台上，拿起那袋圆面包，往我身上扔过来了。我低着头，脸上仍沾满豆子，从阳台冲向厨房，在途中拿起一包奇多起司条。

“等一下!”亚当喊道,“那是我这个礼拜的早餐!”

“哦,开心点吧!”玛吉说,从她盘中拿起一把卷心菜扔向他。莉亚倒抽一口气,玛吉又朝她扔了一把。

莉亚张大嘴巴,低头看看自己的裙子,然后看看玛吉。“哦,妈啊!”她说,拿起一罐啤酒,用力摇了几下,然后打开瓶盖。“你们最好赶快逃吧!”

玛吉尖叫着跑下楼梯,莉亚也跟在她身后,啤酒的泡沫已经喷出来了。这时亚当和华里斯已经拿剩下的干果激战起来,伊瑟双手抱头,躲到杰克身后,杰克已经睡着了,脸上挂着好几片卷心菜。我注意到这一切,随后跑进屋子里,闪避着伊利丢过来的棒棒冰,一面把黏在我身后的洋芋片丢回去给他。我忙着捍卫自己,还要保持进攻,等我发现自己被他困在厨房里时,已经太迟了。

“等一下。”我说,靠在冰箱上喘气。我举起双手说:“暂停。”

“打食物大战是不能暂停的。”伊利告诉我,又朝我丢了一团黏黏的东西,打中我的肩膀,击落了一些豆子。

“那要怎么结束?”

“开战的那个人要正式宣布投降才行。”他说。

我看看我的双手,全是豆渣和洋芋片,可是手上基本上算是空的。“我不大擅长投降!”

“没有人擅长投降的,不过有时候,你输了也不得不承认。”他说。

我们俩全身脏兮兮地站在那里,头发上黏着豆子,衣服上也沾着食物,照理说,一般人会觉得那种事情不重要,但其实有它的意义。仿佛只有在这种混乱的场合中，我才感觉终于可以说出长久以来心中想说的话了。

“我真的很遗憾你朋友发生了这样的事。”我对他说道。

伊利缓缓地点头，目光毫不退缩地凝视着我说：“谢谢。”

我听到其他人还在外面尖声叫喊，他们的战争仍在进行中。可是在明亮的厨房里，就只有我们两个。我突然感觉今晚似乎跟前几天晚上有点不同，我们的关系不一定会因此改变多少，但总有可能会改变的。

我直视着伊利的眼睛，心里想着这件事，他也回望着我，这时我很自然地想象自己伸出手，拨开他脸上的发丝。他就站在前面：我想象着自己的手指摸到他的皮肤，手掌轻触着他的发丝，他的手搂着我的腰，那不知是何感觉。仿佛这一切真的发生了似的，随后我突然听到身后的门砰地打开。

“喂，”亚当叫道，我转过头去，看到他又拿起了相机，镜头对准我们，“笑一个！”

喀嚓一声之后，我知道我不大可能有机会看到这张照片，然而，假如我真的见到了，这张相片也无法捕捉我此时感受的一切。假如我真的能拿到这张照片的话，我已经有一个完美的地方来安置它了：蓝色的相框，下方有着蚀刻的字“最美好的时光”。

第十章

“是要直筒式的，还是男朋友牛仔裤？”

片刻沉默之后，另一人说：“你觉得哪一条比较好看？”

“要知道，这不是哪条比较好看的问题，而是你希望你的臀部看起来是什么样子。”

我叹口气，随后把存款簿放进保险箱，用脚把门关上。又是一天，又有机会听玛吉漫谈丹宁布的大道理了。我喜欢她的人——这点实在令人惊讶，可是我还是没办法忍受这种女孩家的无聊事，就像现在这样。

“看吧？”不久之后，客人从试衣间出来时，我听到她说了这句评语，“这条裤子让你从大腿到脚踝的曲线都变得很好看。上翻的褶边会吸引众人的目光，这样人家就不会去看其他地方了。”

“我其他地方，”那个女人咕哝道，“不太好看。”

“我的也是。”玛吉叹道，“可是男朋友牛仔裤也有它的优点，你应该试穿一下，我们再来比较看看。”

那个女人又说了几句话，不过我没听见，因为挂在大门口的风铃突然响起来。没多久，伊瑟就走进办公室，身上穿着黑色上衣和陆战队长裤，啪地一声，表情阴郁地颓坐到我身后的椅子上，不发一语。

“嘿，”我对她说道，“你是不是……”

玛吉拿着手机，圆睁着大眼，突然冲到门口来。她先看看手机屏幕，再看看伊瑟。“我刚收到你的短信！这是真的吗？希尔蒂……死了？”伊瑟点点头，仍然沉默不语。“我真不敢相信。”玛吉摇着头说，“可是它就像我们的好朋友一样，我是说，经过这么久的时间……”

我张开嘴，想说点安慰的话，但在我开口之前，伊瑟终于说话了。“我知道，”她略带哽咽地说道，“它是一辆很棒的汽车。”

店里试衣间的门又开了。“汽车？”我问。

“那可是最棒的大众捷达车呀！”玛吉说，“希尔蒂是我们高中时唯一的交通工具，就像我们的好姐妹一样。”

“这么好的装甲车，”伊瑟赞同道，“我用三千美金买来，跑了八万哩，它从不曾让我们失望过。”

“哎，”玛吉说，“我倒不会这么说，那次我们去松饼世界时，在州际公路上发生的事情怎么说？”

伊瑟瞪她一眼。“你一定要现在提起这件事吗？在这种时候？”

“抱歉。”玛吉说。外面试衣间的门又开了。“哦，糟糕，等我一下。”

她消失在走廊尽头，片刻之后，我听到客人说：“我真的不知道为什么，穿这条裤子让我觉得我的脚踝好大喔。”

“那是因为你习惯穿喇叭裤的关系，”玛吉安慰道，“可是你看看你的腿形，多好看啊！”

坐在门边的伊瑟仰着头，望着天花板。我说：“那现在要怎么办，你要走路了吗？”

“不可能。”她说，“我就要去念大学了，非要有一台车不可，虽然我已经存了一点钱，可是根本不够。”

“你可以贷款啊。”

“然后再负债吗？”她叹口气，“大学的助学贷款，我都要付到死才付得完了。”

“我拿不准了，”我听到客人在外面说道，“我试穿过的这两条看起来都不怎么样。”

“那是因为要找到一条完美的牛仔裤需要一点时间，”玛吉答道，“我告诉你，你一定要找到一条跟你对味的裤子你才会满意的。”我又翻翻白眼，拿起笔继续算我的账。片刻之后，我听到那个客人再次进到试衣间后，玛吉又来到办公室里。

“好吧，我们来谈谈其他的办法吧！”她对伊瑟说道，伊瑟仍呆望着天花板。“贷款买一辆车怎么样？”

“大学的助学贷款，我要付到死才付得完了。”她淡淡地重复刚刚的话。“我想我只好把我祖父母给我的储蓄债券拿去卖了。”

“哦，伊瑟，我不知道这是不是个好主意。”

我知道这真的不关我的事，可是我替伊瑟难过。所以我想必须有人站出来帮她讲点话。“她不想再增加债务了。”我对玛吉解释道，希望这样是划清牛仔裤那种小事和这件大事的界线。“如果贷款的话，她会欠更多钱。”

外面试衣间的门又砰地打开。“我不知道这条……”我听到客人这样说。“难道我的腿原本看起来就像香肠腿吗？”

“不会啦，”玛吉摇着头，大声地对她说道，“再试一条直筒式的，口袋有花边的那条裤子好吗？”

门又关上，伊瑟叹口气。我对玛吉说：“借得越多就会欠得越多，这是基本常识。”

“说得也是。”玛吉同意道，“可是车子是消耗品，不是资产。伊瑟不是要投资，因为车子一买来马上就贬值了。她很想卖掉债券换现金，可是最好还是找本地的银行申请信用贷款比较好。”

“你觉得这样比较好吗？”

“那当然，我是说，”她继续说道，“现在贷款利率是多少，大概百分之五点九九是不是？所以你就去贷款，把债券存起来保值，还是很划算的。”

我只是愣愣看着她，这个女孩到底是什么人呀？怎么懂得这么多？

“那这条怎么样？”客人在外面大喊道。

玛吉瞥了走廊一眼，露出灿烂的微笑。“哦，老天爷！”她拍着手说道，“你觉得怎么样？”

“我觉得，”那个女人说，“这条裤子和我很对味。”

玛吉开心地笑了起来。我望着她走回试衣间，仍静静坐在原位，试着消化我刚刚看到的事情。这并不容易，事实上，那天晚上她锁门之前走进来时，我心里还在想这件事情。“关于财务的事情。”她把放现金的抽屉推回去时，我对她说道，“你怎么会知道这些事的？”

她抬眼看我。“哦，大部分都是在我玩单车那段时间学的，因为我妈不大赞成我有这个嗜好，所以我必须想办法筹钱买单车和相关的装备。”

“真是了不起。”

“或许吧！可惜我妈不觉得。”

“她不觉得？”她摇摇头，“那她认为什么事情才叫好？”

“哦，我也不知道，或许，如果我同意照她的愿望参与社交，或是参加庆典游行，而不是跟一群乱七八糟的男孩子一起骑单车的话，她会比较高兴点。我常跟她说，为什么我不能两样都来？谁说我一定要聪明，不然就是漂亮？不喜欢女生的游戏，就一定只能爱运动？人生不该这么黑白分明，我们不应该只是这样而已，不是吗？”

她显然是两样都行，我到现在才真正明白。“是啊！这样说的确有道理。”我说。

她微笑了一下，随后把钥匙抽出来，放进口袋里。“趁你在这里收拾东西的时候，我去整理一下牛仔裤区。帮那个女人找瘦长的直筒裤的确很辛苦，不过很值得，她离开时，屁股看起来超赞的。”

“我想也是。”我说，随后她转身穿过走廊，到外面去折衣裤。我坐在粉红和橘色的房间内，想着有什么事情会让母亲觉得了不起的，还有我困在黑白分明的观念里好久了。也许这是实情，女孩子可以对贷款利率和紧身牛仔裤都感兴趣，可以骑单车也可以穿粉红色的衣服。不只是对特定的事情而已，而是可以样样都好。

接下来的几个星期，我的生活很规律。早上睡觉，晚上工作，深夜跟伊利在一起。

这些天来，我不需要装得像不小心遇到他的样子，现在彼此都有默契，下班后我们就到加油站超市见面，在那里同时加油"咖啡"和添购杂货——你永远都不知道可能会需要什么东西，还有计划我们晚上要做的活动。这表示要办一些杂事、去克莱德那里吃派和进行我的探索之旅，每次体验一件事就好。

"真的？"我问道。有一天凌晨一点，我们站在莉亚最喜欢的塔里荷夜总会门外。窗边有个霓虹灯的招牌写着"哈啰，玛格丽特！"还有一个壮硕魁梧的男子坐在门边的凳子上查看手机短信。"你认为我需要做这个？"

"对，硬闯夜总会是我们的惯例，如果是风评差的夜总会，还可以加分。"伊利说。

"可是我没有证件呀！"我们逐渐走近夜总会时，我对他说道。途中还看到一个穿红衣服的女生，眼睛浮肿，走路摇摇晃晃的。

"你不需要证件。"

"你确定吗？"

他没有回答，只是拉起我的手，我顿时心头一惊。自从那天晚上参加热狗派对之后，我们就更亲密了，但这却是我们第一次的身体接触。我正在担心不知道这代表什么意思时，才蓦然发觉，他的手掌给我的感觉好自然，好轻松。感觉不像是第一次，而像经常牵手那般自然。

"嘿，"我们走近之后，伊利对那个站在门口的保镖说道，"需要看什么吗？"

"你有证件吗?"

伊利拿出皮夹,把驾照交给他。那名男子看了驾照一眼,又看看他,然后把证件还给他。"她的证件呢?"

"她忘了带。不过别担心,我可以替她担保。"伊利说。

那名男子白他一眼。"抱歉,这里不吃荣誉担保这套。"

"我了解,可是也许你可以通融一下。"伊利答道。

我认为这个人的反应不会改变多少,如果有变的话,他只是看起来更显无聊的样子。"没有证件,不能通融。"

"不要紧的,"我对伊利说道,"真的。"

他轻轻单击我的手,要我安静。"听着,我们不想喝酒,也不会待很久,顶多五分钟而已。"

这名保镖一脸不耐烦的样子说:"我说没证件就不准进去,你听不懂是吗?"

"如果我跟你说……"伊利仍然锲而不舍,我却紧张得要命,掌心已经在冒汗了。"这是为了一场探索之旅呢?"

那个男人只是静静地看看他。我望着门内,听到了砰砰作响的贝斯。最后他终于说道:"什么样的探索之旅?"

我心里想:不可能的,他不可能让我进去的。

"她什么都不曾玩过。"伊利指着我,对他说道,"高中时没有参加过派对,既没有毕业舞会,没有返校庆典,什么社交生活都没有过。"那个保镖看看我,我试着表现得像个单纯不擅社交的小女生。"所以我们只想,你知道的,进去弥补一下以前错过的那些经历,一次做一件事,这件事刚好在我们的名单上。"

"塔里荷在你们的名单上?"

"闯进夜总会在名单上,"伊利告诉他,"不是到里面喝酒,也不是要待很久,只是进去一下而已。"

那个保镖又看了我一下,说道:"五分钟。"

"也许只要四分钟就够了。"伊利答道。我站在那里,心脏狂跳,随后那个人拉起我的手,从胸前的口袋里拿出一个塑料章,盖在我的手上,招手叫伊利也过去给他盖章。

"不要靠近吧台,还有,你们只能待五分钟。"他说。

"好极了。"伊利说完就拉着我进去了。

"等一下,"我们走进一条幽暗狭窄的长廊,接着来到一个灯光闪烁的房间。"你是怎么办到的?"

"我跟你说过了,"他回过头来说道。音乐越来越大声,他得喊叫我才听得到。"每个人都了解探索之旅的意义。"

我不知道该怎么回答这句话,也没机会回答,因为我们已经进入夜总会内,那里吵得要命,我什么也听不到,连我自己的声音也听不到。那是一个正方形的房间,三面墙边有成排的隔间,另一边则是酒吧。中间是舞池,里面挤满了人:女孩们穿着紧身裤,一手拿着啤酒瓶,皮肤晒得黝黑的男人穿着冲浪的服装,在她们身旁舞动着。

"这真是太疯狂了。"我对伊利大喊道,他仍牵着我的手。不知他是没听到还是没回答,只是拉着我走进舞池。

我试着踩舞步,却不怎么成功,脚下的地板随着拍子,砰砰地震动着。空气让人感觉浓腻黏稠,闻起来混着香水和烟味,即使我们才刚进来没几秒钟,我已经开始流汗了。感觉就像在嘉年华会场中,只是多了更多喷发胶的人而已。

“最后一支舞!”我听到这个声音从空中不知何处传来,穿透了轰隆隆的音乐声。“拉个人来跳舞吧!已经明天了!”

舞曲突然换了旋律,变成缓慢轻柔又浪漫感性的音乐。有些人不满地抱怨,舞池内的人群也开始变换,有些人离开了,留下来的则成双成对,也有好几对现在刚步入舞池。我着迷地看着这些,所以当伊利突然左转,把我拉进人群中时,我因为站不稳,差点整个人摔出去。

“等等。”我说,我们在途中跟一对摸得十分陶醉的情侣擦身而过,接着又碰到一对男女,他们全身都黏在一起了,女子手上的酒瓶在两指间摇摆着。“我不知道我会不会……”他停下脚步,我也在他身旁站定,我们仍牵着手,这才发现我们正站在舞池中央,彩色的灯光在我们头顶上旋转着。我抬头看那些灯,又看看四周的人,随后回头看他。

“来吧!”他说,往前踏一步,放开我的手,把手臂滑到我的腰际。“我们还有两分钟。”我对他微笑了一下,感觉到我的双脚不由自主地往前靠近他。我的手搂着他的颈子,手指就停在他的颈背,感觉好自然。我们就这样舞着。

“这真是太疯狂了。”我环顾四周说道,“这真是……”

“值得来一次。”他帮我说完,“但不止一次。”

我笑了笑,随后,就在塔里荷的舞池中央,在午夜之际,在一切事物的中心,伊利吻了我。这个吻跟我想象中的完全不同,但却绝对完美。

他的身子往后退回去时，乐曲渐渐消隐，但大家仍然继续跳着舞，拥抱着彼此，直到一曲终了。我头靠在伊利的胸前，让那感觉持续下去，知道DJ说得没错。已经明天了，不过我感觉明天一定会是美好的一天。

我中午醒来时，屋内很安静。没有海浪声，没有哭声，什么也没有，只有……"你在开玩笑吗？我当然会去啦，我绝不会错过的！"我眨了眨眼，翻个身，随后下床走向洗手间，在那里刷着牙时，才渐渐清醒过来。父亲的声音越来越大，不时从走廊传过来。

"不，不会，每天都有好几班飞机……"接着出现钥匙开锁的声音。"当然，这个时间再好不过了。我会把稿子带过去，对，好极了！再见。"十分钟后，我下楼喝咖啡时，他在厨房里来回踱步，海蒂则抱着笛丝贝，一脸茫然地坐在桌子边。"……这是再次打知名度的好机会，很多业界人士都会去，这些都是我需要交际的人，完美极了。"父亲说道。

"就在今晚？这时候才通知不是太晚了点吗？"海蒂问道。

"这有关系吗？我只要订个飞机票，到那边待一个晚上，隔天马上就回来了。"

我从碗柜内拿出一个杯子，看着海蒂正在消化这个信息。她花了好一会儿才了解其中的涵义，可是每次笛丝贝整晚哭闹后的早上不都是这样吗？这几个晚上，她都一直哭闹不休。缺乏睡眠让海蒂头脑不清，反应迟钝，尤其是面对这种事情。

“什么时候?”她终于说道,“什么什么时候?”她怀中的笛丝贝扭动着身子,她皱起面容,让笛丝贝靠在肩上。“你什么时候回来?”

“明天,也许是明天晚上。”父亲答道。他焦躁不安,仍在屋内走来走去。“我到了那边,可能还会多安排几个会议,至少会安排一个午餐会。”

海蒂吃力地咽咽口水,随后低头看笛丝贝,她仍趴在海蒂肩上吸着鼻子啜泣不已。“我只是,”她开口说道,接着又顿了一下,“我不觉得这个时候你应该出远门。”

“你说什么?”父亲说道,“为什么?”

我喝了一小口咖啡,故意背对着他们,回避这一切。

“嗯,”海蒂隔一会儿后说道,“小宝宝最近真的很会哭闹,我很久都没睡好觉了……我真的不知道能不能……”

父亲停止踱步。“你要我留下来就是了。”

这不是个问句。海蒂说:“罗伯特,我只是在想,你能不能再等几个礼拜,等我们比较有时间之后再说。”

“这个派对是在今晚!”他慢慢地说道,“重点就是这个。”

“我知道,可是我在想……”

“好啦!”

我提起壶又倒了一点咖啡到杯子里,即使我根本没喝几口。

“罗伯特……”

“算了,我只好再打电话跟彼得说,抱歉,我不能去了,我相信几个礼拜后还会有另一个作家公会的慈善聚会。”

我实在不想被牵扯进去，任何时候都不想，今天更不想，因为我今天跟伊利在舞池中有了个快乐的开始。所以我刻意不去看海蒂和父亲，悄悄离开厨房，回到楼上的房间内，打开窗户，坐在窗边，让海浪声盖过那些我不想听到的声音。

然而，几个小时后，我走下去看到门边放着一只小皮箱时，却并未感到惊讶。父亲或许努力要让自己听起来像愿意妥协的样子，可是他显然再次得逞，还是照他自己想要的方式做了。

等我要出门去工作时，他人已经走了。海蒂在粉红色的房间内，坐在摇椅上，哄着笛丝贝。我停在门外片刻，心想或许我应该去看看她，可是我又阻止了自己。她也没要我帮忙，而且我已经厌倦每次都主动去帮她。

到了柯蕾曼婷之后，我尽量让自己在办公室内忙于工作，试着把注意力放在今晚要和伊利见面的事情上。玛吉在外面的店里，陆续都有客人进来，这得归功于今晚在人行道凉亭办的户外音乐会。大约九点半时，她探头进办公室来。

“你看到‘光脚’的特别订单了吗？”我不解地抬眼看她，脑中仍塞满数字。“什么东西？”

“那个‘光脚牌’的夹脚拖？”她说，“有人说他们很久以前就跟海蒂订了二十双，可是我到处都找不到订货记录。”

我摇摇头。“你打过电话问过她吗？”

“我实在不想去吵她，小宝宝可能睡着了。”

“不大可能。”我说完后，先拨了号码，再把电话交给她。

她回头看了外面一眼，把话筒夹在耳朵和肩膀之间，我转身继续工作。“海蒂，嗨，我是玛吉，听着，我只是……咦，你没事吧？”我把计算器拿近一点，清除掉屏幕上的数字。我可以听到大清仓的展示架旁，有几个女人在高声谈论。“不，只是你的声音听起来……”玛吉停顿一下，“什么，是啊，我听得出来，她还在哭对吧？听着，我很抱歉来打扰你，可是有一张特殊的订单……”伊利，我心想道，按下一个数字。今天晚上，再按下“加”键，不是我的问题，“小计”、“加总”，进行了三个步骤，玛吉终于挂上了电话。“她说东西在储藏室，就放在装牛仔裤的箱子里。”她边汇报边把电话还给我。“起码，我听到的应该是这样，哭得那么厉害，我实在听不大清楚她在说什么。”

“是啊。”我说，又按了清除键，“笛丝贝真的很会哭。”

“不是她，是海蒂，她的声音听起来糟透了，她没事吧？”她答道。

我转过身看着她。“海蒂在哭？”

“她故意装作没事的样子，但总是听得出来的，不是吗？”前门的风铃又响了起来。“糟糕，我又要出去了，你可以去帮我找一下那个箱子吗？”

我点点头，随后静静地坐在那里，片刻之后才推开椅子，走到储藏室去，就在海蒂说的那个地方找到了鞋子。我把箱子搬到店里，放在柜台上，玛吉投给我一个感激的眼神。随后我推开大门，准备回家去看海蒂一下。

如果我走进门厅时，听到笛丝贝熟悉的啼哭声，真的会感觉好过些，可是屋里却异常的安静。我穿过阴暗的走廊来到厨房，看到水槽旁的灯还亮着。客厅里很暗，所以我起初并没看到海蒂坐在那里。她抱着笛丝贝，坐在沙发上，正在哭着。没有抽泣声，也没有我习惯听到的笛丝贝的那种尖声啼哭，只是持续地低泣着，这种哭声反而让我全身发毛。这种时候应该算是很私密的时刻，我很想转身离开，让她清静一下。可是我知道我不能这么做。

“海蒂？”我说。她没有回答，我走近一些，蹲在她身旁。我伸手去碰她的腿时，她哭得更厉害，泪水也掉落到我的手背上。我看了一下笛丝贝，她正愣愣地望着海蒂。“把小孩给我。”她摇摇头，仍在哭个不停，肩膀一直颤抖。“海蒂，拜托你。”还是不答腔，她真是吓坏我了，所以我伸手过去直接把笛丝贝从她怀中抱过来。我一抱起笛丝贝，海蒂就蜷缩起来，双手抱膝，别过脸去。我看看她，再看看笛丝贝，不知道该怎么办。我知道我可能应该打电话给父亲，或是母亲，但我却走到厨房，拨了一个我认为可以找到人帮忙的号码。

“加油站超市，我是汪达。”我知道这位收银员在这个时候都在店里，我脑海中出现她的金发，还有左右摇摆的耳环。我清了清喉咙。

“嗨，汪达。”笛丝贝有点不安的样子，我摇了几下。“我……呃……我是奥登，我最近晚上常去你那里买咖啡，记得吗？你可以帮我找伊利·史塔克吗？这是紧急状况，我是说，也不是真的很紧急，可是……伊利大概二十岁左右，黑发，开一辆黑色的……”

“哈啰？”听到伊利的声音时，我心里的某个部分便放松了许多。

“嗨，是我，”我停顿一下，接着说清楚一些，“奥登。”

“我有预感是你。我不知道还有谁会打电话到加油站超市来找我。”他答道。

“是啊。”我瞥了海蒂一眼说道。她现在蜷缩在沙发上，客厅又那么昏暗，真的看不大清楚她的状况。“抱歉这个时候打过来，只是我这里出了点状况，我不知道该怎么办才好。”

“有状况？”他重复道，“发生了什么事？”我走近门厅，让笛丝贝靠在我的肩上，于是我告诉他事情的经过。我跟他讲电话的时候，仍能听到海蒂在客厅低微的啜泣声。

“你坐在那里等，”我说完之后，他说，“我知道该怎么做了。”

二十分钟后，门口传来一阵敲门声。我走过去开门之后，看到伊利带着四杯炭烧咖啡和一盒杯子蛋糕进来。“咖啡？这就是你的解决之道吗？”我问。

“不是，这个才是。”他答道。他往旁边一站，露出一位个子娇小、黑色短发的中年妇女。她有令人熟悉的橄榄色皮肤和绿色的眼眸，穿着一件朴素的开扣羊毛衫和宽松的长裤，肩上背着一个皮包，脚下穿着一双纯白的网球鞋。

“妈，这位是奥登。奥登，这是我妈，凯伦·史塔克。”

“嗨，谢谢你过来，我只是……不知道该怎么办才好。”我说。

她对我微笑了一下，随后靠过来看看笛丝贝，她这时正要开始闹脾气呢。“小宝宝多大了？”

“六个星期。”

“那她妈妈呢?”

“在客厅里。”我说,往后退一步,让她进门来。“她只是一直哭,也不肯跟我说话。”

史塔克太太走进门后,看着伊利说道:“把小宝宝带到楼上包起来,我待会就上去。”

他点点头,然后看着我。“我是不是应该……”我问,“我是说……”

“她不会有事的,相信我就是了。”史塔克太太说道。

奇怪的是,我真的相信她,甚至还站在那里,让这个陌生人从我身边走过,进入客厅。她把皮包放到厨房的桌子上,接着走向海蒂,在她身旁坐下。她开始说话时,我完全听不到她在说什么,不过显然海蒂在听,因为隔一会儿之后,她让史塔克太太抱住她,拍着她的背,终于接受了别人的安慰。

我们来到粉红色的房间时,笛丝贝嗓门全开,尖声哭闹着。伊利走进来,打开室内的灯问道:“有毯子吗?”

“毯子?”

他点点头。

“大概在衣橱的第三个抽屉里吧。”

我轻摇着怀中的笛丝贝,看着他走过去,他在抽屉里翻找了一下,拿出一条粉红色缀有褐点的布毯。他看了毯子一眼,随后关上抽屉。“我们需要一张床。一个平坦的地方,你的房间在哪里?”他说。

“在隔壁。可是我不……”这时他已经走到隔壁房间,我别无选择,只好跟着他过去。到了房间内,他把毯子摊在床上,把最上面的一角折起来。“好了,”他伸出手说道,“把她给我。”

我满脸狐疑地看他一眼。“你要做什么?”

“你没听到我妈说的话吗?”他问,“你应该相信我的。”

“她说要相信她。”我指出这点。

“你不相信我吗?”

我看看他,看看那条毯子,然后再看看笛丝贝,她现在哭得可厉害了,我的脑海中出现他在塔里荷舞池中央的情景,那一刻离现在还不到一天的时间呢,于是我把笛丝贝交给他。笛丝贝一直嚎啕大哭着,他小心翼翼地把她放在折角的毯子上,她的脸越来越红。她拚命挣扎扭动着,他把她的左手臂放到身侧,把毯子下方的一角拉上来,盖住她的肩膀,每个动作都让笛丝贝哭得更大声。

“伊利,”我说,提高嗓音让他听到我的话,“你越弄越糟了。”他没听见我的话,继续拿最后一边的角紧紧缠住她的腰围。笛丝贝这时已经声嘶力竭地呐喊了。

“伊利。”我又叫了一下,几乎是在喊了。他拉紧最后一角,塞进其他的折角内。“快停下来,她不……”接着,她突然安静下来。事情发生得太突然,那一瞬间,我还真的以为笛丝贝死了。可是当我再看她时,她只是躺在那里,绑得像小粽子一样,惊讶地望着我们。

“……不哭了。”我把话说完。伊利弯身把她抱起来,还给我,“你是怎么办到的?”

“不是我,”他说,我轻轻地坐到床上。笛丝贝张着嘴巴,但只是在打哈欠,然后就静静地躺在我怀里。“那是襁褓布的关系,我妈妈发誓说,襁褓布的效果就像魔法一样。”

“真不可思议。她怎么会知道这些事情?”

“她以前曾在医院的妇产科当护士,”他答道,“去年才刚退休,我们家总共有四个小孩,她多的是机会练习。”

门口传来轻柔的敲门声,史塔克太太探头进来。“海蒂要休息一下,”她说,“我们到楼下去吧!”伊利和我跟着她穿过走廊,经过海蒂的房间时,我看到门底下透出一线银色的光芒,等我准备要下楼时,灯光就消失了。

史塔克太太来到厨房后,先走到水槽前洗手,再用纸巾擦干。“好了。”她转过身,微笑地对我说道,“把小宝宝交给我吧!”

我照她的话做,她接过去之后,缓缓地坐到椅子上,我看着她用手指摸着笛丝贝的额头。“这个布包得很好。”她说。

“伊利是高手。”我告诉她。

“只是受过良好的训练而已。”他说,我们两个一起望着她慢慢地摇动笛丝贝,缓缓地拍着她的背。

“谢谢你过来帮忙。”我后来说道,“海蒂最近过得很辛苦,可是我回家看到她那个样子时……我实在不知道该怎么办才好。”

“她刚当上妈妈,”史塔克太太说道,仍低头看着笛丝贝。“只是累坏了。”

“我爸爸想要帮她找个保姆,可是她不肯。”

史塔克太太调整了一下襁褓布。“我生大儿子史蒂芬时,我妈搬过来跟我住了一个月,没有她我也办不到。"

"海蒂的妈妈几年前过世了。"

"她有跟我说,"她说,我想到海蒂在黑暗中,靠在史塔克太太怀中时的痛苦表情。我很好奇,不知道她还说了什么。"事实上,当妈妈是全世界最辛苦的工作,不过她不会有事的,只是需要休息而已。"

我们全都想着这件事,笛丝贝在大家面前闭上了眼睛。史塔克太太看着伊利说:"你最好也上床去睡觉,早上不是要工作吗?"

"对,可是……"他说。

"那就回家去,"她答道,"把你的钥匙给我,你可以明天再过来开卡车回去。"

"那我得走路吗?"他问道。

她白了他一眼。"伊利,才走四条街而已,你死不了的。"

伊利咕哝地抱怨着,不过把钥匙放到桌上时,他脸上带着微笑。"谢谢妈。"他说。她抬起脸颊给他吻别,他吻了她之后,转身走向门口。我跟着他来到门廊。

"那么,"我回头看了一下厨房说道,史塔克太太还在那里摇着笛丝贝。"我猜今晚特别早。"

"是啊。我妈不知道我有晚睡的习惯。"他说。

"她不赞成吗?"

他摇摇头。"不赞成,她认为过了午夜就不会有什么好事发生。"

我抬眼看他,笑了一下。"我得说,你妈妈很了不起,不过我不赞同这一点。"

“她的确很了不起，”他说，“我也不赞同那个想法。”随后他弯身吻我，我的手绕到他的颈部，把他拉过来一点。不管情况是好是坏，我都可以在那里站一整夜，但他却抽身离开，从我头顶上瞥了厨房一眼。“我最好还是赶快离开。”

我点点头。“明天见。”他微笑了一下，离开门廊，步下台阶。我挥手道别，望着他从街灯下走过，消失在黑夜中。稍后我坐在楼上的房间内，靠在窗边，凝望着他离开的方向，那是一条又长又平的马路，夜深了，外面只剩下少数几盏灯还亮着，我选了一盏大约在四条街外的灯，痴望着它，它像一颗星星一般，闪亮到天明。

第十一章

过了一星期后,我哥哥预计下午五点会到,但在四点半时,我的手机就响了起来。“我只是先打电话来警告你而已。”母亲说。

自从上次她来柯比镇,和我闹得不欢而散之后,我们就不曾再说过话了。她这次打电话来,似乎意味着那个事件已经过去了。不过我还是小心谨慎地问道:“警告我什么?”

她停顿一下,似乎在啜饮她的葡萄酒,尽管现在喝酒似乎早了一点。随后她说:“那个劳拉。”她的口气大致已经说明了一切,不过我还是假装不懂。

“什么?你不喜欢她吗?”

“奥登,”她说。我几乎能听到她颤抖的声音。“她实在是糟透了,糟透了。我真不知道你哥哥怎么会跟她在一起,但她显然已经把他的脑子给搞坏了,这个女人,她……她……”我很少听到母亲找不到形容词的时候,我还真的开始担心起来。

“……是个科学家。”她终于说完这句话,“那种最冷酷无情,最实事求是的类型,她脑子里全是一堆可以推论假设和易于操控的东西。她以为别人对那种东西也跟她一样感兴趣?我从没见过这种怪人,昨天晚上在餐桌上,她光讲髓鞘细胞的事情就讲了一整个晚上,我们都快被她烦死了。"

"你说她讲了什么?"

"就是啊,那种事情谁听得懂呀。这个女人没心没肝,没有灵魂。虽然她年纪只比你哥哥大一岁,但举止却像个清教徒的女教师一样。我毫不怀疑,她铁定会把荷里斯的优良气质全部除掉,真是恐怖的女人!"

我从敞开的门望到走廊外,看到海蒂正在清扫父亲的办公室,那里已经改成第二间客房了。笛丝贝坐在婴儿椅上望着她。经过上次的事件后,事情似乎好转了点。

那天晚上史塔克太太还留在这里过夜,帮忙照顾笛丝贝,隔天早上我很晚才下来,那时她已经离开了。我在厨房见到海蒂,怀里抱着包着襁褓布的小宝宝,精神看起来比前几个礼拜好多了。

"那个女人,"她以这句话代替招呼语,"简直是奇人。"

"是吗?"

她点点头。"她今天早上只在这里待了三个小时而已,我学到的东西就比以前多了一百倍。你知道包襁褓布可以让小宝宝更有安全感,比较不会哭闹吗?"

"我不知道,不过看样子好像是真的。"我说。

"她还帮我把小宝宝的床垫搬起来,说这样可以帮她排气,还说我应该买摇摇床让她好睡一点,还有,我的奶头胀痛得要命,她也知道怎么处理。"

我眉头紧蹙。"海蒂,拜托。"

“抱歉,抱歉。”她挥着空着的那只手说,“可是,我真的很感激你带她过来。我是说,她甚至还跟我说,如果我需要帮忙的话,她愿意下次再过来,但我不知道,昨天晚上感觉好奇怪,我不知道到底发生了什么事,只是觉得好累好累……”

“没关系。”我说,跟平常一样想尽量避免面对过于情绪化的时刻。“我很高兴你觉得好多了。”

“我现在好多了。”她说,又低下头去看笛丝贝。“真的好多了。”

从此以后,她的精神看起来的确好多了,笛丝贝也比以前睡得好一点了,这样对每个人都好。史塔克太太还是又来过几趟,可惜我好像每次都错过她。但只要她有来过,我每次都会知道,因为海蒂看起来就会比较快乐。不像母亲,她还在喋喋不休地叨念着劳拉的事情,说她如何每次吸掉我哥一个髓鞘细胞,以至于把他的人生乐趣都吸干了。

“我不知道,”我现在对她说,“哥哥好像很喜欢她的样子。”

“你哥哥每个女人都喜欢!这是他的致命伤。”又一声沉重的叹息,“奥登,等你见到她之后就会明白了,她实在是……”我回头望一下窗外,正好看到一辆银色的本田汽车开进车道。

“他们来了,”我接口帮她把话说完,“我得挂电话了。”

“愿上帝保佑你。”她喃喃地念着,“晚点打电话给我。”我跟她说我会的,随后合上手机,来到走廊时,正好听到父亲对海蒂大喊说,荷里斯已经到了。

“准备好要见你哥哥了吗?”她对笛丝贝说道,弯腰解开她的安全带,把她从婴儿椅中抱起来。我们一起走到楼梯口时,父亲正好打开了大门。

我看到荷里斯从车子里走出来,尽管他出国两年多,看起来还是没多大改变。也许只是稍微瘦了点,头发乱了点。劳拉从前座走出来,虽然我们是第一次见面,她却让我感觉无比的熟悉,我原本不晓得为什么,后来海蒂倒抽了一口气。

“哦,我的天啊!”她惊叫道,“劳拉跟你妈好像哦!”

她说得对,同样的黑色长发,同样的深色衣服,还有同样苍白到极点的肌肤。虽然劳拉的身材比母亲矮小一点,不过曲线却更美一些,强烈的相似度令人震慑不已。他们走近之后,更让我惊骇莫名。

“他在那里!”父亲叫道,拉着荷里斯跨进门坎,“环游世界的游子回家了!”

“看看你,多像个骄傲的老爸!小妹在哪里呀?”荷里斯笑着问道。

“在这里。”海蒂说道,开始走下楼梯。我强迫自己跟着她下楼,这时劳拉走进门来,摘下了太阳眼镜,连她的眼眸都是深色的。“这是笛丝贝。”

荷里斯立刻伸手过去抱小宝宝,把她高举过头。她低头看着他,好像正在考虑要不要哭的样子。“哦,老天爷!我看得出来,你将来一定是个小麻烦!”他说。

父亲和海蒂大笑起来,不过我的目光却一直紧盯着劳拉;她站在门边,手拿着太阳眼镜,以科学家那种客观的态度看着这一幕。隔一会儿之后,荷里斯还在对小宝宝做鬼脸,她却异常安静但很尖锐地清了清喉咙提醒荷里斯。

“哦，宝贝，真是抱歉！”荷里斯把笛丝贝交还给父亲，一手揽上劳拉的肩膀，把她拉近大家身边。“各位，这位是我的未婚妻，劳拉。”

“未婚妻？”父亲惊道，“你在电话中没有提到这个，你们是什么时候……”

劳拉紧抿着嘴微笑道：“我们没有订婚。荷里斯只是……”

“我有自信，”我哥赶忙接口道，“即使她还没准备好，我已经准备好了。”

“我一直跟荷里斯说，婚姻是头等大事。”劳拉说道，声音清晰平稳，就像她早已习惯众人的目光一般。“你不能像坐飞机一样，随随便便就跳上去。”

海蒂、父亲和我只是愣愣地站在那里，不知道该怎么回答，不过荷里斯却开怀大笑起来。“这才是我的好女孩嘛，她会阻止我冲动的念头。”

“哦，不要这样。”父亲对劳拉说，又拍了拍荷里斯的肩膀。“我们喜欢这家伙冲动的气质。”

“冲动有时候是蛮可爱的，”她附和道，“可是深思熟虑也很有魅力。”

父亲扬起眉头。“事实上，”他说，语气比先前更尖锐了些，“我……”

“旅途这么远，你们一定累坏了！”海蒂说，把笛丝贝从父亲那边抱过来。“喝点冷饮吧。我们里面有柠檬汁、啤酒、葡萄酒……”

她转身走向厨房，父亲和荷里斯立刻跟上去，留我和劳拉站在原地。我望着她仔细检视着太阳眼镜，随后拿起黑色上衣的一角，慢慢地把镜片上的小点擦拭干净，再把眼镜折起来。随后抬眼看我，似乎很惊讶发现我还站在那里。

“真的很高兴见到你。”我说，因为实在想不出更好的话说了，“荷里斯看起来……很快乐的样子。”

她点点头。“他是个乐天派的人。”她说，不过我从她的口吻中，听不出她觉得这个特质是好是坏。

“宝贝！”我哥哥喊道，“快来这里呀！你非得看看这里的景观不可！”劳拉拘谨地对我笑一下，随后走进客厅。我等了一两秒钟之后，再跟着她进去，但我经过厨房时，看见父亲和海蒂正围在水槽边，将柠檬汁倒进玻璃杯中。“……这是她跟我们第一次见面，”海蒂说，“可能只是紧张而已。”

“紧张？你说那样叫紧张？”父亲答道。海蒂又说了几句，不过我没听到她的话，因为我已经把注意力转回哥和劳拉身边。他们俩站在客厅的落地窗前，前方的海洋辽阔无比，蓝得很清澈。荷里斯搂着她的肩，一手指着水平线，不知说了什么。可是即使是从背后看，我也知道劳拉并不觉得前方的景物有什么特别的。也许是她那种姿势，头微微倾斜的样子，让我察觉她的想法，虽然她还是个陌生人，但我以前早就见过这种动作了。

“这么说你不喜欢她了。”

我看着伊利，“我没这么说。”

“就算你不说我也知道。”他从架子上拿了一盒牛奶，放进手推车里。现在是凌晨一点三十分，我们正在公园超市买东西。由于今天是星期一晚上，这里几乎只有我们两个人，我正需要这种安宁的环境，因为今晚跟家人吃了两个小时的晚餐，不得不忍受父亲和劳拉争论死刑的问题。接着喝鸡尾酒时，他们又激动地讨论大学院校的经费问题——大部分是指文学院和工学院之间的经费，这是接续午餐时对环保政策的辩论。对我来说，就像看到我父母未离婚前那几年的翻版，只是换了一个人扮演母亲的角色而已。

“只是，”我对伊利说道，同时推着手推车跟在他身后走出杂货区，进入运动品区。“她跟荷里斯以前交往的女孩真的很不一样。”

“他以前交往的女孩都是什么样子的？”

我脑海中出现一堆模糊的、友善的漂亮脸蛋。“很亲切，”我终于说道，“很甜美，跟荷里斯的个性比较像。”

伊利停下来察看露营用的炉子，随后继续往前走。“不过他并不想娶那些人对不对？”

我想了一下，这时我们正好经过棒球手套区。“就算想也不会超过几分钟。”

“可是他却说这个女孩是他的真命天女。”我们现在来到单车展示区了，几辆单车排成一排，从小孩到大人的尺寸都有。他从架子上拉出一辆中型的单车，测试前轮的状况。“所以我觉得不管你或你妈，还是你爸怎么想都不重要。感情向来都没什么道理可言，尤其是以外人的眼光来看。”

“可是这人是荷里斯呀！”我指出这点，“他从来不曾对任何事情认真过。”

他坐上单车，踩起踏板，缓缓地前进。“嗯，也许他只是找到他想要的人了，人是会变的。”他说。他骑着单车绕着我和手推车转，我看着他时，想到母亲也说过同样的话，只是中间加了个“不”字。

“你知道，”我最后说道，“大家认为你永远都不会再骑车了。”

“我是不骑了。”

我翻翻白眼，看着他又绕了一圈。“那我现在为什么会看到你骑车呢？”

“我不知道，你认为呢？”实情是，我也不知道，但我想继续相信人是会改变的，尤其当你置身其中时，要相信这件事当然会比较容易点。我站在那里想象着，每次他经过时都卷起一阵轻风，犹如海浪一般，让我有那种波动的感觉。

我在柯蕾曼婷内翻着文件，已经超过一个钟头了，突然强烈地感觉有人正在注视我，这人正是玛吉。

“嗨，”当我抬眼看她时，她站在半敞开的门口对我说道。她今天穿着白色圆点的背心裙，橘色夹脚拖，头发拨到耳后，手上拿着标价枪。“你有时间吗？”我点点头，她回头瞥了店内一眼，随后走进门来，把标价枪放到地面上。她不发一语，我也不说话，只听到店内的贩卖区播放着一首流行乐曲，歌词描写云霄飞车和甜美激情的吻。“听着，”她开口说道，“关于你和伊利的事。”这不是问句，也不是陈述句，只是零碎片段的句子,因此我有正当的理由不回答她。谁会用完整的答案去回答片段的句子呢?“我知道你们每天晚上,而且整个晚上都在一起。”她继续说道,“这虽然不关我的事,可是……”

“怎么会?”

她惊讶地看着我。“怎么会不关我的事吗?”

“你怎么会知道的?”

“我就是知道。”

“什么,你现在变成无所不知的人了吗?你是谁?老大哥①吗?”

“这个镇很小,奥登,在很多方面来说,只是个迷你小镇,因此谣言是传得很快的。”她叹口气,低头看着标价枪。“听着,事情是这样的,我认识伊利一辈子了,我不想看到他受伤害。”

老实说,我本来不知道她到底要说些什么,真的毫无概念。可是当我听到这句话时,我觉得自己真是个傻瓜,先前竟没看出来。“你认为我会伤害伊利?”

她耸耸肩。“我也不知道,自从杰克的事情发生后……”

“那根本是两回事。”我说。

“这我不清楚。”她交叉着双腿,背往后靠,“我只能根据以前所看到的事情来判断。杰克的那件事我会那么生气是因为我嫉妒,多少也是报应。那毕竟是他自找的,可是伊利却不一样。”

---

① 老大哥(big brother):作家乔治·奥威尔在他的反乌托邦小说《一九八四》中塑造的一个形象。在此比喻无所不在的监视。

“我们只是……”我说到一半，不确定我愿意跟她解释到什么程度。“我们只是朋友而已。”

“或许吧。”她又低头看了一下标价枪，还把它移到大腿上。“可是我们都知道那天晚上聚会他会来的原因，因为我听到你打电话给他。”

我挑了挑眉。“你真的很像老大哥呢。”

“哎，我那时在厕所里，而且墙壁又那么薄！如果有人在厨房的话，我有时还尿不出来呢！”她挥了挥手。“总之，你曾说过看到他骑车的事情，加上你对他丢豆子时，他也没有发脾气……”

“那只是食物大战而已。”

“可是你不了解，自从埃布尔死后，伊利几乎什么也不肯做。不参加派对，不跟人在一起，甚至不跟人讲话。更不可能打什么食物大战了，他似乎一直活在迷雾里。可是你来了之后，一切突然就改变了，这或许也是好事。”她说。

“可是……？”我说，总是会有可是。

“可是，”她继续说道，“如果你牵动了他的情绪，只是为了玩玩的话，他可能没办法像杰克那样迅速恢复，这样做有更大的风险，我只是不确定你是否了解这一点，所以我才要告诉你，因为这是身为一个朋友该做的事。”我思索着这件事，外面的音乐逐渐变慢，声音显得有点如梦似幻。

“嗯，我猜他有你真的很幸运，我是说，有你这个朋友。”

“我不是在说伊利。”

我抬眼看她。“什么？”

"你跟我,我们是朋友,"她说,手比着她跟我,"即使事实会伤人,朋友之间也要彼此诚实,对吧?"

我很想同意她的说法,但事实上我自己根本不知道。这一切对我来说都很陌生,所以我只好说:"你不用担心,没有人会受伤的,我们只是……一起出去玩而已,没有别的。"

她缓缓地点头。"那就好,我只需要知道这点就够了。"店内的展售区传来哔哔声,表示有客人上门了,玛吉站起来,探头出去。"嗨,"她大声说道,"我马上过去。"

"不用麻烦,"一个我熟悉的声音答道,"只要叫奥登赶快给我滚出来就好了!"

玛吉转过头来看我。"我老哥。"我解释道,推开椅子,准备出门。

"你有哥哥?"

"你何不自己出来看。"

我们走出来时,荷里斯正站在一箱打开的泳装旁,研究着一件紫色比基尼丁字裤。"不是你的尺寸啦。"我走近时说道,"而且那个颜色也不适合你。"

"真可惜。"他答道,"我还想说,穿在我身上一定很好看呢,你不觉得吗?"

"我认为你还是继续穿你的运动短裤比较好。"我告诉他。

"事实上,"玛吉高声说道,"男人在欧洲也穿比基尼款的泳裤。每年夏天至少会有一团的德国观光客穿那种比基尼泳裤出现。"

"不可能,"荷里斯告诉她,"在那里大家都去全裸的天体营,根本不需要穿泳装的。”

“这位是玛吉，”我向他介绍，“玛吉，这位是我哥哥荷里斯。”

“你去过天体营?”她问他，“真的假的?”

“当然是真的，为什么不呢？你明知道他们都是怎么说的，到罗马或是西班牙……”他把比基尼泳裤丢回箱子里。“那么，奥登，你起床之后是要吃很晚的午餐，还是很早的晚餐？爸说附近有一家店卖的洋葱圈很棒，叫我去试试。”

“那间叫最后机会餐馆。”玛吉告诉他，“就在人行道的尽头，左边那间。我推荐你吃鲔鱼三明治。”

荷里斯叹了口气。“我很喜欢鲔鱼三明治，可是在西班牙却吃不到，就算光着身子去也吃不到。”

我回头看了一下办公室。“其实我有很多工作要做……”

“哦，拜托！你都已经两年没看到我了。”荷里斯对玛吉摇着头，“我妹妹呀，显然遗传了我们家全部的干劲。”

“去吧!”玛吉对我说，“今晚你再回来工作到晚一点就好了。”

“听玛吉的话，”荷里斯说。他说出她的名字时多么自然，就像两人已经认识很多年了。“来嘛！我们去叙叙旧，联络一下感情啦。”

我们走在人行道上，此时是下午的黄金时段，白天的暑气已消，但夜晚的寒气尚未降下来，非常凉爽舒适。我和荷里斯走在一群推着婴儿车出来散步的女人之间，车轮在木板路上嘎吱作响。

“劳拉去哪了?”我问他，“她不喜欢洋葱圈吗?”

“她很喜欢。”他答道，戴上了太阳眼镜，“可是她有事情要做。她在申请春季班的奖学金,所以要写几篇论文。”

“哇,听起来像是很积极的人哪!”

“那当然,任何困难都无法阻挠她的。”

他仰起头,望着上方飞过的那群鹈鹕,随后望向海水,我凝视着他好一会儿,随后说道:“她似乎是个很不错的人,荷里斯。”

“她的确是,”他对我微微一笑,“她跟我以前约过会的女生完全不同对不对?”

我不大清楚应该怎么回答这个问题,不过既然他都问起了,我就说:“是不太一样。”

“你应该听听妈说了什么,”他大笑着说道,“这么多年来,她一直认为我约会的对象都是那种无趣又没头脑的懒女人——当然这些话都是她说的……”

“当然。”

“……现在我却带一个聪明得不得了的女人回家,她反而吓坏了。你真该看看她跟劳拉在餐桌上聊她工作时的表情,她嫉妒到连话都说得结结巴巴的。”

哇,我心想道,不过我却说:“嫉妒?你认为真是这样吗?”

“哦,拜托,奥登,你明知道妈习惯当家里最聪明的女人,那是她的地盘。”他伸手调整了一下太阳眼镜。“她经常把我拉到一旁,说我这么快就对劳拉这么认真是天大的错误。感情的事情我怎么可能会听她的话,更何况,她那个研究生还常常在屋外徘徊,像个变态的跟踪狂一样睡在他自己的车子里呢。”

“什么?”我问。

他瞥了我一眼。“哦,你知道的,妈跟几个研究生睡过。这位研究生认真起来,想要跟她进一步交往,于是妈就要跟他断绝关系,现在他就在我们家附近徘徊,偷偷舔他的伤口。”我想起那个戴黑框眼镜的男孩子,拿着一本书,坐在水池边。我甚至连他叫什么名字都不知道。“我真替这个家伙难过,”荷里斯这时说道,“不过天知道,他其实早该知道会这样的,以前妈又不是没干过这种事。”

我得花一分钟才能消化这个讯息,于是我把注意力转到出现在前方的单车店。我看到华里斯和亚当坐在门外的板凳上,一起吃着洋芋片。“你认为她常做这种事吗?”

“哦,拜托,当然啦,反正她离婚后就常这样了。”他双手插进口袋里,瞥了我一眼,“我是说,你应该知道这个对不对?你一定知道的。”

“当然,”我赶忙说道,“我当然知道了。”

他看着我的脸好一会儿,随后说道:“不过,我也没资格说她,因为我以前也跟她没两样。”我又再次哑口无言,当你听到有人说出一直萦绕在你心中的事情时要怎么回答呢?不过这一次好在我不需要回答,因为亚当刚好看到了我们。

“喂,奥登!快过来帮我们调停一下吧!”荷里斯看看他,又再看看华里斯。“你的朋友吗?”

“是啊!”亚当对我们招手时,我答道。荷里斯看起来挺惊讶的样子,我试着不要太在意。“来吧!”我们走近他们时,我介绍我哥给他们认识,亚当立即从板凳上跳起来,站到我们面前。

“好了，”他举着手说，“我们终于想到几个要给单车店取的新名字了。”

“意思是说，”华里斯从他身后插口道，嘴里仍塞满了洋芋片。“我们已经把名单上的名字缩减到十个了。”

“十个？”我说。

“可是只有五个名字有用。”亚当补充，“所以我们正在做非正式的调查，看谁喜欢这些名字。”

荷里斯向来都有很多点子，他抬头看看上方空空的招牌框。“现在叫什么名字？”

“单车店。”华里斯告诉他。荷里斯扬起眉毛。“这只是暂时的。”

“这个名字都已经叫三年了。好吧，这个名单没有什么特定的次序，我念给你们听听看：红线单车、链条帮、柯比轮……”亚当说道，“……曲轴和铁马踏板。”亚当念完了整张名单。“你们觉得怎么样？”

荷里斯想了一下。“链条帮或是曲轴，还有红线单车都很无趣，柯比轮又太商业化了……”

“我就是那么说的啊！”华里斯对他指出这点，“还有铁马踏板……唉，我都不知道该怎么说了。”

亚当叹口气。“每个人都讨厌那个名字，它之所以还留在名单上是因为，这个是我最喜欢的名字。奥登，那你觉得怎么样？”

但我仍在凝望着伊利，他正弯身调整着粉红色单车上的踏板。那个红头发的小女孩显然就是要骑这辆单车的人，她穿着蓝色短裤和印着长颈鹿图案的T恤，牵着她妈妈的手，站在一旁，一脸畏惧地望着单车。

“正如我刚刚说的，”他这样说道，“这辆单车真的很适合初学者。”

“她想要学，”女孩的妈妈说道，摸了摸小女孩的头，“可是她有点紧张。”

“没什么好紧张的，”伊利站起来，看着小女孩，“这些助轮会帮助你到学会为止，终有一天，你会发现不再需要助轮了。”

“可是，通常要多久呢？”小女孩的父亲问道，他戴着一顶棒球帽，穿一双皮制凉鞋。“一般的情形是多久？”

“这因人而异。”伊利告诉他，“等她准备好了，她自然会知道。”

“小亲亲，你怎么说呢？”女人问道，“想不想试骑一下呀？”

小女孩缓缓地点头，随后往前走一步。我看到伊利伸手过去，扶她坐到单车上，帮她绑好安全帽的带子。她将手伸向握把，小心翼翼地握住它。

“好了，甜心。只要踩踏板就好，就像踩你的三轮车那样。”她父亲说道。

那个小女孩放下脚，专心地往下踩，车子大概往前挪动了半寸左右。她回头看看爸妈，他们对她微笑，于是她又踩了一下。为了让她骑远一点，我看到伊利用手抓着她单车的尾部，稍微推了一下。她仍在专心踩着脚踏板，并没注意到这个。当她真的开始动起来时，她回过头来对他微笑了一下。

“奥登？”我转过头来，看到亚当一脸期待地望着我。

“嗯，老实说，那些名字我都不大喜欢。”

他垂下头来。“连曲轴也不喜欢吗？”

我摇摇头，“不喜欢。”

“我跟你说过了，这些名字都很烂啦。”华里斯说道。

“他喜欢其中两个呀！”亚当顶回去。

“也不是很喜欢。”荷里斯说。

亚当叹口气，一屁股坐回板凳上，失望地瘫在那里，我跟他挥手告别，因为荷里斯和我又开始朝最后机会餐馆的方向走去。可是走没几步，我又回头去看那个小女孩。她用力踩了几次之后，单车真的在动了，现在她已经骑过了两家店面，几乎快骑到柯蕾曼婷的店门口了。她妈妈跟在她身后走着，离得很近但又不会太靠近，看着她一直往前骑。

最后机会餐馆今天难得没什么人，我们不用等就找到了一个靠窗的位子。荷里斯浏览着菜单，我则凝望着窗外人行道上来来往往的路人。“嗯，奥登，”片刻之后他说，“我不得不说，我真的很高兴你做了这件事。”

我转头看着他。“做了什么？”

“这个呀，”他挥手比了一下餐厅四周，“来这里过暑假，陪他们，又交了新朋友。我本来还担心你今年暑假又会像以前那样过呢！”

“像以前那样过？”我重复他的话。

“你知道的，”他端起水杯，喝了一小口，“在家里陪妈妈，在她那些高级知识分子的小派对里帮忙倒酒，都还没开学就开始用功预习功课了。”

我感到全身僵硬。“我从来都不曾帮忙倒酒过。”

“你知道我的意思。”他对我笑笑，显然不知道他的话可能会让我不高兴，或是刺伤我的心。“我的重点是，你在这里不一样了。”

“荷里斯，我才在这里待了一个月而已。”

“一个月内可以发生很多事的。”他答道，“咻一下就过了，就像我遇到未来的妻子两个礼拜内就改头换面，还买了有生以来第一条领带。”

“你买了领带?”我问道，因为老实说，这几乎是最让人震惊的部分。

“是啊!”他笑道，“不过，说真的，看到你在这里跟朋友在一起……真的让我很开心。”

“荷里斯，”我说。我又感觉不大自在了，不过却是为了不同的理由。虽然我的家人有很多的特质每天都在改变，或者看起来似乎如此，可是多愁善感却不在其中。“拜托。”

“我是说真的!”他低头看着菜单，然后又看看我。“听着，奥登，我知道他们离婚的事情让你不好过。而且跟妈住在一起更是难上加难，她不是很善于跟小孩相处的人。”

“我不是小孩。”我告诉他，“我那时已经十六岁了。”

“但你在爸妈面前永远都是小孩。”他答道，“除非他们的行为变成小孩一样，否则你是没机会当大人的，你了解我的意思吗?”

我突然明白，我真的是个小孩。同时也了解到为什么我哥会出国这么久，隔着一大片海洋，只靠一条电话线维系家人的关系。我们家跟别人家正好相反:要离开家才能当个小孩,再回家时,才会真正长大。

当我想到这里时,亚当和华里斯正好骑着单车,蛇行绕着人行道经过这里。荷里斯说:“说到这个,现在还不算太迟。”

“什么不算太迟?”

“学骑单车呀!”他朝单车店的方向撇撇头,“我敢打赌你的朋友们一定很乐意教你的。”

“我会骑单车。”我说。

“是吗?你什么时候学的?”

我不解地看着他。“我六岁的时候,在我们家车道上学的。”

他想了一下。“你确定吗?”

“我当然确定。”

“因为我只记得,你买了一辆单车,一开始学就从车上跌倒,然后车子就一直摆在车库里生锈,直到爸拿去送人为止。”

“事情不是这样的,我记得我绕着车道骑了好几圈。”

“真的吗?”他眯起眼睛,努力地回想着,“你可能没说错,天知道这几年来,我的脑细胞被杀死了多少。”

这倒是事实,我们两个谁的记忆力比较可靠是毫无疑问的,难道我自己的事情,别人会比我更清楚吗?然而,即使在我们点菜的时候,我还是忍不住在想他说过的话。他聊着劳拉和欧洲之旅的事情,我只是漫不经心地听着,心里一直回想着小时候在车道上学骑单车的事情,感觉一切是如此的清晰:我爬上车,踩着踏板往前骑,真实的情况应该就是这样,难道不是吗?

第十二章

“我听到传言说，”母亲用她那种正经八百又冷淡的口吻说道，“你变了。”我把牙刷从口中拿出来，开始心生恐惧。

“变了？”这几天来她已经打了五通电话了，我起床时她通常已经结束工作。我很想相信，她这么常打电话是因为想念我，或是发现我们之间的联系对她很重要。但我心里很清楚，她其实只是需要找人发泄对荷里斯的牢骚而已，因为他现在又回到家里住了，仍然热恋着劳拉，这件事让她神经紧绷到极点。

“他说你变得更好了，如果你想问的是这个，”她这时说道，她的口气似乎不大相信的样子。“我想你哥哥用的形容词好像是‘绽放了’。”我看着镜中的自己：头发没梳，唇上仍黏着牙膏，我还穿着昨晚去打保龄球时穿的圆领 T 恤，上面还有许多烟味，实在不太有花的样子。

“呃嗯，我猜，他这样说是好意。”

“他还说他对你最近的社交生活印象深刻。显然你交了一群朋友，还有一个认真交往的男朋友是吧？”最后的那部分被当成问句，似乎已把她心中的想法都表达出来了。

“我没有男朋友。”我告诉她，“只是一个一起度过很多夜晚时光的男孩子而已。”这次是陈述句。

我又看了一下镜中的自己。“对,差不多就是这样。”我告诉她。

我哥哥不但突然性情大变,现在还成了早起的人——以前荷里斯都是睡到下午才起床的——还去晨跑。他和劳拉每天日出时都去晨跑,然后再回家做瑜伽、拉筋和冥想。不过他念经时显然不是很专心,因为他来这里之后的第二天早上,一听到我进门,马上就跑出来察看。

“奥登·佩内洛普·魏斯特。”他摇着手指对我说道,当时我正小心翼翼地把门关上。“你看看你,真是丢脸哟!”

“我才不觉得丢脸。”我答道,不过我还是期望他说话能小声一点。

“载你回来的这个年轻人是谁呀?”他问道,拨开百叶窗,瞧着窗外的伊利,他正在倒车开出车道。“他要带你出去,不是应该先来见我,得到我的允许之后才能追你吗?”我愣愣地看着他,我在客厅里仍听得到劳拉念经的声音。“我的小妹呀!”他摇着头说道,“跟男孩子出去一整夜才回来,我感觉你昨天还在玩芭比娃娃和跳绳呢!”

“荷里斯,拜托。妈认为芭比娃娃是大沙文主义者的武器,而且一九五〇年后,就没有人玩跳绳了。”我说。

“我只是不敢相信,”他不理会我,还是继续说着,“不过转眼之间,你就长大了,接下来你很快就会结婚,怀里抱着小宝宝了。”

我不理他,从他身边走过,径自上楼去,可是即使这样也无法阻止他,第二天早上他又在门口等我。我一走上前面的台阶,他就打开了门。有一天我们开车进来时,他还坐在门廊上,后来又跟伊利自我介绍,闲聊了好几句。“这个男的不错。”等我们终于让伊利离开之后,他说,“不过,他手臂上的疤痕是怎么一回事?”

“车祸。”我告诉他。

“真的？发生了什么事？”

“事实上，我也不太清楚。”

他一脸狐疑地瞪着我，一面帮我打开前门。“感觉有点怪，因为你们在一起的时间这么长。”

我耸耸肩。“有什么好奇怪的，我们只是还没聊到这个话题而已。”我感觉得到，他仍然不大相信我，反正我也不在乎。我很久以前就已经不再跟人解释我跟伊利的关系了，包括我自己。这并不是单一的事情，而是很多事情混在一起：漫长的夜晚，到公园超市和建筑工人去的大卖场，跟克莱德一起吃派，大清早去打保龄球，还有我的探索之旅。我们并未谈论彼此的伤痕，不管是看得到还是看不到的伤痕。我只是尽情地享受玩乐和琐碎的事情，我有正当的理由，一整个夏天，每天晚上都这样度过。

这时我刷完了牙，离开洗手间，正要回走廊，母亲又喝了一小口葡萄酒。笛丝贝的房门微微开启，我仍听得到她房间内的海浪声，一波又一波，稳定持续地冲着海岸。

“嗯，老实说，我很高兴听到你没交男朋友，因为你当然不希望要去迪弗斯大学念书时，这里有个男孩子哀求你留下来陪他。聪明的女人都知道，最好只来个短暂的恋情就够了。”母亲说。

曾有一段时间我希望母亲认为我和她是同类，甚至还非常渴望她的认同。可是现在听到她说出这种话，我心里却感觉一阵刺痛，就是不对劲。我跟伊利之间的感情，跟她和那些研究生“们”的情形是不一样的。"那么,"我转个话题说道,"荷里斯近来怎么样了?"

她叹了一口很长的气。"他疯了,真的完全疯了,我昨天回家时,你知道他在干什么吗?"

"不知道。"

"在系领带。"她停顿一分钟左右,故意让这句话发挥效果,接着说道,"劳拉叫他去参加银行的面试,你哥哥呀! 去年这个时候,他还睡在德国山边的帐篷里呢!"最近要摆脱母亲对我的注意力实在太容易了,只要一提到荷里斯,她就噼里啪啦说个不停。"去银行上班? 那他要去那里做什么工作,当柜台人员还是什么的?"我说。

"哦,我哪知道。"她不耐烦地说道,"我根本就不想问他,因为我实在是吓坏了。不过他主动提到,说劳拉认为有工作可以帮助他变得'更有责任感'一点,而且'能为他们俩的未来铺路'。好像这是件很好的事情似的,我根本不认为这是正常的感情,实在是太不正常了,我都不知道该称这个是什么。"

"那就叫它鸡肉色拉好了。"

"你说什么?"

我发现自己不由自主地脱口而出时,已经太迟了。"没什么。"我对她说道。我听到脚步声,转头看一下走廊,正好看到父亲和海蒂走上楼来。从他们的表情看来,两人又激烈地争吵过。父亲挥舞着手臂,一脸厌烦的表情,而海蒂只是摇着头。我轻轻地把门关上,把手机换到另一边的耳朵旁。

"……真是荒谬极了,"母亲这时正在叨念着,"两年的旅行和文化修养,为了什么? 就为了整天坐在那里帮人处理存款吗? 想到就令人心寒呀!"

她听起来好像真的很难过的样子。不过我还是帮不上忙,只好说:"妈,你知道大部分跟荷里斯同年龄的人现在都有工作了,尤其,如果他们没有升学的话就一定会去工作。"

"我养你们可不是要你们跟别人一样。难道你到现在还不明白这点吗?"她答道。

我想起前一天晚上,跟伊利站在公园超市的游戏区时,他停在一堆塑料球旁,拿出一颗球,就地拍打着。"哦,这个好耶! 听到没?"

"球弹起来的声音吗?"

"还有,"他告诉我,"不只是球的声音而已,这是痛苦逼近的声音。"

我看着那颗球仍在他手掌中上下弹跳着。"痛苦?"

"这是躲避球。"他解释道,"或是叫踢式足球,如果你是像我们这样玩的话。"

"等一下!"我举起双手叫道,"我玩过躲避球和踢球。"

"真的?"

我点点头。

"我真是意外,这不算室内活动呀!"

"哦,事实上,这也算是室内活动,以前在学校我们都是在体育馆里打的。"

他挑了挑眉。

"怎样？这是同样的游戏呀！"

"其实不一样。"他说。

"少来了。"

"说真的，学校的规则和小区的规则完全不一样。"

"谁说的？"

"玩过两种的人都知道，"他说，把球又丢回去，"相信我。"

现在母亲又啜饮了一口葡萄酒。"哦，我差点忘了，你有一个包裹刚到，是从迪弗斯大学寄来的，我猜大概是介绍新生的信息，你要我帮你打开来吗？"她说。

"好啊，谢谢。"我说。

电话那头传来纸张撕开的声音，接着是纸张翻动的沙沙声，她叹口气说，"跟我猜的一模一样，伙食计划、要求新的成绩单、填写室友的表格……看样子好像这个礼拜就要截止了。"

"真的？"

"哦，看在老天的分上，"她哀叫道，"这简直就像性格合适度的测试一样嘛！你喜欢参加什么活动？你会说自己是工作狂，还是随兴念书的人？这是什么鬼东西，高等的教育还是网络约会？"

"把它寄给我好了。我会尽快填好再寄回去。"

"如果你太晚寄的话，可能就得跟不爱念书，只喜欢玩乐的室友住在一起了，所以我们最好现在就填写，"她喃喃地叨念着，"哦，等一下，还有第二页，你可以选择特定的室友。"

"什么意思？"她忙着浏览，没时间说话，隔一会儿之后，她说，"你可以选择某些宿舍楼层，那里的每个人都有特定的嗜好，比方说喜欢外语或是运动。让我看一下……哦，太好了。”

我听到她写字的沙沙声。“什么事情太好了？”

“潘柏顿计划，”她答道，“我帮你申请了。”

“你说什么？”

她清了清嗓门，大声地朗读着：“这间宿舍跟校园分开，潘柏顿计划能提供特别用功的学生一个单纯的读书环境。有单人房，研究资料都很方便取得，离两座图书馆很近，参加潘柏顿计划的成员可以不受一般宿舍生的干扰，专心读书。”

“这是什么意思……”

“这表示那里没有室友，没有派对，没有那些无聊事，这正是你想要的。”

“嗯，我不知道，听起来蛮严格的，你不觉得吗？”

“一点也不会。”她答道，“这样一来，你就不需要应付那些醉醺醺的男孩子和荷尔蒙过剩的聒噪女生。好，就这样说定了，现在我要在这里帮你签名，这样就大功告成了……”

“不要。”我很快地说道。我可以感觉到她的诧异，几乎看得到她在电话那头拿着笔，惊讶地扬起了眉毛。“我是说，我不确定我想住那里。”

静默片刻之后，她说：“奥登，我不认为你能了解住在宿舍那种环境里有多烦人，有些人上大学纯粹只是为了要扩展社交而已，你真的想跟那种人住在同一个房间吗？”

“不,可是我也不想分分秒秒都在念书。”我说。

“哦,”她语气冷淡地说,“我猜这也是你‘绽放’的部分了？学校的功课突然不重要了,只有男孩子和那些姐妹淘,还有穿衣打扮的事情才重要是吗?”

“当然不是,可是……”

一个重重的叹息声充满我的耳际。“我早该知道这个暑假让你跟海蒂一起住会对你产生这种影响。我花了十八年教你要认真看待自己,才不过几星期而已,你就开始穿起粉红色的比基尼,痴狂地想着男孩的事了。”

“妈,”我提高嗓音叫道,“这件事跟海蒂无关。”

“不,”她反驳道,“这跟你突然缺乏动力,不想用功读书有关。你怎么可以让自己变成这个样子呢?”听到这里,我突然想起父亲对我努力的成果归功于他帮我取了好名字。什么好事都是他们的功劳,不好的事就是我自己的错。我咬了咬唇。

“我没变,”我告诉她,“我本来就是这个样子。”电话那头一阵沉默,我知道这表示这个事实比我为男孩子疯狂和穿粉红色比基尼更糟糕。

“好吧！那我就把这份资料寄去给你好了。”她深吸一口气,以十分僵硬和正经八百的口吻说道。“你自己决定吧!”

我咽了咽口水。“好。”

我们有好一会儿都没说话,我在想,接下来不知道该怎么办。不知道怎么又回到这种僵局,我们之间的隔阂怎么会变得这么大。我相信世上一定有几百万种方式，可是令我诧异的是，母亲不选那些方式，只是径自挂上电话，让我听那最后一声喀嚓，事已至此，也无法谈下去了。

冲突好像会传染似的，至少会弥漫在空气中。大概二十分钟后，我离开房间，准备要去店里工作时，笛丝贝的海浪音乐声停了，另一阵噪音从她房里传过来——吵架的声音。

“你当然可以出去走走啊！”是父亲在说话，“我只是说，今天晚上可能不大适合而已。”

“为什么不适合？”海蒂问道。我听到笛丝贝的声音穿插其中。“我九点钟就会回来喂奶，而且小宝宝也刚睡过午觉……”

“九点！现在才五点半！”

“罗伯特，我们是要去吃晚餐和喝鸡尾酒。”

“去哪里吃？伊斯坦布尔吗？不可能会花到三个半钟头的。”

接着是一阵漫长的静默，我不需要进去偷看也想象得出海蒂的表情。最后父亲说：“亲爱的，我也希望你能出去玩得开心一点，可是我已经很久都没跟新生儿在一起这么长的时间了，我实在是……”

“她不是新生儿，她是你的女儿。”笛丝贝也在这时尖叫起来，好像也对这句话深有感触似的。“你养过两个可爱的孩子，你可以办到的。现在你赶快去抱她，我要准备出门了。”

我听到父亲又说了几句话，随后门打开，我赶紧跑开，可惜动作还是不够快。“奥登，”他叫道，“你可不可以……”

“不行，她没空。”海蒂回过头来说道，随后推我继续向前走，“走吧！他不会有事的。”

等我们走到楼梯口时，我回头看她一眼。她不再是我熟悉的那个满头大汗、绑着马尾、永远带着黑眼圈的海蒂，这是一个全新的女人。她的发型非常时髦，脸上化了妆，身上穿着深色的牛仔裤和高跟鞋，配上一件合身的黑色上衣，脖子上挂着一串缀有红宝石的银链子。我认得这条项链，我们上个礼拜才刚进货，就已经卖得热火朝天了。

“哇，你看起来真漂亮。”我说。

“你这样觉得？”她低头看看自己，“我已经很久都没穿这套衣服了，我都不知道还合不合身呢！我猜压力真的会消耗掉很多卡路里。”我在走廊上听到笛丝贝开始吵闹了起来，海蒂回头看一下，随后一转身，走到她自己的卧室去。我跟着她穿过走廊，看她弯身从床上拿起皮包。

“我不得不说，”我说，她到处翻找东西，最后终于找到她的唇膏。“你真的突然变了很多，不只是因为衣服的关系。”这回笛丝贝真的哭了，海蒂咬咬唇，随后打开唇蜜，擦了一点。

“你说得对，我只是……这几个礼拜以来，我终于发现我需要留一点时间给自己。事实上，我们常常谈到这件事。”

“你和爸吗？”

“是我和凯伦。”

“真的？”我说。

她点点头，把唇蜜放回袋子中。“自从孩子出生以后，我一直不敢要求你爸爸帮忙照顾小孩。我已经习惯什么事情都自己来了，而且他也帮不了什么忙。”

“或者说，他完全没帮忙。”我说。

“可是凯伦经常说，既然你和你哥哥都长得这么好，他应该也尽到爸爸的责任。她说小孩要靠两个人一起照顾。”她微微一笑，“她要我答应，一定要去参加女朋友们一直叫我去参加的聚会。本来我还在犹豫不决，后来劳拉来了，她也说了类似的话，我猜她们说的应该都有一番道理。”

我望着她检视镜中的自己，调整前面的一绺头发。“我不知道你跟劳拉谈过。”

“哦，我们刚开始也没说什么话，”她答道，拿起皮包，“老实说，我还蛮怕她的。你也知道她不是很友善的人对吧？”

我点点头。“的确。”

“可是在他们离开的前一天晚上，我跟笛丝贝那时很晚都还没睡，她下楼来倒水。起初她只是坐在那里看着我们，最后我问她要不要抱她。她说好，我就把小宝宝交给她，我们就这样开始聊了起来。她乍看之下或许很冷酷，但她内心比外表有感情多了。”

“你这话应该要跟我妈说才对。她很讨厌劳拉。”我说。

“她当然讨厌她了。那是因为她们两个实在太像了，两人都有那种冷酷、恶劣，又处处提防其他女人的性格，就像磁铁会同性相斥一样。”我想到不久前母亲在电话中那种尖锐又轻蔑的口吻，如果我的想法跟她不一样的话，她就六亲不认了。

“所以你认为我妈也比外表更有感情了?”

“那是当然的,一定是这样。”

“因为……”

她看看我。“因为她把你和荷里斯抚养长大,她跟你爸爸又相爱了很长一段时间,真正冷酷的女人是不会这么做的。”

“那她们会怎么做?”

“她们会孤独过一生。”

我挑了挑眉。“你好像很肯定的样子。”

“那当然,因为我曾是那种人。”

“你? 怎么可能。”

她微笑起来。“以后我会把这些事情告诉你,不过现在,我得赶去跟女儿吻别,希望离开时不会崩溃,好吗?”

我点点头,但仍站在原地,思索着这件事情,她准备到走廊去。经过我身边时,弯身迅速在我额头上印下一吻,她离开后,香水味仍久久不散。也许这一吻是为了证明她的话是真的,或者只是直觉反应,不管怎么样都让我吃惊。然而,我却一点都不反感。

那天晚上下班后,我走到加油站超市时,一辆车开到我身后。片刻之后,一份报纸落到我脚边。我看看报纸,随后看到伊利,他正在我身旁准备停车。“你现在要送报啦?”

“严格来说,”他答道。我捡起报纸时,发现卡车后头的架子上还放了一大堆报纸。“这份送报的工作是我朋友罗杰的,可是他今天刚好感冒，所以我就帮他送，此外，我认为送报可能也很适合当你的探索之旅。”

“送报？”

“是啊！”他停下车子，打开前座，示意我上车。我依他指示上去，他说，“这是探索之旅的惯例之一，我的第一份工作是骑单车送柯比镇的优惠券。”

“我也打过工。”我告诉他。

“是吗？做什么工作？”

“某个暑假，我在英文系办公室里替一位教授整理参考书目。”我坐到前座时说道，“后来我又在我妈的办公室担任助理，帮她处理账目。而且去年一整年我都在杭辛格补习班工作。”

我个人总是认为这样的工作资历应该很惊人，可是伊利却只是淡淡地看我一眼。“你呀，”他踩下油门说，“绝对需要送一下报纸，起码也要送一个晚上。”

就这样，除了偶尔去洗手间和公园超市之外，我们就开到码头后方的住宅区，带着一大沓报纸，慢慢地开着车送报，他手中拿着一张订阅者的名单和地址，这时才两点多而已。

“一一〇〇号。”伊利说道，朝右方那栋错层式的屋子撇撇头。“那间交给你了。”

我拿起报纸，取得一个好的角度，朝车道丢过去。报纸却撞到栏杆，掉到碎草堆里，整份报纸都消失不见了。“唉哟，糟糕。”我说。他停下车，我赶紧跳出去，把报纸拿起来再丢一次。这一次做得稍微好一点，报纸被扔到车道的右边。“比想象中还要难。”我回到车里时对他说道。

“大部分的事情都是这样。”伊利说。随后，他又抓起一份报纸，朝对街的屋子丢过去，当然，报纸飞过去的弧度非常完美，正好落到前门廊上，送报的动作也是满分。我哑口无言地看着他，他只是耸耸肩说：“我跟你说过，我以前送过优惠券，还送了两年呢！”

“还是很厉害。”我说。我第二次丢时稍微好一点，但离前门还是远了点。报纸掉到草坪上，我还是得下去把报纸拿到比较不会被雨淋湿的安全地方。“天啊！我真是差劲死了。”

“这只是你的第二次而已。”他说，接着又完美地丢出一份报纸到前院有红鹤花的平房。

“还是很差劲。”我又说了一遍。

我努力集中注意力再丢另一份时，感觉到他正在看我。报纸撞到前门的阶梯，很好，可是后来却弹到附近的草丛里，不怎么好。我走过去拿出来，放到门廊之后，回来时头发上还黏着刺藤，我的挫折感一定明显极了。

“你知道，”伊利说道，又丢了另一份报纸，啪一声精准地落在前门廊上。“你不用事事都做得很完美，做不好也没关系。”

“这只是送报而已。”

“所以呢？”

“所以，”我说，看着他又丢出完美的一掷，我的天啊！“比方说，如果我是在量子学，或是中文课中表现差劲的话，那没关系，因为那些东西本来就很难、很耗工。”他静静地看着我，我又丢歪了，这次离车道差了十万八千里。

我回来之后，他说：“这件事显然不难啰。”

“这不一样。”我告诉他，“听着，达成目标是我的专长，好吗？我就是这样子，我一生就只会这样。”

“意思是说，你很擅长把事情做好就是了。”他再次确认。

“我是很擅长，”我说，又丢了一份报纸，这次稍微好一点，“学东西，因为做这种事不需要牵扯到别人，只有我自己跟学习的科目而已。”

“但都是在室内进行。”他补充道。

我瞪他一眼，可是跟平常一样，他似乎没被我的目光吓到，或者说完全不为所动。他只是又拿了一份报纸给我，我再丢到下一栋房子前面。报纸掉到车道上，太偏左了点，不过他没停车，还是继续往前开。

“人生充满了失败。”他说，又抛出一份报纸到某间平房前，随后转过街角。“你本来就应该偶尔经历失败，这是人生必经的过程。”

“我也失败过。”我告诉他。

“是吗？失败过什么事？”我脑中一时完全空白，争论这个题目似乎不是很有利。“我告诉过你，我的社交生活很失败。”

他又转了个弯，投了几份报纸后，我们进入一条昏暗的巷道。“不过，你并没有角逐返校节的女王并且失败的经验。”

“哎，我从来就不曾想过要当返校节女王之类的。”我说。

“那你就不算失败，你只是自愿退出社交生活而已，这两者是有区别的。”

我想了一下，这时我们慢慢驶过另一条街，他已经不再递报纸给我了，全部都自己送。“那你呢？你又失败过什么事？”

“比较好的问法是，”他说，看到一个“停”字招牌后，慢慢地减速，“我有什么事情没失败过。”

“真的？”他点点头，随后举起一只手，用手指开始数着，“代数、足球、莱西·麦英泰尔，在半管上溜滑板……”

“莱西·麦英泰尔？”

“八年级的时候，我想了好几个月，一直想邀她出去跳舞，可是她却在午餐的餐厅里，众目睽睽之下冷酷地拒绝了我。”

“哦，真惨。”

“那还用说，”他又转个弯，开进只有少数几栋房子的窄巷。”我努力要赢得柏里莎父亲的接纳，可是他到现在还是很讨厌我。我劝弟弟不要当这种蠢蛋，他还是不听，我想学着修自己的车也失败。”

“哇，这个单子还真长呢！”

“我跟你说过了，我很擅长搞砸事情。”

我们又来到另一个停止线前，我瞥了他一眼。“所以你从来不会因此而气馁。”

“我当然会，失败的感觉烂透了，可是总比另一个选择好。”他说。

“哪一种选择？”

“连试都不试。”他现在直直地盯着我看，“人生短暂，你不觉得吗？”

我从不曾见过埃布尔，甚至除了玛吉和莉亚说过的几件事之外，也不曾听过多少有关他的事情。可是就在那一刹那，我突然感觉到他的存在。他好像就坐在我现在坐的位置上，跟我们在一起，也许他一直都在这里。

伊利又转了一个弯，我才发现我来到父亲住的小区，周围的一切突然变得好熟悉。我们很快就要开到他的房子前，而且就在我这一边。这一定是个预兆，我伸手到我们俩中间的架子上，拿了一份报纸。“好吧！这次是我的。”我说。

我缩回手，试着用手肘来平衡方向，因为我先前看他那样做过，这次瞄准的地方不是车道，而是门廊。车子越来越靠近，就在那一秒钟，我扔了出去，看着它飞过草坪……后来啪地落在海蒂那辆丰田普锐斯的挡风玻璃上。

伊利慢慢停下车来。“我知道那是你自己家，可是你还是要去把报纸放好。”我离开车子走过去拿那份报纸，夹在腋下。随后尽可能缓慢地偷溜到门廊前，悄悄地弯身把它放到门垫的正中央。不过我这么做时，却听到里面传出我父亲的声音。“……这正是我的意思！我想要照你的意思去做。但是我想要的怎么办？”我从门旁退开，一边看了一下手表，一边退下阶梯。这时已经接近凌晨三点。除非是有什么不好的事情发生，不然这时间还醒着对大多数人来说都算太晚了。

“你是说你不要小孩吗？”海蒂说道，声音颤抖不已，音量越来越高，“因为，如果这是真的……”

“这跟小宝宝无关。”

“那跟什么有关?”

“我们的生活。”他答道,听起来很疲惫的样子,“我们的生活变了。”

“你以前就经历过了,罗伯特,而且两次。你很清楚家里有小孩会是什么样子。”

“我自己当时也是个小孩呀!可是我现在年纪比较大了,这不一样,实在是……”一阵静寂。我只听到伊利的卡车引擎声在我身后隆隆作响。“……跟我期待的不一样,”父亲终于把话说完了,“你想要真相是吗?实情就是这样,我还没准备好接受这一切。”

这一切。真是圆滑又拐弯抹角的说法,绕了一大圈,就像绕过大海一样,我还听得到远方的海浪声——这次是真正的海浪。但即使范围这么大,还是让人完全听不出来,这“一切”到底包括了什么事,或什么人。所以,最安全的方法就是,“一切”表示所有的事都包括在内。

“这,”海蒂说,“这可是你的家人呀,不管你是否准备好都一样,罗伯特。”

我脑中突然闪过那些我不曾玩过的捉迷藏游戏,虽然没玩过,但我还是很清楚游戏规则。你找地方躲起来:一个人开始倒数,然后不管你是否准备好都一样!时间到他们就会过来找你。如果他们靠近了,你别无选择,只能继续躲在原地,期望不会被人发现,可是如果你被发现了,想赖也赖不掉,游戏就结束了。

我听到父亲又开始说了什么,可是我这次不再是小孩子了,不需要留下来听后续的发展。我可以离开,消失在黑夜里,外面的世界很大,可以让我绕好久,又有这么多地方可躲,于是我就离开了。

“请原谅,地方这么乱,”伊利说道,在黑暗中摸索电灯的开关。“做家务也是我另一项失败的事情。”事实上,他的公寓非常单纯,一个大房间,一边放着大床,另一边放着木椅和电视。厨房很小,柜台上除了咖啡机和一个装滤纸的盒子外,空无一物,然而我还是很感激他假装客气的样子,可能是因为我不久前差点情绪失控的事实。

我以为我离开父亲的屋子时没事,踏过早已覆上露珠的草坪,回到卡车旁。我坐进前座时感觉还好,还拿起另一份报纸准备要丢出去。可是伊利却问道:“嘿,你没事吧?”接下来我就知道,我并不是真的没事。

在别人面前哭向来都令人觉得尴尬,但在伊利面前,掉眼泪更加让人难堪。也许是因为他只是一言不发地坐在那里,车里只有我啜泣时的打嗝声和吸气声。隔一会儿之后,他继续开车,递送报纸,我则望着窗外,试着停止哭泣。等他从人行道开进一间绿色错层式平房的车道时,我已经平静下来,有办法把这些事情抛诸脑后了。我把这突来的情绪化归因于经前症候群反应,或是扔报纸失败,压力太大所致。不过在我还没开口之前,他就关掉引擎,推开了车门。

“下来吧!”他说。他走出去后,我坐在原位片刻,望着他爬上车库旁的窄梯。他没有回头看我是不是跟着过去,也许就是因为这样我才会跟上去。

这时他在我身后把门关上,走到厨房去,把钥匙丢到桌子上,打开咖啡机的开关。当它开始煮，阵阵咖啡香扑鼻而来时，我才走去厨房找他。

“坐一下。”他说，背对着我，弯身在冰箱里翻找东西，“那里有椅子。”

“只有一张椅子。你有客人来时怎么办？”我说。

“我没有客人。”他站直身子，关上冰箱，手上拿着一块奶油，“我是说，通常没有。”

我没说什么，只是看着他从橱柜里拿出一个平底锅，把奶油丢进去，然后放到瓦斯炉上。“听着，”我说，他转开炉火，“刚刚在那里发生的事情……”

“没关系，我们不需要谈它。”

我安静了一会儿，看着他在平底锅上融化奶油，左右转了几下，让它散布均匀。这又是他的另一项优点，让我轻易地避开困窘的事情，让我有机会任它就这样过去，我把这当作礼物一般，感激地收下。后来我听到自己说：“记得你刚刚曾问我，有什么失败的事情吗？”

他点点头，在炉子上摇动着锅子。“记得啊，人际关系的事情对不对？”

“那个之外，还要再加上一件，我想让我爸妈继续在一起却失败了。”

我说出口后才发觉这是事实，我先前没想到这个是因为我无法开口说出答案。等我偷听到父亲跟海蒂吵架时才突然想起：那些令人不自在的晚餐，挑剔的小争执，越接近我的睡觉时间，屋内的气氛就越来越焦躁不安。后来我学会拖延饭后的时间，故意不睡觉，不让我害怕的事情发生。可是这样还是没有用,那时没有成功阻止他们吵架,现在也不会成功。

我眨了眨眼,让眼泪滚落脸颊,三年来严格的自制,全都毁于一夜,真是丢脸极了。

“嘿,奥登。”

我抬头感觉到伊利在看我,这时他拿出了一盒脆米饼,我没看他的眼睛,只是盯着围在大碗旁的史奈普、酷克和拍普①。

“我很抱歉。”我说,为了某些理由,即使这些卡通图案分散了我的注意力,我还是觉得很想哭。“我只是……我甚至已经不再想这种事了,可是我去送报时,听到他们在吵架,感觉就……”

他放下盒子,走到我的对面,他没有试图伸手过来安抚我,或触碰我,只是站在很近的地方问道:“谁在吵架?”

我吃力地咽了咽口水。“我爸和海蒂在笛丝贝出生后关系就很紧绷,我猜今天晚上就爆发了争吵。”天啊,我竟还在抽泣,声音哽咽,接着又阵阵地啜泣起来。

伊利说道:“吵架不代表他们就会分开。”

“我知道。”

“我是说,我爸妈有时候也会吵架,这就像是清洁空气一样,你知道吗? 吵过之后,感情总是更好。”

---

① 史奈普、酷克和拍普(Snap, Crackle, and Pop):凯乐氏公司所出品的爆米香谷片的代表卡通人物。

“不过我了解我爸的个性。我以前就见过他这样吵了。”

“人是会变的。”

“也许不会。”我答道，最后我强迫自己看着他。那双绿色的眼眸，长长的睫毛，他那忧郁的脸庞已经不再忧郁了。

“有时候，他们是不会改变的。”

他只是站在那里望着我，我想到此时此刻，我们在他这间小公寓里，又是三更半夜。从天空的飞机上俯瞰的话，只会看到黑夜中这一点光亮，除了房子之外，完全看不出住在里面的人过的是什么样的生活。日以继夜，时时刻刻，世上随时都有这么多的事情发生。难怪我们每天晚上都要睡觉，这样一切事物才能稍微有喘息的时刻。

炉子上突然传来细碎的剥剥响声，伊利回头看了一下。“啊，糟糕。”他赶忙转过身去把锅子从火炉上拿开。“等一下，让我先处理一下这个。”

我擦擦眼泪，试图振作自己。“你到底在弄些什么？”

“在煎脆米饼呀！”

这个时间煎脆米饼似乎既怪异又不恰当，可是或许又有点道理。那天晚上所有的事情似乎都是这样，不过我还是很想问他：“为什么？”

“因为每次我家有姐妹们哭的时候，我妈都会做这个。”他回头看我一眼，“我也不知道，我跟你说，我从不曾有过同伴，你心情不好，这样做似乎……”他话未说完，环视房间一圈，看到那张简单的床和一张椅子，唯一的光线来自门外整夜通明的橙黄色灯光。

“……很完美，”我帮他说完，“完美极了。”

当然，没有事情是真正完美的，可是伊利的煎脆米饼却几近完美。我们吃掉锅内一大半的脆米饼，分享着同一壶咖啡，把那张唯一的椅子当作桌子，两人都坐在地上。“让我猜猜看，”我说，把咖啡杯放在脚边的地上。“你是崇尚极简风的人。”

他看了一下房间四周，再看着我。“你这么觉得吗？”

“伊利。你只有一张椅子。”

“没错，但那是因为我以前住的地方，家具都是埃布尔的。”

听到这个，我只能尽量不要显得太过惊讶，经过这么长的时间，这时听到他说出埃布尔的名字，感觉很刺耳。所以我只是再喝了一口咖啡说：“真的？”

“真的。”他往后坐，拿起一小块黏在平底锅旁边的脆米饼，“他一拿到单车比赛的奖金之后，马上就开始布置我们的住处了。而且他还买了天下最愚蠢的东西，超大的电视、会唱歌的鱼……”

“会唱歌的鱼？”

“你知道的，就是那种挂在墙上的塑料鱼，有人经过那里，它就会唱歌，好像是唱什么底特律 R & B 音乐吧？”我呆呆地望着他。“好吧，你不知道那种歌，算你运气好。我们公寓是整栋大楼的中心。他把那种塑料鱼放在门边，只要门一打开，它就会唱歌，每一个人都非听不可。”

我笑了起来。“听起来蛮有趣的。”

“我可不会这么说。”他摇摇头，“除此之外，他还坚持要买那种软趴趴的星球椅，就是那种圆圆的，里面有一堆软垫的椅子，你知道吗？我只想要简单的、正常的沙发椅而已。可是不行，我们就偏要买那种蠢东西，坐在那里的每个人好像都被吸进去一样，根本没有人能自己从椅子上站起来。我们常常都要把人从椅子上拉起来，就像怪异的救援任务一样。”

“拜托，少来了。”

“我是说真的，这真的很荒谬。”他叹口气道，“后来还有水床事件。他说他一直想要一个水床，即使水床漏水了，害他背痛得要死，也不肯承认他错了。他会说‘一定是我把什么东西打翻了’。不然就说‘我上次骑车时一定拉伤了哪条筋’。他像个老头子似的一拐一拐的走路，老是抱怨个不停。我一整个晚上都听得到他翻来覆去，一直想找个舒服的姿势睡觉，又老是发出那种叽叽吱吱的声音。”

我大笑起来，又端起杯子。“后来怎么样了？他终于放弃了吗？”

“没有。他死了。”

我当然知道这个，可是即使如此，以这种方式再听到这件事还是会令人震撼不已。“我很遗憾，我……”

“你看，就是这样。”他往后一坐，摇着头说，“每个人都想说这些故事，所有的故事，在葬礼中或葬礼过后，大家都想这么做。哦，记得那件事吗？或是这件，那这个呢？可是每个故事的结局都一样。他死了，这个永远都不会改变，所以，那又何必说呢？”我们两个沉默了一会儿。

“我猜,”我终于开口道。“对某些人来说,这是他们记得他的方式,你知道的,说这些故事能让他们感觉仍与那个人很亲近。”

“可是我没有那个问题。”他轻声说道,“没有记忆的问题。”

“我知道。”

“你想谈失败的事吗?”他抬眼看我,我们四目交集。“那就来谈谈谁开车,谁活下来的事吧!”

“伊利。”我说,试着不让音量变高,用他平常安慰我的音调说,“这不是你的错,那是意外。”

他摇摇头。“或许吧,可是最重要的是结果,我现在还在这里,他却不在了。每个看到我的人,他的爸妈、女朋友和朋友们都知道这点。这么多不明确的事情当中,他们唯独对这件事一清二楚,实在是糟糕透了。”

“我相信他们不会怪你的。”我说,“他们不需要那么做。”

他低下头看看杯子,再看看我。“那件事情发生以后,我就一直在想,要是事情可以重来就好了。要是我们提早或是晚一点离开那个派对,要是我事前几秒钟看到那辆车冲过来,不要停车就好了。如果是他开车,而不是我的话会如何。有一百多万个可能性,只要有一种不同……或许结局就不一样了。”

我们俩又沉默了片刻,我后来说道:“可是你不能这样想,你会让自己发疯的。”

他对我露出嘲讽的笑容。“可不是嘛!”

我想再说点什么,但他已经站起来,拿起餐盘,径自走到厨房。他去厨房时，我听到靠床的那面墙传来一阵砰砰的声响。我站起来，走近一些，仔细聆听。

“那是麦考纳家的人。”伊利从厨房里说道。

“谁？”

他走过来，站在我身后说：“麦考纳家人，这是他们的房子，他们儿子的房间就在这面墙的另一边。”

“哦。”我说。

“他晚上通常都会醒来一两次，要喝水之类的。”他坐到床上，床底下的弹簧嘎吱作响，“晚上真的很安静的时候，他们说的每个字我都听得到。”

我坐到他身旁，努力地倾听。可是只听到两种咕哝的说话声：一个声音较高，一个较低。有点像海蒂的海浪音乐声，模模糊糊的。

“我以前也常这样。”伊利说，我们俩都轻声细语地说话，“我小时候也会半夜醒来，叫着要喝水。我现在还记得这些事。”

“我不会那样。”我对他说道，“我爸妈都需要好好睡觉。”

他摇摇头，往后躺下去，手臂环抱在胸前。透过那面墙，争吵的声音继续着，一个抬高音量，很紧迫的样子，另一个音调平平。“你常常会想到他们是吗？”

“算常吧。”我打了个哈欠，随后看了一下手表，已经四点半了，我通常就在这时候准备回家。墙的另一边，那些声音仍继续进行着，我们仍在倾听，我躺到伊利身旁，把头枕在他胸前。他的 T 恤在我头底下感觉极为柔软，闻起来有他在洗衣店里用的那种洗衣精的味道。

“已经很晚了，他也该睡了。”我轻轻地说。

“不是每次都这么容易。”他的声音很低很慢，我感觉他的唇轻柔地拂过我的头顶。

伊利厨房内的灯仍然亮着，但我闭上眼睛之后，灯光便暗了下来，我听到后面有个呢喃的声音说着，嘘，嘘，一切都会没事的。我很确定真的听到了那个说话声。或许是我脑中宛如咒语般的声音。嘘，嘘。“这不是你的错。”我对伊利说道，感觉我自己的声音听起来有点混浊。“不该怪你的。”

“你也一样。”他答道。嘘，嘘，不会有事的。

此时已经很晚了，对小孩子，或任何人来说都很晚了。我知道我必须站起来，走下台阶，找路回家，可是我似乎已经感觉到有某些事情开始发生了。一种浓厚、沉重的感觉悄悄地爬上我心底。我已经很久都没这样了，有一瞬间，我觉得很害怕，很想把这种感觉赶走，提高警戒心。然而，我只是翻过身去，在那感觉吞噬我之前，紧紧依偎在他身旁，感觉到他的手抚上我的头，然后我就沉沉睡去了。

我第二天早上醒来时，已经七点半了，但伊利还在睡。他的手臂搂着我的腰，胸膛贴在我的脸颊边，缓缓地上下起伏。我又闭上眼睛，想再重回到梦乡，然而阳光却从上方斜射进来，白昼已经展开了。

我轻轻地从他身旁挪开，站起身，但仍站在那里好一会儿，静静望着他安详的睡脸。我知道我应该跟他说声再见，可是我却不想吵醒他。此外，他昨晚为我做了那么多，我真不知道该怎样写字条给他，才能表达心中对他的感激之情。最后我选择我所能做的、最接近感激的动作——填满咖啡壶的水，在新的滤纸上放入咖啡粉，并按下开关。我踏出大门，从他的门阶走下去，步上街道时，壶内的咖啡已经开始煮了。

这是个晴朗美好的早晨，此时已经阳光普照，昨晚睡了一夜好觉之后，一切似乎都变好了。走了大约四条街回家，我更能感觉到海风里的盐味，也觉察到某户人家篱笆上蔓生的美丽玫瑰，就连途中遇到的单车骑士，我都感觉特别亲切，还有一位绑着发辫的年长女人，穿着橘色的运动服，沿途优游自在地吹着口哨。迎面碰到她时，我对她绽开欢欣的笑容，她也亲切地回我一笑，还挥手跟我打招呼。

我深深地沉浸在这种喜悦之中，美好的夜晚，安宁的睡眠和清新的早晨，因此我一直没注意到父亲的身影，还差点撞上他。这么大清早的，他却已经洗好了澡，穿好外出服，站在门厅里了。

"嘿，你今天起得真早。灵感又来了吗？这么快就要写另一本书啦？"我说。

他瞥了楼梯一眼。"呃，不完全是，事实上，我只是……我要出去。"

"哦。"我顿了顿，"你要去哪里？去学校吗？"

他停顿片刻，似乎沉默太久了，这时候我就感觉有什么事情不对劲。"不是，我是要去旅馆住几天。"他吃力地吞咽口水，随后低头看看自己的手，一脸疲惫的样子。"海蒂和我……我们有些事情有待解决，所以决定暂时这样安排比较好。"

“你要走?”就连说出这句话都让人感觉很不对劲。

“只是暂时而已。”他深吸一口气,随后慢慢吐出来,“相信我,这样比较好。对小宝宝,对每个人都好,我只是去附近的神鹰旅馆住而已,我们还是可以每天见面的。”

“你要走?”我又说了一次,感觉还是很怪。

他弯下腰,提起行李袋,我到现在才看到放在楼梯旁的行李,“这件事很复杂,给我们一点时间好吗?”

我哑口无言地站在那里,他从我身旁走过,推开了门。我现在终于有机会说出两年前无法说出口的话,终于有机会改变一切。我可以请他再重新考虑一下,是否还有其他的选择,可以请他留下来。可是我却什么也没说,一句话都说不出来,只是再次呆望着他离去的背影。

我站在那里良久不动,心想着这一定是个玩笑。等我看他把车开出车库,翻下遮阳板,把车开走之后,我才走过去把大门锁上。我上楼之后,海蒂的房门紧闭着,但我经过笛丝贝的房间时,却听到了声音。刚开始我以为是哭声,这一点也不会令人惊讶。我试探性地推开房门,偷瞧一眼。她躺在摇篮内,凝望着她的玩具吊饰,挥舞着手臂。没有啼哭,也没有尖叫;照理说这个时候号哭是可以接受的,任何时候哭都有可能,尤其是今天这样伤感的日子,但她却只是呢呢哝哝地发出小婴儿的嗓音。

我走近一些,来到摇篮的边缘,低头看她。她对准天花板的方向,乱踢了一会儿,随后突然看着我。她的脸孔很轻松,突然变成另一种全新的表情,令人吃惊的——一个微笑。

第十三章

“我根本就不想打给你。”我听到海蒂说，“我知道你一定会对我说，你早就跟我说过了。”

我在房间内躺了三小时，想要继续睡，可是却怎么都睡不着。我反而只是躺在那里回想着这一切：在伊利的身旁醒来，走路回家时感觉多么愉快，但却被父亲的离家出走泼了盆冷水，这已经是第二次了。但在这些影像中，笛丝贝甜蜜又出人意外的笑容，却留在我脑海中最长久。每当我闭上眼睛想要入睡时，脑中一直看到这个影像。

“不，不是，”海蒂继续说道，“可是我不会怪你，事情搞得一团糟，我到现在还不敢相信竟会发生这种事。”

我走过她坐的那张桌子旁，她怀里抱着小宝宝，我走到碗柜前拿我的杯子。又是晴朗亮丽的一天，就像任何日子一样明亮美好。

“嘿，”海蒂突然看到我，马上说道，“我待会再打给你，不，我会的，好吧，不然你打给我好了，十分钟后，好，拜拜。”

她挂上电话，我倒咖啡的时候，感觉到她一直看着我。片刻之后，她说：“奥登，你可以坐下来一下吗？我……我有话要跟你说。”

她的声音听起来很糟，好像担心我听到这消息会站不住脚似的。

“没关系,我已经知道了,”我转过身来说道,“我跟爸谈过了。”

“哦,”她咽了咽口水,又低头看了一下小宝宝,“喔,那就好,他怎么说……”

笛丝贝突然轻轻地哀叫一声。不过她没有哭,只是闭着眼睛,把脸埋进海蒂的胸口。

“他说你们有些事情有待解决,还有他会到神鹰旅馆住几天。”

她点点头,表情很痛苦的样子。“那么,你还好吧?”

“我?”她点点头,“我没事,我为什么会有事呢?”

“呃,我相信这件事蛮令人沮丧的。我只是……你随时都可以找我谈好吗? 如果你有什么问题,或担心的事情……”

“我很好,”我又说了一次,“真的。”

这时我听到唧唧的响声:是海蒂的手机。她看了屏幕一眼,随后叹口气,把手机拿到耳边。“喂?”她说,“嗨,伊莲。不,不,我收到了你的短信,我只是……你好吗? 对,那当然。呃,老实说,我还没时间想舞会的事情……”

她站在那里,把笛丝贝换到另一边的怀里,一面走向玻璃门,一面讲着电话。我坐在那里,回想着今早看到父亲开车离去时,我一语不发的情景,感觉事情就算重来一遍,结果还是一样。也许有些事情永远不会改变,无论过了多久的时间都无法修正错误。

不久之后,海蒂回到厨房,把手机放到柜台上。“刚才是伊莲打给我,柯比镇游客委员会的主席。”她语调平平地说,“她要一个海滩舞会主题,而且现在就要。”

“海滩舞会?”我问。

“每年夏天的季末都会办这样的活动。”她解释,再次坐下来,“要在木板人行道旁的大厅举行,还会卖票,所有商家都会参加,这是夏季最大的节目。不知为什么,我每年都自愿筹划这个活动。”

“真的喔。”

“简直像是被虐狂一样。”她摇摇头,“总之,去年我设计了一个海盗主题的活动,还蛮受欢迎的。前年我们弄了一个文艺复兴的主题活动,可是今年……我是说,我到底要做什么呢?我现在实在没心情搞这种庆祝活动的事情。”

我望着她一手抚着笛丝贝的脸颊,把裹在她身上的襁褓布拉紧一些。“你会想到办法的。”

这时候她的电话又响了。她拿起电话,夹在下巴和肩膀之间。“嗨,摩根,不,没事,我刚跟伊莲谈过了,”她叹口气,摇摇头说,“我知道,我很感激,可是真的是……我实在不敢相信这个,你知道吗?去年这个时候,我一心只想怀个孩子,可是现在……”

她倒抽一口气,随后举起手,捂住了脸颊,连我都听得到电话那头的人,以低沉又抚慰的嗓音说着话。我推开椅子,把咖啡杯放进水槽里,再次发现自己仍像个局外人,看着我永远都无法了解的事物。可是最令人困惑的是,我的喉咙仍然紧绷,突然感觉到喉头又出现硬块。我把椅子推进桌底下之后,悄悄溜出厨房,走到门厅时,又想起父亲拿着行李袋从这扇门走出去时的情景。有人离开你时,感觉真的很糟。你只能尽量继续过自己的生活,但就像伊利说的那样,结局还是一样,不管是多好的故事,有多少页的句子,最后还是会写到最后那个字。

两小时后,我离开屋子时,海蒂和小宝宝都在睡觉。如果不知道内情的人,会觉得这间屋子非常恬静安详。

然而我却感到异常的不安,这实在没道理,首先,海蒂不是我母亲,其次,几年前我父母亲发生这种事情时,我也没事。我当然会觉得失望,也有点伤心,但我记得自己对他们的安排适应得很好。当然,整夜睡不着觉的事情除外,可是我现在已经是夜猫子了。我原以为自己早已忘记了那种怪异又慌乱的感觉,不料它却始终萦绕不去,刚刚看到父亲开车离去时,那种感觉又回来了。我通常都在午夜时分才会开始产生那种感觉,知道晚上还有很多事情会发生,天亮之前,我必须想办法打发时间,但时间过得真的异常缓慢。

感谢上帝,幸好我还有工作可做。我走进柯蕾曼婷时,从来不曾像今天这么快乐过,店里挤满了客人,黄昏的时候生意似乎特别好。玛吉正在和一对母女讨论牛仔短裤,我经过店内时,她对我挥手致意。我走进办公室前,顺便拿了收据和发票。进办公室后,我立刻关上门,打开灯,准备专心应付这些账目直到关店为止。我好不容易才把注意力放在发票上,手机却突然响了起来。

手机显示来电者是母亲。我看着屏幕,每阵铃声传进来时,小小的电话图像就跟着跳上跳下。那一瞬间,我还在考虑着到底要不要接起电话,把一切都告诉她。随后我突然发现这是最糟糕的想法。这就像圣诞礼物和生日礼物包在一起送她一样,会让她开心不已,到时我实在没办法忍受她得意洋洋的态度。除此之外,那天她还挂我电话,这明显表示她根本不想知道我的事情,所以我现在有绝对正当的理由不理她,爱疏远她多久都可以。

接下来的两个小时,我全心投入海蒂的账目,对统计数字和计算结果的可靠性更加激赏。等我算完了收银单据和薪水单之后,我把注意力转到堆在办公桌上的凌乱杂物上,从我第一天来,桌上就是这个样子了。当我整理着海蒂的笔——把坏掉的笔丢掉,确定所有的笔盖都盖好,并都朝上放在粉红色的笔筒中——我感觉自己的血压慢慢地降下来了。随后我移到最上层的抽屉,整理那些零碎的小纸张,把乱七八糟的名片叠成一堆,将所有的回形针都放进搁在旁边的用完的胶布盒内。我正要整理下一个抽屉,突然有人敲门,玛吉探头进来。

"嘿,伊瑟要去海滩豆,你想买些什么东西吗?"她说。

我伸进口袋里,掏出皮夹。"帮我买一杯大杯的三份浓缩摩卡咖啡。"

她瞪大眼睛。"哇,你是要整夜不睡觉还是怎样?"

"不是,我只是……有点累而已。"我说。

她点点头,随手顺顺头发。"我知道你的感觉。我妈今天一早就跟我讲到填写室友表的事情,她要我赶紧填好那张单子,因为担心太晚的话,可能会没时间找合适的室友。拜托,谁会在乎这种小事呀。"

我想起我胆敢质疑母亲的决定,说不想参加潘柏顿计划时,她那尖刻的口吻。"她担心什么?"

"她什么事都担心。"玛吉摊开手说道,"在她心中,假如我没有完美的大学生活,那就是天大的悲剧。”

“不过那也不是什么坏事,不是吗?”

她叹口气。“你不了解我妈。对她来说,我做的事情永远都不够好。”

“什么不够好?”

“不够女性化。”她解释道,“因为我太爱玩单车了。社交生活也不够好,因为我在高中只交了一个男朋友,没有多交几个男友‘分散风险’。现在我又不够认真过大学生活,拜托,大学都还没开始呢!”

“我懂,我妈也在为室友的事情念我,她要我参加什么鬼计划,整天二十四小时除了念书什么也不做,不管任何情况下都不准玩乐。”我说。

“真的吗?”

我点点头。

“那我应该选那个才对,我妈知道一定会疯掉。”

我微笑起来。这时,挂在门上的风铃响起,她低头看看手中的钱。“大杯的超浓摩卡咖啡,”她说,我点点头。“我会跟伊瑟说的。”

“谢谢。”

门喀嚓一声关上,我拉开办公桌第二个抽屉。里面有一堆旧的支票存根联,上面还有几张横格黄纸,潦草地写着几行字。我拿出来看,发现这些字迹显然是海蒂的。上面有一堆存货清单,隔几页后面写着这些名字:

卡罗琳·伊莎贝尔·魏斯特

伊莎贝尔·卡罗琳·魏斯特

埃米莉·卡罗琳·魏斯特

安丝里·伊莎贝尔·魏斯特

每个字都写得很仔细:让人几乎感觉得到她写下这些名字时,是经过深思熟虑的。我回想那天她坦承自己不喜欢笛丝贝这个名字,还有我母亲说她轻易放弃自己想取的名字。父亲很自私,他都已经得到他想要的了,即使如此,他还是不满足。

我合上杂记簿,放到一旁,挖出抽屉最底层的东西。这里有很多各式各样的发票,我把它先放到一旁,以便待会归档,还有去年柯比镇海滩舞会的传单,"嗨,朋友们!"最底下还有一沓照片。照片中的海蒂拿着一把沾着粉红油漆的刷子,站在白色墙壁前面,笑得很开心的样子。第二张也是海蒂,站在前门,挂在她头上的是柯蕾曼婷的招牌。最后,放在最下面的是她和父亲的合照。他们站在木板人行道上,她穿着白色的衣服,肚子圆滚滚的,父亲的手臂搂着她的腰。照片上印的日期是五月初,是笛丝贝出生前没几个礼拜。

"奥登? ……"

我吓了一大跳,伊瑟不知何时溜进门来,站在我身后。"哦,"我说,低头看着抽屉和散放在桌上的杂物。"我只是……"

"你的咖啡。"她说。她正要把杯子递给我,突然间,一个模糊的东西从她身后闪过。某个红色的东西打到走廊尽头的墙壁上,发出砰然巨响。

"喂!"伊瑟对着门外大吼道,"搞什么鬼呀?"

“你想呢?”我听到一个男孩子大声回答,我猜应该是亚当。

她打开门,正好看到一个红色的皮球慢慢地朝展售区滚过去。“哦,天啊!这是真的吗?”

“当然是真的!”亚当喊道,“今晚要踢球了,准备变成落汤鸡吧!”

“这到底是,”我听到玛吉问,“谁决定的?”

“你想会是谁呢?”

伊瑟踏出门,进入走廊,把球捡起来。“不可能是伊利。”

“就是他。”我听到脚步声,接着亚当便走过来,伸出手要拿球。“他今天迟到,却拿着这个球走进来,看起来心情还蛮好的样子。”

“真的?”

“是啊,我们大家都被他吓坏了。”他还拍了一下球,“可是他却很认真,这是本季第一场球赛,今晚下班后你们都要过来。超过十点零五分到的人,就要去守二垒。”

“哦,妈呀。”玛吉哀声抱怨,到走廊来加入他们的谈话,“如果要我守二垒的话,那我就不玩了。”

“说这种话,”亚当指着她说,“是不战而败的态度。”

“上一次搞得我全身都湿透了。”她抗议道。

“上一次已经是一年多前的事了。拜托!难得伊利建议玩这个游戏,你好歹也配合一下,稍微弄湿一点有什么关系!”

“他会提出要玩这个算是大事,”伊瑟对她说道,“不知道是什么事情改变了他。”

我转过身,回到办公桌前,喝了一小口咖啡,随后发现玛吉正在盯着我看。

“谁知道呢？反正我们大家就开心点配合他，十点见啦！”亚当说。说完他就走了，一面走还一面拍着皮球。

伊瑟叹口气，随后跟着他走，但我感觉到玛吉的目光仍盯着我看。我小心翼翼地把东西放回抽屉里，把相片放到最上面。“嘿，你没事吧？”

“没事，我很好。”

这应该是真的，毕竟我跟伊利度过了同样美好的夜晚，他醒来后心情大好，好像换了个人似的。我应该高兴地加入，比任何人更想去踢球才对，尤其是跟伊利一起。然而，九点的舞蹈一过，下一个钟头开始之后，我的胃就揪得越来越紧。

快十点时，玛吉拿着钥匙来到办公室的门边。“来吧！”她宣布道，“再过五分钟就要罚守二垒了，相信我，你绝不会想要那个位置，简直就是泡在水里。”

“哦，”我说，“事实上，我今晚想在这里留晚一点。我要算薪资，还要整理档案……”

她看看我，随后看看我手边放在笔筒里那些整齐的笔。“是吗？”

“是的，我待会晚一点就会过去的。”

“晚一点喔？”她重复道。我点点头，随后转回办公桌的方向，她的声音变得益加冷淡。“好吧！我们会等你过来。”

她终于离开了，我故意忙着在档案夹上贴标签，她和伊瑟关上保险箱后，走了出去。等到大门锁上之后，我把椅子往后推。大概在那里坐了十五分钟左右，随后走进已经关灯的店内，靠近前面的窗户边。

每个人都聚在人行道附近，围在通往海边的大门口。我看到亚当跟玛吉一起坐在板凳上，伊瑟坐在他旁边。华里斯和单车店的其他男孩子一起说说笑笑，虽然我叫不出他们的名字，不过曾见过他们。莉亚来的时候，他们不知跟她说了什么，她翻翻白眼，反击他们，随后玛吉往旁边移动，挪一个位子给她。越来越多的人来了，有的我认识，有的我不认识。不过，后来大家突然都靠拢过去，聚集在一起，于是我知道伊利到了。

他穿着我初次见到他时穿的那件蓝色套头衣，手臂底下抱着一个红色皮球，他的头发披散在肩膀上，风一吹，头发便盖住了他的眼睛，他走近时，拍了一下球，接起球后，转头扫视人群。他转过头来，望着在他后方的柯蕾曼婷，我往后一退，远离窗口，以免被他看见。

他们讨论片刻之后，已经分好队伍，似乎做好了某些决定。从那情况看来，如果大家指着亚当的方向说笑具有什么意义的话，那么我猜亚当应该是被安排到不好的位子。接着全部人都朝海边走去，有一组人在沙丘后面，另一组人分散在沙滩各处。我看到亚当走到浪潮边，站定他的位子后，弯下去把裤管卷起来，伊利则走到中央，球仍在他手上。他刚丢出第一球，我就转身回到办公室里。

一小时后，我从后门走出去，穿过停车场和两条巷子，终于来到加油站超市。我打算直接回家，想着海蒂可能需要人陪，可是我却发现自己莫名其妙地走回人行道。我坐在仍然生意繁忙的最后机会餐馆前的板凳上，从远处看着他们的球赛。我刚坐定，换莉亚上场了——

她把球踢得很远,掉进海水里,某个我不认识的男孩子现在守在二垒上,立刻冲过去接球。

"奥登?"

我吓了一大跳,慢慢地转过身来准备武装好自己。心想伊利一定会偷偷跑过来找我,尤其是我刻意躲起来的时候。可是我转过身时,却看到最让我意外的人——我前任的、差点成为我毕业舞伴的杰森·塔布特。他穿着一件有领衬衫和卡其裤,手插口袋,对着我微笑。

"嘿,你怎么会在这里?"他朝身后的餐厅撇撇头。"刚吃完晚餐。我坐在那里猜了十五分钟,不知道前面的人是不是你,但又不是很确定。我在研讨会的名单上好像没看到你的名字,可是……"

"什么研讨会?"

"FCLC 呀? 今天才刚开始,你不是因为参加这个会议才来的吗?"

"嗯,不是,因为我爸住在这附近。"

"哦,这样喔。嗯……那真是太好了。"

人行道另一头突然传来一阵叫声,我们两个都转过头去看,正好看到玛吉笑着跑到下一垒,亚当开始吃力地走进水中。

"哇,"杰森说,"踢皮球,小学三年级以后我就不曾看过这种游戏了。"

"那么,你刚刚说的 FCLC 是什么研讨会?"我问道。

"大学未来领导人物研讨课程(Future College Leadership Course)。这是为期一个月的课程,包括一系列的演讲、小组讨论和座谈会,参加的人有全国各地来的新生。基本上，这个课程的目的是为了训练参加者在开学第一天，就能在校园内造成轰动的各项技巧。”

“哇。”我说。他身后又传来一阵欢呼声，但这次我并未转过去看。“听起来很棒的样子。”

“哦，我认为一定会很棒的。我已经见过了大概二十个从哈佛来的学生，这些人都已经是学生干部了。你知道吗？你应该去看一下，我知道你对学生会没多大兴趣，但这是个拓展人脉的绝佳机会。现在去报名还不迟，那里还有很多从迪弗斯大学来的人呢。”

“我不知道，我有点忙。”

“哦，那还用说，”杰森摇着头说，“我拿到我的课程大纲后已经开始预习了，时间真的是蛮紧凑的。可是我遇到的每个人都这样。”

我点点头，发现我的心跳加快了一些。“我相信。”

“今天是第一天，我真的一再听到其他人谈到这个话题，他们说现在已经不能在开学第一天就这样莽莽撞撞进去，到处瞎逛乱跑了。”

“真的？”

“哦，那当然，你需要提早做准备，而且要很认真才行。”

“我也念书了，我是说，没有工作或忙其他事情的时候……”

“工作？”我点点头，“你在做什么？实习之类的工作吗？还是社会服务计划课程？”我想到柯蕾曼婷那一整片粉红色系的办公室。

“比较偏向商业性的工作。我在一间正在扩张的小型商店里工作，帮公司做账，还有在转型期间帮忙拓广市场。我想这样体验真正的经济市场，同时研究较大的潮流趋势，应该是不错的学习方式。”

“哇,”

他点头说道。“听起来真的很有趣的样子。不过,你还是应该考虑来参加 FCLC,我是说,既然你人都已经在这里了,何不试试看呢。我想你一定会是这个研讨会里的宝贵人才。”

海滩传来一阵极大的欢呼声,接着是阵阵鼓掌声和大笑声。我说:“也许我会考虑看看。”

“好极了。”杰森微笑道,“听着,我想我应该回餐厅里去了。我们正在讨论分班的重要问题,正反两方的各种看法都有,错过就太可惜了。”

“是啊！那当然。”我说。他往后退一步,随后停顿一下。

“你的手机号码还是一样吗？趁我在这里的时候,或许我们可以找时间出来聚聚。只是叙叙旧,比较一下笔记而已。”

现在每个人都离开海边了。我看到玛吉和亚当在前面,全身湿透,莉亚和伊瑟跟在他们后面。“哦,好啊!”我说。

“太好了!”他又笑了一下,“那么我很快就会再见到你了。”

我点点头,随后我还来不及反应,他就往前一步,抱了我一下。这个拥抱很怪,手臂抓得太紧,脸和衣服也靠得太近,不过幸好时间很短。但还是不够短,因为他一走开,伊利就出现了。他拿着球,站在正前方看着我,表情让人无法猜出他的想法。我们就这样对望着彼此好一会儿,我想到那个漫长夜晚,我们初次见面时,也是在这附近的地方。

“嘿,球赛怎么样了?”我问。

“很好。”他拍了一下球说，“我们赢了。”两对为晚宴盛装打扮的情侣穿过我们中间，一路欢天喜地地谈笑着。那一瞬间，我好想跟着他们一起走。“那么，”他走近一些，问道，“发生了什么事？”

“我有工作要做。薪资还没算完，而且又有很多东西要归档……”我说。

“不，”他又拍了一下球，“我是说你。”

“我？”

他点点头。“你的态度变了，到底是怎么一回事？”

“没事。”我说。

他的眼睛仍紧盯着我，不大相信的样子。“什么，你是说那个吗？”我说，朝最后机会餐馆的方向撇了撇头，杰森现在已经进去了。“他只是同乡的朋友，事实上，是毕业舞会的舞伴，只是他在最后一刻放我鸽子而已。我也不是很难过，因为我们从来就不曾认真交往过。总之，他刚好来这里参加研讨会，看到我在这儿，所以……”

“奥登。”他叫我名字的方式，好像在咆哮一般。我说到一半，突然停下来。

“说真的，你到底是怎么了？”

“我没事。”我又说了一次，“你为什么要一直问我这个呢？”

“因为你昨天晚上还好好的。可是后来你就开始躲我，现在连正眼都不敢看我。”

“我很好，天啊！我只是要工作而已，你为什么就不肯相信呢？”

这一次他没有回答，他其实也不需要，因为这个谎言薄如蝉翼，根本毫无说服力。但我还是紧守着这个谎言。“要知道，”他最后说道，“如果这是关于你爸和海蒂的事情……”

“不是。”我的嗓音很尖锐，充满防卫心，连我自己都听得出来。“我告诉过你，我要工作，我现在有很多事情要做好不好？怎么可能整个暑假都在踢球。如果我今年秋天要去念迪弗斯大学的话，我要预习功课，有很多书要念的。我已经浪费掉很多时间了，现在……”

“浪费时间？”他重复道。

“是的。”我低头看着我的手，“每件事都很好玩很有趣，可是我实在落后太多了，必须要认真念书了。”说到这里，我听到人行道另一头传来那些熟悉的声音，大家全都快乐地大笑着，互相嘲弄着。我马上就知道了，这声音在远处听来比置身其中感觉更熟悉。

“好吧，”伊利说，“那就祝你好运！你就认真读书好了。”他的语调中隐含深意，决绝、冷漠，这正是我认为我想要的，但那口吻却让我突然明白，也许那不是我想要的。

“伊利，”我马上说道，“听着，我只是……”

可是我却说不出半句话，只是半张着嘴巴，呆愣在那里，等他帮我接下去，帮我把最困难的部分说完。这是父亲的惯用伎俩，我现在终于知道为什么了。这样比说出自己不想说出口的话容易多了。可是伊利并不吃这一套，他不想帮我说出最困难的部分，只是转身走开。他这样做一点也不会让我惊讶，他哪里会在乎这句话有没有说完，反正他自己的话已经说完了。

第十四章

下午一点零五分：现在刚好是小组会议休息时间，你想出去吃个午餐吗？

下午三点半：你今天晚上有空出去吃晚餐吗？约六点在最后机会餐馆怎么样？

晚上十点半：我要回宿舍了，明天再跟你聊。

我把手机放到桌上，莉亚正在翻着收据，瞥了一眼我手机屏幕。"哦，今晚有人特别受欢迎喔！"

"这个男的只是我的同乡而已。"

"只是同乡而已，"她重复道，"有这种事吗？"

营业时间过后，我们待在办公室里，每个人都在等我整理完最后几样东西，然后就要锁门了。"以这个例子来说，"我告诉她，"确实如此。"我的手机又响了，我叹口气，掀开来看。

十点四十五分：如果你今晚有时间聊天的话，打电话给我。我有些点子想跟你谈谈。

"他好像蛮锲而不舍的呢！"伊瑟说出她的观察心得。

"我猜他可能是想补偿毕业舞会时放我鸽子的事情，或是其他的事，我也不知道为什么。"在那之前，我真的没想到这一点。可是现在想起来，其实还蛮有道理的。

“你在毕业舞会那晚被人放鸽子?”玛吉问道，她看起来好像真的很替我难过。

“也没那么糟啦！他前一天晚上有打电话告诉我，说他接到一个去华盛顿参加大型环保会议的邀请，那是千载难逢的好机会，他不能缺席。”

“你的毕业舞会也是千载难逢啊，你现在不理他也是好事，反正是他活该。”莉亚说。

“这不是我不理他的原因……”我叹口气，“我只是不想再回顾那段时光，如此而已。”

我的手机又哔哔叫了。这一次我连看都不想看了。不过，我后来回到家之后，研究着手机，再次读着杰森的短信，心想也许这是我重新再来一次的机会。只要回复他，跟他见面，尝试以前不曾得到过的体验。然而和保龄球、食物大战和打破宵禁相比，我其实并不觉得我错过了杰森。我们之间所发生的一切或是没发生的一切只是命运的作弄，注定如此。我们不需要第一个机会，当然更不需要第二次了。

一个星期后，晚上十一点半，照理说我应该在外面晃一个小时，开始展开当晚的探险了。但这些日子以来，我大部分时间都直接回家，待在房间里念书。那天晚上伊利离开我之后，我大约午夜时分回到家，那时整栋屋子异常的安静。笛丝贝在她的房里睡觉，海蒂在楼下算账，不过她在笛丝贝的床边留了一盏灯。我回到自己的房间后，本来打算拿几样东西就出门,后来想到杰森说过在开学前要先预习功课的事情,就把放在床底下的行李箱拿出来了。

我打开行李箱之后,首先映入眼帘的是荷里斯给我的那张裱了框的相片,我赶忙把它推到一旁。摆在下面的是我的经济学课本,不到十分钟后,我已经读着第一章,旁边的黄色横格纸上也写了半页的笔记。

感觉好轻松,功课就像我的好朋友一样,永远耐心地等着我,回到它身边感觉既安全又舒适。不像我跟伊利一起做的那些事情,都那么新奇、充满挑战性,离我的舒适领域相差十万八千里,不管其他事情有多差劲,读书做功课一向是我的专长,也是我能做好的事情。

所以那天晚上我没有开车乱逛,反而待在房间里念书,我把旁边的窗户打开,读着一章又一章的内容,楼下的海浪也一波又一波地冲击着海岸。然而,每次在我休息时间去倒咖啡或是上厕所时,还是难免会看看手表,好奇地想着,不知道伊利此时在做什么。午夜时他可能会在洗衣店,一点半时,他会去公园超市,然后呢,谁知道?没有我和我那愚蠢的探索之旅,他去哪里都有可能。

可是最让我惊讶的是,早上七点,我却趴在横格纸上,突然惊醒,前一天晚上我不知何时不知不觉睡着了。我的脖子很痛,脸颊上还有墨水痕,但这一切都不会比我连续两天在夜里睡着的事情来得怪异,而我却并不想真正知道原因。

不管原因是什么,我突然改变的睡眠习惯——接下来又持续睡了三个晚上——彻底地改变了我的作息。这几年来,这是我首次早上醒来还能头脑清醒的。起初,我试着在醒来之后继续念书,可是到了第三天,我决定还是去柯蕾曼婷好了。

“哦,我的老天啊!”我一进门,听到玛吉正在叫道,“真令人不敢相信!”

我翻翻白眼,脱下太阳眼镜,准备迎接逃不掉的问题,她们一定会要我解释为什么今天这么早到。随后我发现她们根本没看到我进来。玛吉、莉亚和亚当围在柜台上的笔记本电脑前,专心地看着屏幕上的东西。

“那还用说,”亚当说道,“没有人知道是怎么一回事,连杰克也不知道。他收到某人传来的短信,说他们在网络上看到这个,所以他就上网去看了。”

“你刚刚说上面的日期是几号来着?”莉亚问道,玛吉按了一下按键,靠近屏幕一些。

“昨天,那是在蓝道登的跳跃单车展示会。”

他们的注意力又回到屏幕上,即使我走近去拿前一天的发票收据时,也没注意到我。我瞥了一眼屏幕:一台单车冲上斜坡后,在另一头降落。

“他看起来很不错。”玛吉说道。

“他看起来棒极了好不好。”亚当对她说道,“我是说,休息了一年,第一次参加比赛还能拿第二,已经很棒了。”

“你们看那个。”玛吉低语道。

“真不简单,几乎是垂直上升哪!”亚当摇摇头,“我真不敢相信伊利都那么久没骑了，竟然一跨上单车就能骑得那么好，这实在是太疯狂了。”

我又看了一下屏幕，单车上的人影很小，但我现在注意到从安全帽底下露出来的长发。

“嗯，”玛吉说，“也许不是这样。”

“什么意思？”

她起初并未回答，随后说道：“我们没看到他骑车并不表示他真的没练习。”

“对啦，可是，”亚当说，“要骑到这么好，还是需要很多的练习，一定会有人看到的，除非他……”

“……是在半夜三更练习。”莉亚帮他把话说完。我抬眼看她们，她和玛吉两个同时盯着我看。亚当见到这种情形，也跟着看我，随后又看看她们。

“等等，”他说，“我是不是错过了什么？”

“你知道这件事吗？”莉亚问道，“知道伊利又开始参加比赛了吗？”

我摇摇头。“不知道。”

“你确定吗？你们两个似乎有很多秘密耶！”玛吉说。

“确定，”我告诉她，“我真的不知道。”

他们仍然望着我，我拿起收据，走进办公室，在身后把门关上。我听到他们一遍又一遍地看着那个短片，不时评论着，说伊利有多厉害，说他让大家多惊讶之类的话。尤其是我，我比任何人都惊讶。这让我发觉自己能瞥见他脑中一丁点的片段是多么幸运的事情，就像打开门缝，让一道银色的光透出来一样。不过，在这同时，也清楚地显示，那未能让人看见的，未被探索的部分是多么庞大。

除了在短片中的那一瞥之外，我并不想见到伊利。事实上，我对自己的行为和说过的话感到十分羞愧，每次都尽量避免经过单车店，这也让我非常的痛苦。我去柯蕾曼婷时，出入大部分都走后门，借口说走后门回家比较快一点。我不确定，也不在乎玛吉和其他人是否相信我。反正再过几个礼拜，我就要打包回家了，回家之后就要准备到迪弗斯大学去。感谢老天，我这段短暂又怪异的生活，很快就要结束了。

那天稍晚，我念书时暂时休息片刻，看见海蒂把摇椅从玻璃门内拉出去，裹着襁褓布的笛丝贝，在她怀中熟睡着，她正在讲电话。“我不知道，”她正在说着，“每次我们讲话的时候，他就一副很挫败的样子，他好像已经深信，不论我们怎么做都行不通似的。我知道，可是……”她安静了片刻，我只能听到摇椅吱吱呀呀，前前后后地摇动着。“我怕已经太迟了，”她终于说道，“怕事情被他说中了，这件事已经无法弥补了。我知道，我知道，你说永远不会太迟，可是我不是那么肯定。”在我后面口袋里的手机突然响了起来。我拿出来，察看屏幕。

你有空喝杯咖啡吗？我请客。

我读着这些字眼，一次、两次、三次。我心想道：永远不嫌迟。随后又一个哔哔声响起。

说个地点吧，我对这里不熟耶！　　杰森

“谁这么晚了还传短信给你？”海蒂抱着笛丝贝，回到屋里之后问道，另一只手仍拿着手机。

“只是一位毕业舞会的前任舞伴而已。”我告诉她，“说来话长。”

“这样喔，”她说，“什么……哦，我的天啊！”

我吓了一大跳，随后看看我身后，以为有什么东西被撞倒，或是发生了火灾之类的。“什么事？发生了什么事？”我问。

“毕业舞会！”海蒂摇摇头，“我真不敢相信，先前怎么没有想到呢！毕业舞会可以当作海滩舞会的主题呀，真是太完美了！”她立刻掀开手机盖，按了个电话号码。没多久之后，我听到有人接起来。“毕业舞会。”她对电话那头的人宣布道，对方停顿片刻，随后她说，“海滩舞会的主题呀！这不是很完美吗？嗯，想想看，大家可以盛装出席，我们也可以选出舞会的国王和王后，放一些通俗的音乐，还有……”她仍在不停地说着，但我已经转身准备上楼回自己的房间了，我的书和笔记本还在等我呢。可是，等我在床上坐定之后，却无法专心念书，我往后靠去，呼吸一点随海风一起吹来的空气。随后我看到床头柜上的笔记本电脑，我还来不及阻止自己，就已经启动了开关，连上视频网站。

我打上“跳跃单车展示会　蓝道登”，立刻跳出了十几个视频。浏览了一下之后，我找到“坡道”的链接，并按了进去。

这个就是他们在柯蕾曼婷看的影片：我认得那顶安全帽和背景画面。我还记得之前在跳跃公园内看过的单车表演，即使以我不是专家的眼光来看，也知道伊利的表演跟他们不一样：有种不费吹灰之力、轻松优雅的感觉，但又让人知道，这个动作一定很困难。他在屏幕前，一次次跳得越来越高，我感觉连心脏都跟着跳了起来。那种动作好惊险,好恐怖,然而又让人觉得很优美。也许要做出惊人之举本来就不是件容易的事。每件事都一样,人必须努力争取才能赢得最有价值的东西。如果这个东西很难得到,你就要确保让它更难甚至不可能再失去。

第二天早上,经过一整个礼拜在电话中尴尬的谈话之后,我终于决定要去旅馆看看父亲。我在旅馆房间找到他,窗帘仍未拉开,他脸上也冒出了星星点点的胡渣。他帮我打开门之后,又躺回凌乱的床铺上,伸展着手臂,闭上了眼睛。

"那么,"他发出一声长叹之后说道,"告诉我,我的家少了我变成什么样了?"

我同时忍住回答这个问题和翻白眼的冲动,只是问他:"你和海蒂还没谈过吗?"

"谈过,"他转着手腕,嘲弄地说道,"哦,我们当然谈过了,可是没谈出什么结论来。追根究底,就是我们根本看对方不顺眼,我担心永远都会是这个样子了。"

事实上,我并不想知道他们那些问题的恼人细节,只要知道他们的问题很大,尚未解决就够了。可是既然我是站在这里唯一的人,我感觉别无选择,只好问得深入一点。"这件事……跟小宝宝有关吗?"他微微坐起来,看着我。

"哦,奥登,她是这么说的吗?"

"她什么也没说,"我告诉他,一面拉开厚重的窗帘,"我这样问是因为我希望你们能想办法和好，如此而已。”

他认真地审视着我，我则在他房间走了一圈，捡起咖啡杯和快餐餐点的空袋子。“你的关心令人好奇，”最后他说，“我以为你不喜欢海蒂呢。”

“什么？”我把几张黏腻的、沾满西红柿酱的纸巾丢进过满的垃圾桶里。“我当然喜欢她。”

“所以你不会觉得她是个无趣的、没有灵魂的芭比娃娃啰？”

“不会。”我说，把那个想法推到一旁，好吧，我以前或许真的曾经这么想过。“你为什么会这么想呢？”

“因为你妈就是这么说的，”他语气沉重地答道，“而且你们两个的想法向来都差不多。”他说话时我正在卫生间内洗手，听到这句话时忍不住抬起头来，随后避开镜中自己的目光，也许在以前，这也是事实。

“不是每件事情的看法都一样。”我说。

“哦，可是这就是你妈厉害的地方，”他若有所思地说道，我四处寻找干净的毛巾来擦手。“我向来都能知道她心里在想些什么，不用瞎猜，揣测或是解读暗藏其中的涵义。她不高兴的时候，我一定会知道，可是海蒂……”

我走进房间内，坐到另一张床的床沿上。“海蒂什么？”

他又叹了口气。“她什么事情都会藏起来，把事情都埋藏在心里，你以为一切都平安无事，可是有一天，她的情绪突然就在你面前莫名其妙地爆发。这时你才知道她心情不好，她不高兴，原来你做得不够多不够好，哦，我还是天底下最差劲的父亲呢。”

我稍等了一下才开口问:“可是她真的有这么说吗?”

“当然没有!”他叫道,“可是在婚姻生活中,所有的涵义都是隐藏在言语之外的,奥登。在她心中,实情就是,我让她和笛丝贝失望了,显然从第一天开始就这样了。”

“那你就再试一次呀！想办法做好一点。”

他悲伤地看我一眼。“亲爱的,事情并不是那么简单。”

“那还有什么别的选择呢？一个人住在这里吗?”

“我不知道,”他下了床,手插口袋,走到窗边。“我当然不想让事情变得更糟,她们没有我可能会更好一些。”

我感觉胃突然意外地纠结起来。“我不这么认为,海蒂很爱你。”

“我也爱她呀,可是有时候,光有爱是不够的。”最奇怪的是,他随随便便说出这种烂台词,实在让我很反感。他是个很好的作家,我知道他应该可以说得更好。

“我得去工作了。”我说,从床上拿起我的袋子。“我只是……想过来看看你过得怎么样而已。”

他走过来,把我拉过去拥抱我一下,他喃喃低语时,我感觉到他的胡渣磨到我的额头,有点刺人。“我没事,我不会有事的。”他说。

出了他的房间,我走向电梯,按下楼层的按钮,灯没有亮,我又按了一下。还是没有反应,随后我靠近一些,用拳头打下去。

我这才发现灯终于亮了,而且自己居然愤怒至极。我的心狂跳不已,气到没办法理智地思考。我走进电梯里,门关上时,我看到自己镜中的样子,这一次,我没有回避,直直地望着自己。

这实在是很奇怪的事情，突然之间就这么气愤，好像他说过的话，或是做过的事情，打开了我心中紧闭已久的门闩，里面的东西像涌泉般突然喷了出来。等我穿过旅馆大堂，来到人行道时，我一直在想，尽管我刚刚目睹了这些，但从有问题的事物中离开，并不能让人显得更高贵，即使你认为那东西坏了也一样，尤其是这种时候更重要。这只会让你成为一个轻易放弃的人，因为如果你是系铃的人，你很可能也是解铃的人。唯一能确定结果的方法就是再试一次。

我快走到柯蕾曼婷时才发现，我走得好快，急速地越过两旁的行人。等我终于推开店门时，我喘气喘得很厉害，玛吉看到我，吓了一大跳。

“奥登？发生了什么……”

“我需要你帮个忙。”我对她说道。

她惊讶地看着我。“好，什么事？”

我告诉她后，以为她会很困惑或是嘲笑我。可是她都没有这么做，只是考虑了一下，随后点点头。“好，”她说，“我可以办到。”

第十五章

那真是，简而言之，就是糗到极点了。

“现在，你看吧，”我从地面上爬起来时，玛吉说道，“我们就是不希望发生这种事情。”

“了解。”我低头看到膝盖上又出现新的擦伤，这下跟我另一边的膝盖正好成双成对了。“我只是……感觉真的好奇怪。”

“我想也是。”她叹口气，“我是说，所以人家从小时候就开始学骑单车是有道理的。”

“比较不怕丢脸吗？”

“跌倒时离地面比较近一些。”

她弯下身，拉起单车，把它扶正摆好。我再次爬上去，脚平放在地面上。

“好了，再试一次。”她说。

隔天大清早，天微亮时，我们就到跳跃公园的空地上练习，现在有一件事情是可以肯定的：我以前根本不会骑单车。

如果我会骑的话，一定很快就会想起来，我自信只要一踩上踏板就会知道该怎么做。但是我每次移动时，即使只是蜗牛般的速度都会惊慌失措，摇摇晃晃，然后就跌倒了。有一次我勉强骑了四十码，但那只是因为玛吉在后面抓着我的椅垫的缘故。只要她一放开,我就立刻撞进树丛中,又跌了一跤。

我当然想过放弃,一个小时前我第一次跌倒时就想放弃了。每次跌倒都要从地上爬起来,拍掉膝盖上的沙子,实在丢脸死了。更不用说,玛吉一脸开心的表情,通常她还会竖起大拇指赞赏一番,即使我跌得四脚朝天也一样。只不过是这么简单的事情,小孩子几乎每天都在骑,然而我还是一直跌倒,一直跌个不停。

"你知道,"她说,我又跌了一次,整个人撞到公园的垃圾桶上,好差劲。"我在想,也许是我用错方法了。"

"不是你的关系,"我告诉她,再次扶起单车。"是我的问题,我在这种方面真的是差劲透顶。"

"不,你才不差劲。"她对我微笑着,让我感觉自己更加可悲。"听好,骑单车需要极大的信念。我是说,人本来就不应该靠两个细瘦的轮子浮在半空中,这样很不合逻辑。"

"好吧!"我说,把手肘上的沙子弄掉,"你现在真的是刻意屈就我了。"

"我没有。"她扶着单车让我跨上去,并调整一下我握在把手上的手的位置。"可是我认为我们可以多搬个救兵。"

我看着她说:"哦,不要,千万不要。"

"奥登,没关系啦。"她随即从后面的口袋拿出手机,掀开手机盖。

"拜托不要。"我说,"莉亚看到我会笑翻天的。伊瑟的话——她只会同情我,那只会让事情更糟而已。"

“我同意。”她答道，按了几个按键。“可是我要找的这个人；你在他面前几乎是不可能出错的。我可以挂人头保证。”

“我是认真的，”她又按了一个按键，“相信我。”

那时我根本不知道她说的人是谁，但十分钟后，我听到我们身后的停车场有人猛力关车门的声音，转过头来看时就明白了。“这就是一一九？”亚当走过来时说道，“你可知道只有某人死了，或是快死掉的时候才能传那种短信吗？你差点把我给吓死了！”

“对不起啦！”玛吉对他说道，“可是我需要你马上赶来这里。”

他叹口气，一手顺了顺他的鬈发，我这才注意到，他的鬈发翘到一边，脸上还有一小片印痕。“好吧，到底什么事这么紧急？”

“呃，奥登不会骑单车。”她说。亚当看看我，我不由地脸红起来。

“哇，”他表情严肃地说道，“这的确很严重。”

“看吧？”玛吉对我说道，“早跟你说过打给他准没错！”

亚当走近一些，检视单车，还有坐在上面的我。“好吧！”片刻之后，他说，“你是用什么教学法？”

玛吉诧异地瞪大眼睛。“教学法……”

“你是从结伴制开始，然后转到协助式骑法吗？还是先用协助式，再慢慢地增加她独自骑行的时间？”玛吉和我交换了个眼色，随后她说，“我只是让她坐上去，让她就这样往前骑而已。”

“哦，拜托，这是让人憎恨单车最快的方式。”他指示我下来，把车推过去给他，我乖乖照做了。随后他骑上去。“好了，奥登，坐到前面的龙头上吧！”

“什么?”

“坐到龙头上,快上来啊!”我只是愣愣地站在那里,一脸狐疑的表情,他说,“听好,如果你要学骑单车的话,你就必须心里有想学的欲望才行。唯一的方式就是让你了解会骑单车之后有多好玩。快上来吧!”

我瞥了玛吉一眼,她点头鼓励我之后,我才慢慢地坐上龙头,尽可能动作优雅一点。“好了,”亚当说,“现在抓紧一点。我们会骑很快,待会你可以放开手,但只能放开一下下,而且只能在你真的准备好的时候才行。”

“我不会放手的,”我告诉他,“永远都不放。”

“那也没关系。”

随后他开始踩起脚踏板,刚开始慢慢地踩着,随后逐渐加快速度,风将我的头发吹到后面,摩擦着我的衣服,发出了沙沙的响声。我们骑到停车场的边缘时,他随即往右转,继续往前骑。

“等一下,”我说道,回头看玛吉,她的手放在眉头上,正望向我们这边。“那玛吉怎么办……”

“她不会有事的,我们很快就回来了。”现在骑到大马路上了,沿着路缘,骑得很快,偶尔有车子从我们左方驶过。此时日头已经全部升起来了,空气闻起来有些许甜味和咸味。“好了,”亚当大喊道,又一辆车从我们身旁经过。“告诉我你的感觉。”

“我只希望不会掉下去。”我告诉他。

“还有呢?”

“我……”我说，这时我们刚好离开大马路，骑上木板人行道。“我不知道。”

“你一定会有感觉才对。”

我思索着这个问题，我们骑在空荡荡的人行道上，只有少数几个早起的人和一群海鸥，我们靠近时，海鸥全都四散飞去。“感觉像在飞一样。”我看着海鸥飞起来时说道，“有点像。”

“对极了！”他说，又加快一点速度。“这样的速度，这种风吹过来的感觉……最棒的是，你靠自己就能感觉到了。我是说，现在是我在骑，但以后你可以自己骑，感觉就像现在这样。事实上，感觉应该会更好，因为到时是你在骑，只有你自己一个人。”

我们现在真的是这样，地上的木板嘎吱作响，我往后靠一些，让风直接吹打在脸上。右方的大海看来无比辽阔，又闪着亮光。我们飞快地沿着海岸线骑行，那片蓝色的大海逐渐变得模糊起来。尽管我仍担心会掉下去，怕让自己出糗，然而心中却有某种奇异莫名的欣喜感受，于是我闭上了眼睛。

“看吧？”亚当说道，他的声音从我耳际传来。“这是很棒的感觉。”我睁开眼睛，想要回答这句话。想告诉他，他说得很对，说我现在终于明白了，说我很感激他给我这个机会体验。可是，我的视线变清晰之后，我发觉我们正好经过单车店，我回过头去看。店门是敞开的，我们骑过的那一瞬间，我看到后面房间的灯亮着，有人站在柜台旁，拿着一个塑料的咖啡杯。也许我们骑得太快，伊利没有看到，或者，就算他看到了，也不会知道是我。但无论如何，我决定要把手放开一下，还要高举双手。

接下来的那个星期，玛吉和我几乎每天早上都去练习，像例行公事一般：我先去买两杯咖啡，然后到跳跃公园的空地跟她会面。起初，我们听从亚当的建议，用他说的那种"协助式骑法"来练习，比方说，我坐在上面骑，她则在后面抓着我的坐垫。随后她开始慢慢放手一下下，但仍继续跟在后面跑，以防止我摔倒。现在我们一点一点地，逐渐增加她放手的时间，我努力学习平衡自己，一边踩着踏板。这感觉实在是太美妙了——我还是跌了好几次，双膝仍有擦伤的痕迹——但比第一天好多了。

近来我发现自己的生活又开始改变了，几乎往反方向变化。我现在晚上都待在家里睡觉念书，早上和下午出门，几乎成了一个正常作息的人了。但我却不像正常的人，因为我大部分的时间都是孤独的。我没工作，也没跟玛吉练习时，通常都待在家里，刻意回避杰森的短信，他还是不时会传短信过来，但不像先前那么频繁了。我也不接父母的电话。

我知道他们一定在猜想，到底出了什么事，我很久都没跟他们两个说话了，既不接他们的电话，也不回他们的短信。我知道这种行为很幼稚，可是不知为什么，我却觉得这样没关系。就像我另一部分未完成的探索之旅，这样做是为了弥补长久以来失去的童年。然而，其实我心中的某一部分仍在担心，如果我跟他们之一讲话的话，即使只是一会儿，或说一句话而已——不管那天我离开神鹰旅馆时释放出来的感觉是什么，恐怕会像大浪般涌出来吞没我们。

我唯一还保持联络的家人是荷里斯，可是我们也很少通电话，也许是因为他和劳拉正要展开新生活。父亲的感情生活快要瓦解了，母亲的感情还是跟以前一样从未真正开始过，荷里斯仍在吹嘘着他的会议和过去的辉煌事迹。奇怪的是他仍在热恋当中，换作是以前的他，大概早就失去兴趣换人了。现在他又做了另一件惊人之举。

"荷里斯·魏斯特。"即使我拨的是他的手机号码，也明知道这人是我哥，但听到他那种职业性的口吻，还是忍不住退缩。

"荷里斯？"

"奥登！嘿，等等，让我先走出去一下。"电话那头有一些模糊的杂音，接着是关门的声音，随后他的声音又回来了。"刚刚真是抱歉。我们刚在开会，现在我出来一下。"

"你和劳拉吗？"

"不，是我和其他的个人理财专家。"

"谁？"

他清了清嗓门。"我的同事，我现在在大众银行工作。妈没告诉你吗？"

我记得母亲只是随口说他在银行工作，却没说清楚是做什么。"大概告诉了吧！你在那里做多久了？"

"三个礼拜左右。不过时间过得真快，我已经很适应这里了。"

"这么说，"我慢慢地说道，"你喜欢那个工作啰？"

"喜欢极了！"我听到一个警铃声。"而且发现原来我很擅长跟客户互动。我猜以前在欧洲到处鬼扯淡，多少训练了我的口才。”

“你接触客户了？”

“看情形的确是这样。”他笑道，“他们原本雇我当柜台人员，但是一个礼拜后，他们就把我调到客服部，所以我现在处理关于账户变更，存款申请，诸如此类的东西。”我试着想象荷里斯坐在银行柜台内，或是在别处办公的样子。但我脑海里浮现的全是他那张背着背包，在泰姬玛哈陵前笑得开怀的照片。这就是他人生最棒的时光？“好了，奥登，回去开会之前我只剩几分钟的时间。那里的情况怎样？爸和海蒂，还有我另一个小妹如何？”

我迟疑了一会儿，知道我该把父亲搬出去住的事告诉他。他有权利知道这件事，但不知为什么，我并不想当那个告知他的人。感觉好像是父亲故意把话说到一半，就等我接手，替他处理这个烂摊子。所以后来我只是淡淡地说道：“一切都很好，妈怎么样呢？”

他叹口气。“唉，你也知道，她还是一样老爱念东念西的。显然我变得独立自主，又加入庸俗的资产阶级让她大失所望。”

“我相信。”

“还有她很想念你。”老实说，听到这句话给我的震撼，跟听到他新的工作头衔一样让我震惊不已。

“妈是不会想念任何人的，她根本不需要别人。”

“这不是事实，”他停顿了一下，“听着，奥登，我知道你们今年夏天闹得不大愉快，但你真的应该试着跟她谈一谈。她和芬恩的感情戏还在进行中，而且……”

“芬恩?”

“就是那个研究生,睡在车里的跟踪狂。我跟你提过他的事,对吧?”

我想到那副黑框眼镜。“对,我想应该提过。”

“那你也知道事情的来龙去脉,他爱上了妈,但妈不肯接受,反正啰哩叭嗦一堆事情。一般的追求者通常都会知难而退,可是这一个却特别难缠,他死都不肯放弃,所以让她很头大。”

“哇,听起来很严重的样子。”

“在她看来,每件事都很严重。”他答道,“听着,奥登,我现在得进去参加脑力激荡会议了,不过,说认真的,你再给她一次机会吧!”

“荷里斯,我不……”

“那至少考虑一下嘛,就算为了我好不好?”

老实说,我并不觉得自己亏欠荷里斯那么多人情。我猜这应该跟他擅长处理人际关系有关,因此我不由自主地答道:“好吧!我会考虑看看。”

“谢谢你,嘿,你改天再打给我好吗?我想听听后续的发展如何。”

我向他保证一定会再打电话告诉他,随后他就挂了,回去继续开他的会。我也遵守诺言,认真考虑跟母亲再谈谈,可是后来我还是决定不要跟她谈,不过我确实在考虑就是了。

我试图替海蒂处理这个棘手的问题,然而情况还是老样子,她现在全心全意投入海滩舞会的计划。我不理会父母的留言,读另一篇功课,做另一组习题。我眼皮沉重时,就关上电灯,躺在黑暗中,从没想到我这个时候竟能睡得着。实情是,我唯一让心神飘离功课和工作的时候,是在骑单车的时候。除此之外,我心中所思所想的只有伊利。

自从那天我们在人行道上分别之后,我见到他的次数寥寥可数。他从柯蕾曼婷的窗前经过时,我恰好从收款机中拿出一些东西,不然就是偶尔看到他在店门口,介绍单车给想买车的客人。我可以轻易告诉自己,我们不讲话是因为忙着其他的事情,我几乎也相信了这个理由。可是当我想起那天我跟他说,我们在一起是浪费时间,以及他离开我时脸上的表情,我就知道实情并非如此。但这是我的选择,我的决定。他是我最亲近的朋友,或许是最重要的人。可是到最后,亲近根本不算数,你若不进去,就得出去。

但我骑单车时,最常想到的却是我的探索之旅。以前这件事似乎只是无关紧要的傻事,只是某种打发时间的游戏罢了,然而此刻我才明白这件事的涵义远比我以为的重要多了。他一夜又一夜,一件又一件地帮我弥补过去错失的某些东西——或许是所有的东西。伊利给了我人生的第二个机会,并把这机会当作礼物送给我,但结果我还是缺少一样。然而,当我在跳跃公园里踩着单车——玛吉不是抓着我坐垫后面,就是跟在后面跑——那时我多么希望能让他看到这个。我知道即使如此也无法弥补过去的事情,但不知为何,我就是想让他知道我学骑单车的事。

于是,早上我练习完单车,速度和自信都逐渐增强之后,到了晚上,我坐在笔记本电脑前,在视频网站搜寻他比赛时拍的短片,一个接一个地看着。我看到他在屏幕上跳跃,如此迅速又笃定, 似乎不像是连贯的动作,我逐渐熟练的骑车能力和他高超的技巧根本不能比。但是重点都是一样的,每种学习都是为了激励自己向前进,不管前方有什么,一次转动一个轮子就好。

首先我听到的是尖叫声,接着是咯咯的笑声,可是等我听到音乐声响起,放下笔前去察看时才知道原因。

那时是十点十五分,我正在做这些天来每天晚上的例行公事:准备开学后的功课。柯蕾曼婷的会计工作做完之后,我就到海滩豆去随便买个三明治,我一个人在厨房吃着,享受独自在家的宁静。我坐定之后,十分钟内就开始读世界经济理论与实务,但我却突然有了新的同伴, 而且是很吵的那种。

我下楼时,走到一半就看到厨房里聚集了一群人。海蒂穿着短裤和黑色上衣,她正把一堆塑料袋放到厨房的桌子上,而笛丝贝则坐在婴儿车上凝望着她。一个跟海蒂年龄相仿的金发女子正打开一瓶啤酒,另一个黑发女孩,把一包玉米片倒进大碗里。玛吉、莉亚和伊瑟全都围坐在桌边,面前也堆放着一大堆塑料袋。

有一种声音只有一群女人聚在一起才会发出,不只是叽叽喳喳地聊天而已,而是充满高低起伏的嗓音,不时还会发出尖叫声。我大半辈子都从远处听着这些喧闹声,但我永远都能清楚地意识到我和这些人之间的距离。我也宁愿跟大家保持距离,因此海蒂抬眼看到我时,反而令我感到不安。

“奥登,”她叫道,这时有人打开了音响,听起来像是萨尔萨舞曲,节奏明快，还有许多管乐器。“嘿，快过来跟我们一起玩吧！”我还来不及反应，每个人都转过头来看我，要是我现在退缩岂止尴尬而已，简直是不可能的任务。

“呃，我……”

“这位是伊莎贝尔，”她继续说道，指着那位金发女子，她向我点头致意，随后她又比了一下那位黑发女子。“还有这位是摩根，她是我在柯比镇最老的朋友。各位，这位是奥登，罗伯特的女儿。”

“真高兴终于见到你了！海蒂经常提起你，还大力褒奖呢！”摩根说。

“你收到我的留言吗？”海蒂一边问一边把笛丝贝从婴儿车上抱起来，“我本来想告诉你，大家要来这里聚会，可是你的信箱都满了。”

“哇，”莉亚挑了挑眉说，“有人很受欢迎喔！”

“事实上，”我说，这时伊瑟把一袋东西倒在桌子上，倒出了一大堆小相框。“我现在正要去回一些电话。”

“哦，这样，那你回完电话再下来吧！”海蒂伸手过去接伊莎贝尔递给她的啤酒，摩根也把玉米片放到桌上。“我确定我们还会在这里一阵子，我们至少要准备三百个小礼物呢！”

“三百个？”莉亚叫道，眯起眼睛，瞪视着玛吉，“你说……”

“我说会很好玩就会很好玩的。”玛吉答道，“反正你今天晚上也没地方去不是吗？”

“我有很多地方可去哪！今晚可是塔里荷的淑女之夜耶！”

“不，不要去塔里荷。”伊瑟说道，拿起一个相框。

“我深表赞同。”伊莎贝尔同意道，“那个地方让人看了就讨厌。”

我回到房间再次拿起笔，试着专心读我的政治和全球货币。可是楼下却不时传来阵阵的笑声，后来我只好站起来，把门关上。可是我仍能听到音乐声从地板下传上来，那持续不断的拍子实在很烦人。最后我拿起手机，掀开机盖，拨进去听我的信箱留言。

海蒂说得没错，我的信箱爆满了，大部分都是我父母的留言，我还没机会认真去听。我一个一个地听着，眼睛却望向窗外幽暗的大海。“喂，奥登，我是你妈。我看我还是晚点再打好了。”删除。“嗨，甜心，我是你老爸。我正在修订稿子，现在稍微休息一下，所以想打个电话给你。我整天都会在旅馆房间里，如果你想打电话或顺路过来一下都可以。我随时等你来。”删除。“奥登，这是你妈。你哥哥现在在银行上班，我希望你听了会大吃一惊。再见！”删除。“嗨，奥登，又是老爸。我正在想你或许会想到最后机会餐馆见个面，我有点吃腻了客房服务的食物了。请回电给我好吗？”删除。“奥登，我实在听腻了你的语音信箱。除非我听到你的声音，否则我不会再打电话来了。”删除。“甜心，又是老爸。我想我还是打家里的电话好了，也许你现在已经不接手机电话了是吗？”删除。

这些留言全都千篇一律，我除了不断按下同一个删除键之外，也不知道能做什么。但后来我却听到一个不同的留言。

“哦，奥登，你一定是在躲我了。”接着是一声叹息，那种叹息声就像我对自己的面孔一般熟悉。不过她接着说道，“我猜这是我咎由自取吧？我似乎老是疏远我想谈话的这几个人。我不晓得为什么会这样，也许你经历了暑假的蜕变之后便能找出答案吧？我在想……"

我把手机从耳边拿开，看了一下屏幕。这是两天前大约下午五点左右打的，她留言的时候，我人在哪里呢？可能也是独自一人，不是在柯蕾曼婷的办公室，就是在我的房间里，不然就是在回家的途中。

我想到母亲坐在厨房的餐桌旁，荷里斯去银行上班了，而我，据她所知，可能是穿着粉红色的比基尼跟男孩子去开车兜风。我们跟她所期望的，或是计划的怎么会差这么多，很久以前她也像海蒂一样，也是那样推着摇篮，背着我们，一直照顾我们长大。要否认自己无法辨别的事情，或是让自己跟陌生与焦虑不安的事物分割很容易。自己可以控制的事情似乎很多，又似乎很少。你唯一确定能控制的人永远只有自己。

现在楼下又传来阵阵的欢笑声，我按下手机的快拨键之后，静静地等待着。

"哈啰？"

"妈，是我。"

她停顿了一下，随即说道："奥登，你好吗？"

"我还好。"我说。这么久没跟她说话，现在感觉怪怪的。"你好吗？"

"呃，我猜我应该也还好吧。"

母亲从来都不是那种过于情绪化的人，不过她说话时，语调中的某些东西却让我有勇气说出接下来要说的话。

"妈？我可以问你一个问题吗？"

我感觉她犹疑一下之后说道:“好,当然可以。”

“你和爸决定分手时,那是……你们是马上就分居?还是,你们,比方说,花了很长的时间,试着想办法解决问题?”

我不知道她先前以为我会问什么问题,不过从她沉默那么久的情形看来,她绝对料想不到我竟会问出这个问题。良久之后,她终于说道:“我们很努力要维持婚姻,我们并没有轻易就决定离婚,如果你是要问这个的话。你是想问这个吗?”

“我不知道。”我低头看了一下我的课本,还有放在一旁的笔记本。“我猜……算了,我很抱歉。”

“不,不,没关系。”她的声音现在似乎离话筒更近了,一时盈满了我的耳际。“奥登,怎么一回事?你现在为什么会问这个问题呢?”

我突然觉得很尴尬,发觉喉咙开始哽咽起来。老天!我到底有什么毛病呀?我咽了咽口水后说道:“我只是……爸和海蒂的婚姻出现了问题。”

“出问题,”她重复道,“什么样的问题?”

我听到楼下又传来阵阵的欢笑声。我说:“爸两个多星期前搬出去了。”

她缓缓地吐了口气,那声音听起来像某人看到棒球飞过篱笆,飞得很远很远时发出的声音。“哦,老天,这真令人遗憾。”

“你会觉得遗憾吗?”我脱口而出之后,才后悔地发现我的口气怎么那么惊讶。

她答话时语调显得更尖锐了些。“当然会。没有人愿意看到别人的婚姻出问题，尤其又牵涉到小孩子。”

我就这样莫名其妙地哭了。眼泪盈满眼眶，流了出来。我深吸一口气，竭力让自己镇定。

“奥登，你没事吧？”

我又看了一下窗外的大海，它如此有规律又如此辽阔，感觉似乎永远都不会改变，然而潮汐又始终在变动着。“我猜我只是希望，”我说，声音有点颤抖，“要是我能让事情有所不同该多好。”

“哦，”她说。好像她真的了解似的，即使她的言语那么少，一切真的尽在不言中。“谁不希望如此呢。”

也许一般的母女说话会比较直接一些，她们会来来回回地讨论同样的问题，问话或答话都不会如此暧昧不明，她们会说出心里真正想说的话。可是母亲却不是一般人，所以这个——或许仍然矫揉暧昧——是我们多年来最亲近的时刻。就像伸出手想去拉某人的手，没摸到他们的手指，甚至也不是手臂，但却碰到他们的肩膀。可是不要紧，只要能抓紧就好了。

那一瞬间，我们只是坐在电话线的两端，两人都沉默无语。最后我说：“我该走了，我的朋友在楼下等我。”

“当然。”她轻咳了一下，“不过明天打电话给我好吗？”

“好的，没问题。”

“好吧，那晚安了，奥登。”

“晚安。”

我合起手机，放到床上的课本上，随后走出门外。当我穿过走廊，正要下楼时，听到同样熟悉的旋律，越来越大声。

“……真搞不懂，我们现在为什么突然要假装好像毕业舞会很棒的样子。”伊莎贝尔说道。

“因为事实的确是这样呀！”摩根答道，“对你们某些人是这样。”

“对极了，我们有些人跟喝醉的舞伴困在一起，连停车场都出不去呢。”伊瑟说。

摩根嗤之以鼻。伊莎贝尔说：“闭嘴啦！”

“我个人觉得，”海蒂说道，“毕业舞会是高中时代的事情，有的人爱，有的人恨，就像对高中生活一样。”

“我爱高中生活。”玛吉说。

“你当然爱啦！”莉亚跟她说，“你跟全校最帅的男孩子交往，成绩又好，每个人都喜欢你。”

“你从来就不要别人喜欢你。”伊瑟对莉亚说道。

“不过有人喜欢我的话，我也不会介意呀！”她答道。

“我高中的男朋友却让我心碎，还记得吗？”玛吉告诉她。

“我的也是呀！”摩根叹道，“老天，真是糟透了。”

“他是个蠢蛋，”伊莎贝尔对她说，“他的发油擦得未免也太多了点。”

现在换伊瑟嗤之以鼻了。莉亚说：“闭嘴啦！”

“你们看，”海蒂说，“这就是毕业舞会是个好主题的原因呀！喜欢毕业舞会的人可以重新回味它，讨厌的人可以重来一次，这是双赢的好点子。”

“只是倒霉鬼就得做三百件烂差事。”莉亚抱怨道，随后她抬眼看到我。“你也决定要来当倒霉鬼了吗？”

我紧张地咽咽口水，感觉海蒂在看我，她注意到我发红的眼睛后，表情突然变得忧心起来。“你说对了。”我说。玛吉挪了个位子给我坐，我便在她身旁坐下。

“那么，”伊莎贝尔问道，“奥登，你是爱毕业舞会，还是恨毕业舞会的人？”

“恨毕业舞会的人。”我答道，“因为我被放鸽子了。”

大家都惊讶得倒抽一口气。“你说你被怎么样？那真是太糟糕了！”摩根说。

“而且，”莉亚补充，“那个男的现在就在镇上，还一直发短信给她呢！”

“你知道你应该怎么做吗？你应该邀请他参加海滩舞会，然后再放他鸽子。”摩根说。

“摩根，”伊莎贝尔挑起眉头，“听听你说的那是什么话，就只想要报仇！”

“我认为，”海蒂说，“你应该找一个你真正想跟他在一起的人，做出正确的事，这是我提出的建议。”

“我不知道，我想现在说这个似乎太晚了点。”我说。

“也不见得，”莉亚对我说，“今天可是塔里荷的淑女之夜。”

我笑了起来。“不，不要去塔里荷。”

“果然是我的好女孩！”玛吉开心地用肩膀撞我一下。

每个人都哈哈大笑，就这样，谈话又转到别的话题上。大家一来一往的谈话，节奏轻快，情绪也很激动。我发现我太专心听别人说话时，感觉有点不胜负荷。所以后来我决定放轻松一点，不管是情绪激动还是疯狂陶醉，我应该偶尔尝试一下顺其自然，跟着大家随波逐流才对。

第十六章

“哇,你的伤痕摔得可真漂亮啊!”我抬眼看到亚当抱着一个箱子,站在海蒂的办公室门口。

“哦,”我说,放下正在用来擦新伤口的药膏,这是我今天早上跌倒时弄伤的。“我猜这是另一种看待它的方式吧!”

“这是唯一的方式。”他把箱子放到档案柜上,随后掀起T恤,让我看看他肚子上的疤痕。“看到这个没?七年级的时候我撞到单车的坡道,还有这里,”他卷起袖子,露出另一个白色的疤痕,“我骑山路的时候撞到一块木头。”

“那一定很痛了。”

“但这不是最重要的部分。”他拍着胸膛继续说道,“重头戏在这儿,宝贝,这是钛合金做的。”

我呆呆地看着他。“哪一部分?”

“他们用一片钛合金板帮我把胸骨接起来。”他愉快地答道:“两年前我做单车跳跃时,和我的全罩式安全帽一起摔烂了。”

“你可知道?”我说,又想到我的擦伤,“你让我感觉自己像个没用的软脚虾似的。”

“才不会呢!”他笑着说,“这些都很重要。如果你没受过伤的话,那表示你不够努力。”

“那我，我真的很努力了。”

“我听说也是这样，”他说完，又拿起箱子，“玛吉说你在外面拼命得像个野兽似的。”

我吓坏了。“她说什么？”

“我只是换了个形容词而已。”

他摊开手，随意说道：“她说你真的很努力练习，你做得好极了。”

我耸耸肩，盖上药膏的盖子。“我不知道，如果我真的做得那么好的话，就不会摔成这副德性了。”

“不是这样的。”

我抬眼看他。“不是吗？”

他摇摇头。“当然不是，你看看我，我算是骑术很好的人，可是我摔倒的次数已经多到数不清了。那些专家呢，他们简直就像超人一样，可是他们也是摔了不计其数。看看伊利，他跌断手肘和锁骨好几次了，后来又加上手臂的伤……”

“等一下，手臂的伤？你是说那个大疤痕吗？”

“没错。”

“我以为那是车祸时受的伤呢。”

亚当摇摇头。“不，那时他正在码头上练习特技，落地时出了点差错。他的手臂被木板的边缘割伤，当时血喷得到处都是。”

我再低下头去看我膝盖的擦伤，小小的，几乎像是完美的小圆圈，现在擦了药膏后更是闪闪发亮。

“这些都算，”亚当又说了一次，“最低限度，重点不是你跌了多少次，而是你爬回单车上几次。只要能再骑上去一次，你就是好骑士。”

我微笑地望着他。“你知道吗？你应该当个励志演说家才对。”

“才不呢，我太笨了。”他漫不经心地答道，“嘿，海蒂在吗？”

“不在，她去吃午餐了。”我并未说她是跟父亲在一起，这是父亲搬出去之后，两人第一次正式见面。海蒂一整个早上都很紧张，在店里走来走去，不断调整店内的展售品，不然就是在办公室里徘徊不去。等她终于把笛丝贝放上婴儿车出门之后，我才松了一口气。可是门在她身后一关上，我又开始焦虑起来，不知道她回来之后会说些什么。“她大概一个多小时后就会回来了。”

“哦，既然这样，那我就把这些东西放在这里好了。”他把箱子放到我左边的办公桌。我瞄了那些东西一眼，他补充道，“这是我以前编年刊时在舞会中拍的照片。她说要拿这些照片去装饰海滩舞会。”

“是喔，我可以看一下吗？”

“当然可以。”

我打开箱盖，里面有一大叠照片，大部分是五乘七的尺寸，全是黑白的。最上面那张是玛吉的照片，她跟杰克站在车子的后挡板旁。她穿着一件 A 字形短裙和一双高跟鞋，头发自然地披散到肩膀上。她的手腕上戴着花饰，开心地大笑着，手上正拿着一包多力多滋要递给杰克，他则穿一套晚礼服，光着脚站在沙滩上。我翻到下一张照片：也是玛吉，这次是她的独照，同样是在晚上，她踮起脚尖，端详自己镜中的样子，镜子的中央写着“可口可乐”。下一张照片是莉亚，摆着正式又端庄的姿势,跟一个穿军服的男人站在一起,两人都看着镜头,接下来那张照片是华里斯站在舞池里,绑着松松的腰带,好像正在跳着某种舞步。接着又是玛吉,这是另一年,她穿着不同的服装,这套是较长的白色礼服。在第一张相片中,她走在木板人行道上,搭着某人的肩膀,但那人的脸孔却不在相片中。这张的后面那张,她伸手要抓相机,手指变得模糊不清,她微张着嘴笑。

"哇,"我说,仍不停地翻阅着相片。又是莉亚,伊瑟、玛吉、华里斯和莉亚。杰克和伊瑟、玛吉、华里斯和伊瑟、玛吉、玛吉、玛吉。我抬眼看他。"这些照片中都没有你。"

"是啊,因为我都在拿相机。"我往下翻又看到玛吉的照片,她骑在单车上,一手抓起白色礼服的裙摆,另一只手上拿着——安全帽。

"这里有好多她的照片。"

他的眼神一直盯着照片,说话时口吻却不露出半点感情。"大概是吧!"

"你们在看什么东西呀?"亚当和我吓了一大跳,穿着牛仔裤和夹脚拖的真人版玛吉突然从我们后方的门口出现。

"正在看毕业舞会的照片,"我这样告诉她,随手翻回前面莉亚和华里斯的那张照片,"海蒂想要拿这些照片去装饰海滩舞会的场地。"

"哦,不要。"她叹口气,随后走过来,从我肩膀上方看过来。"我实在受不了……你们看!这是二年级时的照片。莉亚那时的舞伴是海军陆战队员,还记得吗?"

亚当点点头。"我记得。"

“还有我的白色礼服,我爱死这件衣服了。”她又叹了口气,但这次却是愉悦的叹息,随后她手伸过来,翻到下一张照片。“就是这张！天啊！你们绝不会相信我穿那件礼服时有多痛苦,整个晚上都在努力保持干净,即使我冒险坐在单车上时也一样小心翼翼。结果杰克却在回家的路上,吐得我一身,那个脏痕……”

“永远都洗不掉了。”亚当帮她说完。“我还拍了一张照片,只是不知道放在哪里。”

“希望不是在这个箱子里。”她拿出那张她坐在单车上的照片,“不过那天晚上过得真是愉快,我是说,结尾那段不算的话。这里还有什么照片？还有我的照片吗?”

我发现亚当瞥了我一眼,好像在对我使眼色,于是我轻轻地把箱子盖上说道:“没有了。”

“哦,”她说,“我猜这是好事了,反正我也不希望把我所有的舞会回忆都展示给全镇的人看。”

“你不希望？看你的样子好像很享受那个快乐时光呢!”我说。

她耸耸肩。“大概是吧。可是那时候我还跟杰克在一起,我现在最不想看到的就是这些东西一遍遍提醒我,过去浪费了多少时间在他身上。”

“不过你那时候很快乐啊!”我说,“那多少有点意义吧。”

“我不知道,我最近在想,要是我一个人过应该会更好。那样一来,至少我所有高中生活的记忆,就不会全被染上了他的色彩。”

“染上他的色彩?”亚当问,“有这种说法吗?”

“你应该了解我的意思，”她戳一下他的肩膀。“总之，我的重点就是，如果我早点了解他的为人的话，我所有的经历都会不同。”

“是啊，你可能高中都是孤单一人，从来不曾参加过舞会。”我说。

“对极了。”她回答，“或许那样也不错，甚至更好也说不定。”

我又看了一下那个箱子，想到里面那些照片，试着想象自己置身在其中一张相片中。要是我高中有男朋友不知会怎么样？要是我去参加了毕业舞会又会怎么样？要是我有另一个机会，我的回忆又会染上什么样的色彩呢？“也许会，”我对玛吉说道，“也许不会。”

她用怪异的眼神看我一下，随后张口欲言，但前门的风铃却响了起来。“责任在身，该走了。”她说完，转身穿过走廊，她招呼那群客人时，声音显得非常愉快。

亚当见她走了之后，再靠到门柱上。“你知道，如果你想弥补那个的话，你可以做到的。”他说。

我抬头望着他。“弥补什么？”

“那个没参加过毕业舞会的事情啊！现在伊利正在店里盘点库存。”

“什么？你到底在说些什么呀？”

“你只要走过去，直接走进办公室里说：‘嘿，当我毕业舞会的舞伴吧！’就是这么简单而已。”

我很想告诉他，我跟伊利的事情都不简单，尤其是最近。但我只是这样回道：“你怎么会认为我想跟他去呢？”

“因为，你现在坐在这里说高中时代孤孤单单，从没参加过毕业舞会……你在说谁,其实蛮明显的。”

“玛吉,我是在说玛吉。”

他双臂抱胸。“最好是。”

我凝望着他片刻,随后说道:“那你自己呢?”

“我?”

我点点头。“你打算什么时候邀她?”

“邀她什么?”他翻翻白眼,“哦,不,我们只是普通朋友而已。”

“才怪。”我再打开箱子,开始翻着那些照片,拿出她坐在单车上,还有走路、大笑、站在镜子前的那几张照片,并排地放在桌子上。“因为,你都帮你所有的朋友拍这么多照片吗?”

他瞄了那些照片一眼,紧张地咽咽口水。“事实上,”他不自在地说道,“我的确也拍了很多华里斯的照片。”

“亚当,少来了。”

我看着他,宛如被打败般地瘫坐在椅子上,手抱着头,颓坐在那里。我们这样沉默不语地坐了良久。我听到玛吉在店里跟客人谈着一件式泳装的优缺点。“问题是,”他终于说道,“我已经撑到现在了,你知道吗?我们再过几个礼拜都要去念大学了。”

“所以呢?”

“所以,”他继续说道,“我不确定是否想要让今年的夏天染上这种色彩,更不用说,我们现在是朋友,这种尴尬的气氛会让所有的一切都变色。”

“你是认为她会拒绝你。”

“不，我是认为她会答应当我的舞伴，因为她认为这样会很好玩。结果我会太过认真，把这当成是真正的约会，但她其实却不是这么想，到时候她一定会在毕业舞会中丢下我找别人跳舞，然后跟别人离开，最后嫁给别人。”

玛吉在外面大笑着，笑声听起来有如音乐般活泼轻快。

“呃，至少你还没有放太多心思在上面。”他对我露出嘲讽的微笑，“就像你还没想到要邀伊利对吧？”

“我是还没想到。”我翻翻白眼，“不，真的，我们已经疏远了……现在甚至都不讲话了。”

“既然这样，你就知道该怎么做了。”

“我知道？”

“是啊！”他站了起来，“再回到单车上吧！”

我愣愣地望着他。“事情没那么简单。”

“当然简单，只要再试一次就行了，记得吗？”我正在考虑这件事时，他把手插进口袋，走到门边。

“在同样的情况下，”我说，“还有一种比尴尬的气氛更难堪的事情。”

“是吗？”

我点点头。“什么事？”

“就是一直猜想事情可能会有所不同。”我朝仍摊在我面前的那些舞会的照片撇了撇头。“这真的是很多照片，你知道吗？”

他看了看那些照片，然后又看着我。“是啊！我想也是。”他说。

我的手机响了，我瞄了一眼，是杰森。

你有空一起吃个午餐吗？我正要去最后机会餐馆，有一小时的休息时间。

“我得走了。”亚当说道。随后指着我膝盖的擦伤说，“记得，再回到单车上吧！”

“好，了解。”

他对我比了个大拇指，就吹着口哨朝前门走出去了。他总是那么快乐的样子，怎么会这样呢？我低下头看着玛吉的每一张照片，再看看手机，杰森的短信仍在屏幕上。我知道我那样对待伊利，真的把关系搞砸了，可是现在想为我自己的人生添加一点色彩或许还不算太迟。这样或许好，或许不好，但至少能增添一点色彩，于是我拿起手机，回复他的短信。

好，我出门了。

那天晚上我回家时，看到海蒂在后阳台上遥望着远方的海水。即使从这个距离，隔着玻璃门，我还是看得出她的肩膀很紧绷，她的头有点悲伤地垂到一边，所以当她听到我的声音，转过头来时，我看到她的眼睛红红肿肿，一点也不觉得惊讶。

“奥登。”她说，把头发拨到后面，深吸了一口气，“我以为你要晚一点才会回来。”

“我今天提早做完工作。”我把钥匙放进袋子里，“你没事吧？”

“我没事。”她走进来，把身后的门关上，“只是在想事情而已。”

我们相对无言地站在那里好一会儿。我听到楼上笛丝贝的海浪音乐声。“那么……情况怎么样?”

“很好,”她吃力地咽咽口水,咬着唇说道,“我们谈了很多。”

“然后呢?”

“然后,我们同意暂时还是保持现状比较好。”

“让他继续住在神鹰旅馆里吗?”我想再确定一次,她点点头,“这么说他不想回来了?”

她走到我面前,把手放到我肩上。“你爸爸……他认为他现在只会帮倒忙。也许等海滩舞会结束之后,我还是把生活重心放在我和笛丝贝身上比较好。”

“这样怎么会比较好呢?”我说,“你们是他的家人耶!”

她又咬了咬唇,随后低头看看自己的双手。“我知道这样听起来实在很没道理。”

“的确没道理。”

“可是我了解他的心情。”她继续说道,“你爸爸和我……我们交往没多久就闪电结婚,我又这么快怀孕,我们现在只是需要放慢脚步。”

我把皮包放到桌上。“所以这只是放慢脚步,不是真正的结束。”

海蒂点点头。“一点都没错。”

老实说,我不怎么相信她的话。我太了解父亲的个性:如果事情变得过于复杂时,他就抽身离开,却有办法让这看起来像是他最无私的举动,但实情却正好相反。他并未抛弃海蒂和笛丝贝:他只是让她们的生活变得更单纯一点而已。他离开母亲不是因为嫉妒她的成就:

他只是站到一旁，让她得到她想要的众人的关注。这么多年来，他当然没有忽略我是他女儿的事实：他只是教我要在大部分人都太幼稚的世界中学习独立成长。父亲从来不会回到他的单车上，甚至从不让自己跌倒。只要稍微摇晃一下，或是有跌倒的迹象，他就会把单车推到一旁，永远不再骑车了。

“那么，”海蒂说道，拉了一张椅子坐到桌旁，“我的事已经谈得够多了。你过得怎么样？”

我在她对面的椅子上坐下，合拢双手放在我的袋子上。“嗯，”我说，“看样子我好像找到那个毕业舞会的舞伴了。”

“真的吗？”她拍了拍手说道，“那真是太好了！”

“是啊！杰森刚刚邀我了。”

她惊讶地瞪大眼睛。“杰森……”

“我在家乡的朋友。”我说。看她还一脸困惑的样子，所以我把手机拿给她看。

“哦，那个放你鸽子的人呀！”我点点头。

“啊，那真是……”

“太差劲了吗？”我说。

“我本来想说真是太圆满了，或是类似的话。”她缓缓地说道，“怎么？难道你不想去吗？”

“我想去。”我又看了一下我的双手，“我是说，这是第二次的机会，如果我不接受的话就太笨了。”

“也对。”她往椅背靠去，拨了拨头发，“这种机会也不是常常有。”

我点点头，想到杰森在最后机会餐馆时的样子，他坐在一个包厢内等我，看到我进门时就笑得合不拢嘴。我们吃着汉堡和洋葱圈时，他不停地谈着学生干部研讨会的事，说会议有多棒，听着他这样说话，让我有亲切熟悉的感觉。感觉好像时光倒流，又回到了那年秋天我们一起共进午餐，热络地谈论着学校和班上的事情。后来他清了清喉咙，说他有事要问我，连这个问题也似曾相识，于是我轻易就同意了，感觉就是那么简单又自然。

这时我看到海蒂望着水槽上方窗外的景物，想到我过去看到她在电子邮件中的开心口吻和过于女性化的衣服，就妄自判断她是个俗艳又没有内涵的女人。我初来乍到时，还自以为是这里最聪明的女人，可是我却错得很离谱。

"嘿，"我说，"我可以问你一件事情吗？"

她看着我。"当然可以。"

"几个星期前，"我开始说道，"你说我妈并不像表面那样冷酷，说那种冷酷的女人通常都会孤独终老。你还记得吗？"

海蒂紧蹙着眉头，努力回想着。"印象不是很清楚。"

"后来你说你对那种冷酷的女人很了解，因为你自己就是那种人。"

"哦，对，那你的问题是什么？"她问。

"我在想……"我停下来深吸一口气，"你以前真的是那个样子吗？"

"冷酷的女人吗？"她问。

我点点头。

“哦,是真的,冷酷极了。”

“我只是无法想象,我的意思是说,无法想象你那个样子。”

海蒂微笑起来。“我来这里认识你爸爸之前,你并不认识我。那时我刚离开商学院,个性非常的拘谨,事实上,应该说是冷酷无情。我为了想要在纽约开一间精品店,拼死命地赚钱。我有做生意的计划,满脑子都是如何跟投资人打交道和如何借贷之类的,别的事情全都不重要。”

“我从不知道你以前住在纽约过。”

“在纽约开店原本是我毕业后的计划。可是后来我妈病了,我那年夏天得回柯比镇来照顾她。我从高中时代就认识伊莎贝尔和摩根了,所以我找到一个工作,跟她们一起当服务生,只是想多赚点钱实现我的理想而已。”

“你曾在最后机会餐馆工作过?”

“我就是那样认识你爸爸的。他那时刚去威玛大学做完教职员的面试,走进餐馆吃午餐。那天客人很少,于是我们就聊了起来,事情就是那样开始的。夏天结束之后,我妈的病情稍微好转一点,我就跟你爸爸道别离开了。可是等我到了纽约之后,感觉却不大对劲,我发现自己已经没有那个野心了。”

“真的?”

她深吸了一口气。“我刚回来时,希望能尽快离开这里。因为这里只是个驿站,不是终点站,我整个人生的蓝图全都规划好了。”

“那后来发生了什么事?”

“我猜那张蓝图终究不是属于我的。所以我就离开纽约，嫁给了你爸爸，用我存的钱开了柯蕾曼婷。这样说或许很奇怪，但感觉却非常完美自然，虽然与我期望的完全不同，但感觉很好。”我想到那天晚上回家时看到她的表情，还有她伤心地告诉我她跟父亲讨论后的决定。

“现在还是一样吗？感觉还是很好吗？”

她凝视着我好一会儿，随后说道：“事实上，还是一样好。当然，我希望我跟你爸爸现在的情况会有所不同，但是我有笛丝贝，还有我的工作……我有我想要的东西，即使一切不尽完美。但如果我留在纽约的话，我可能永远都不会知道是否有这个可能性。”

“没有色彩的人生。”我说。

“什么？”

我摇摇头。“没事。”

海蒂把椅子往后推，站起身来。“结果，我离开纽约一个夏天，谈了场恋爱，一切都变了，这是全世界已经老掉牙的故事了。”她说这话时看着我的样子，让我突然觉得很不自在，于是把眼神移到我腿上的袋子。

“是啊！”我答道，同时把手机拿回来，“我想我以前应该听过这类的故事。”

她没有回答，只是经过我身旁时，摸了一下我的头顶。“晚安，奥登，”她打了个哈欠说道，“好好睡吧！”

“你也是。”

其实我知道我待会就会去睡觉，而且会睡得很好。这绝对是我来这里之后改变的众多事中的一件。至于爱情那部分，还有其他的事情……那些不能算。但你永远都不会知道，我现在有了毕业舞会的舞伴，有另一个机会重绘我青春的蓝图，夏天尚未结束，或许这个故事也尚未结束。

“好了，”莉亚说道，提起她的礼服裙摆，检视裙子的褶边。“我现在好像感觉时光倒流了，我们以前不是做过这档子事了吗？”

“是做过了。”伊瑟告诉她，“五月的时候。”

“那为什么又要重来一遍呢？”

“因为这是为了海滩舞会。”玛吉说。

“你这话只是陈述事实，并不能当作解释。”莉亚答道，“而且这个理由绝对不足以让我们再经历一次这些事情。”

这时我们正在海蒂的卧室，当海蒂听到我们抱怨找不到一件可以穿去海滩舞会的好礼服之后，就叫我们大家进来了。我的继母不断地让我惊奇，不只是因为她以前是个冷酷的女人，她还是个购物狂呢。多年来她收集了堆积如山的礼服，各式各样的尺寸都有。有典雅的、传统的，全部八十年代的衣服都有，只要说得出名字的，这里应有尽有。

“记得，我们还需要舞伴。”莉亚说，“除非海蒂这些鞋盒后面藏了一些帅哥，不然我们就没戏唱了。”

“谁知道，说不定真的有，”我望着衣柜深处说道，“到了这种时候，什么事情都不会让我惊讶了。”

“这次的舞会又没有强制要求说要带舞伴。我们大家就一起去嘛,反正不用应付男孩子也轻松很多。”玛吉说。

莉亚瞪她一眼。“不可能,如果我得花这么多时间打扮自己,穿上美美的礼服,那我一定要帅哥来搭配我的服装,没有帅哥,一切都免谈。”

“嗯,”我说,打开衣柜的另一扇门,“今晚是塔里荷的淑女之夜。”

“终于!”莉亚看着我说,“总算有人了解我了。”

“她说得倒容易。”伊瑟说,“她可是这里唯一有舞伴的人。”

“可是却没有合适的礼服。”我答道,拿出了一件黑色低胸的紧身礼服,马上又把它丢回去。我知道这只是件小事,这又不是真正的毕业舞会,但可能是我唯一参加过的一个,所以决心要好好利用这个机会。可是截至目前,我找到的礼服都很不适合我:不是太鲜艳、太长、太短,就是太古怪。

“哦,天啊!”伊瑟拿着一件五十年代的粉红色礼服,还有着裙撑,转了个圈。“你要跟我赌多少钱,说穿这种东西不会很可笑?”

“你一定得穿,”玛吉说,伸手过去摸了一下裙子,“老天爷,这件礼服实在太适合你了。”

“除非你愿意穿刚刚试穿的那件,看起来像奥黛莉·赫本的黑色礼服。”伊瑟告诉她。

“你真的这样想?那件实在太正式了。”

“那就配双夹脚拖好了,那可是你的正字标记。”

玛吉走过去，从床上拿起那件黑色礼服。“这倒可以，莉亚，你认为如何？”

“我认为，”莉亚在她的背心上套了一件鲜红色的上衣说，“如果去参加这种活动没有舞伴的话，就算只是套个垃圾袋我也无所谓。”

“你为什么一定要有男人陪才肯打扮呢？”玛吉问道，“难道有我们这些，你最老最亲密的朋友陪你去还不够吗？”

“玛吉。”莉亚把礼服拉下来一些，“这可是毕业舞会，又不是姐妹淘的女子聚会。”

“这个可能是我们上大学前参加的最后一次大型活动了。现在已经快八月了，暑假也几乎快要过完了。”

“别说了，”伊瑟指着她威胁道，“你知道规矩的，我们都已经说好了，二十日之前不要讲这些伤感的话。”

“我知道，我知道。”玛吉在她面前拍了拍手说道。她走到床边，坐下来后把黑色礼服放到大腿上。“我只是……不敢相信这一切就快要结束了，明年的这个时候，一切都会不同了。”

“老天，但愿如此喔。”

“莉亚！”

莉亚看着镜中的自己。“怎么？我希望一年后我会有个很棒的男朋友，人生过得尽兴如意。女孩子总可以做这种梦吧？”

“可是现在这样也不差呀！我们现在有的，曾经有过的也不错。”玛吉说。

“是啊，”我说，把几件礼服放到一旁。“的确不差。”

我不假思索地说道，后来全场的人都安静下来时，我才发现大家都在看着我。“看吧！”玛吉对我点头说道，“奥登就能了解。”

“她也了解塔里荷的事。”莉亚咕哝地说道，“可是却没有人在乎那个呀！”

“不过，说认真的，”玛吉看了我一下。“她以前并不了解这些事情。如果你需要有个理由才愿意打扮自己去参加一下毕业舞会的话，那就为奥登去吧！毕竟她错过了她的第一个毕业舞会。”

莉亚瞥了我一眼，随后又望着镜中的自己。“我不知道，这个要求太苛刻了点。”

“那又怎么样？”伊瑟跳上跳下地说道，她的蓬蓬裙也跟着沙沙作响。“这样就能给你理由去塔里荷。”

“也对。”莉亚同意道。

“你们不一定要去的。”我对玛吉说道，她正看着我换上另一件礼服。“我有杰森陪我去，我不会有事的。”

“不可能。”她答道，“为了体验真正的毕业舞会，你需要你的朋友也在场。”

“因为除了朋友还有谁会愿意帮你重新创造一个过去，帮你修正错误，只因为你对那件事情耿耿于怀？”伊瑟说。

“没有人。”莉亚说。

“对，没有人。”玛吉重复道。

她们全都看着我。“没有人。”我说，虽然我可以想到除此之外的另一个答案，可是我却说不出口。

即使我已经肯定地回答了，她们仍旧盯着我看，这时候我开始怀疑，难道是我的脸上沾到了墨水，还是我的内衣露出来了。我慌张地想去照镜子确定一下时，玛吉说："哇，奥登，就是这件。"

"什么东西？"我问。

"你的礼服。"伊瑟对我点头说道，"看起来美极了。"

我低头看了一下我刚刚穿上的紫色礼服，我自己甚至都还没仔细瞧过，我会把这件衣服从柜子里拉出来，只因为它不是红的、黑的或白的，颜色不像我先前试穿过的其他衣服。不过现在，我走到镜子前面时，看到这身礼服真的很适合我。领口的线条很好看，裙子很蓬松，我喜欢它凸显出我眼睛的特色。这不是一件会让人惊艳的礼服，不过，也许我不需要那种衣服。

"真的吗？"我问。

"绝对是真的。"玛吉走过来，站在我身旁，伸手摸了摸我的裙子，"你不喜欢吗？"

我审试着镜中人的身影，我从不曾拥有过这样的礼服，或是如此色彩鲜艳的衣服，一辈子也不曾拥有过这种紫色系的衣服。我看起来像另一个人似的。可是也许那不是重点。就像为了真正的冒险选对了东西，合适的服装就代表了一切。

"喜欢。"我说，以手指将裙子拨到一边，等我手一松，它嗖地一声又垂落下去，重新变换了皱褶，好像它知道自己的位子似的。"完美极了。"

第十七章

海滩舞会的那天早晨,我八点就醒来了,听到笛丝贝的哭声从墙壁另一头传过来。我翻个身,把头埋进枕头里,等着海蒂过来安抚她。几分钟后,哭声变成啜泣声,我开始好奇,到底是怎么一回事。等她开始全力嘶喊时,我走过去察看。发现她满脸通红地躺在小床上,汗湿的头发都纠结在一起了。她见我走近,哭叫得更大声,手臂在小脸蛋前疯狂地挥舞着。我把她抱起来,让她靠在我胸前时,她渐渐安静下来,只剩下几声有点像打嗝的吸气声。

"你不会有事的。"我告诉她,一面轻轻地摇着她,一面探头到走廊去看。这时还没有看到海蒂的身影,令人有点担心,于是我回到房间,帮小宝宝换了尿布,她很快就开心起来。我包好尿布之后,走到楼下去,看到海蒂坐在厨房的桌子前,四周堆满了舞会要用的小礼盒,电话紧贴在她耳边。

"是,罗伯特,我很了解你的处境,"她边说边玩弄着手中的咖啡杯,"但我真的只能靠你了,我不知道在这么短的时间内,我还能找谁帮忙。"

我隐约听到父亲的声音,从听筒中传过来。我这才发现自从我上次跟他说话到现在已经很久了,一个礼拜,也许有两个礼拜了。不过他终于了解我不想回电给他的暗示了,因此我的语音信箱已经空了好一阵子。

“你知道吗?”她突然说道,“算了,我找别人好了。不,不用担心,真的,不过我现在要挂了,我今天还有一大堆事情要做,而且……”她突然停下不说了,我又听到父亲的声音。不管他说了什么,海蒂不发一语,只是叹着气,摇了摇头。我迟疑了一下,不知道我是不是应该再回到楼上去,可是这时候笛丝贝叫了一声,海蒂转过头来,看到了我们。“……我得走了,”她说,随后连再见也没说就挂断了电话。她推开了椅子。

“哦,奥登,我真的很抱歉,她吵醒你了!我好像听到声音,可是我刚刚正在打电话,而且……”

“没关系。”我说,她伸手过来抱宝宝,从我怀中抱起来时,一直对她微笑着。“反正我也差不多要起来了。”

“你跟我在一起了。”她让笛丝贝靠在肩上,边拍着她的背,边走到咖啡机前,给自己倒了一杯新的咖啡,然后又帮我倒了一杯。

她把咖啡交给我时说道:“我四点时突然醒过来,想到我接下来十五个小时之内要做这么多事情,我当然就亢奋得睡不着觉,后来你爸爸打电话来说,他今天晚上还是没办法照顾小宝宝,因为他今晚要赶去纽约,明天一早就要去跟他的经纪人谈这本新书的事情。”

我思索着这件事,她又在桌子边坐了下来,让笛丝贝坐在她的大腿上。“嗯,”我说,“如果你需要的话,我可以留下来照顾她。”

“你?”她摇摇头,“当然不行!你一定要去参加海滩舞会。”

“我不一定要去。”

“你当然要去！你有舞伴，所有的事情都准备好了。”我耸耸肩，低头看着我的咖啡，“怎么了？我以为你对这次的舞会很期待的。”

我也无法确切地解释原因，自从我找到礼服之后，不知道为什么会犹豫不决。只是心中莫名地出现这种怪异的感伤，好像毕业舞会在正式开始之前就已经要结束了。“我不知道，”我说，“我猜只是因为这毕竟不是真正的毕业舞会吧，你知道，我是说，舞会应该会很好玩，可是这跟我第一次去参加真正的毕业舞会的感觉不一样。”

海蒂想了一下，仍持续轻拍着笛丝贝的背。“嗯，我猜你可以这么想，”她说，“或者，你也可以认为自己非常幸运，有机会再尝试一次，而且这得看你是否想让这一次成为令人难忘的舞会。”

“嗯，我想也是。”

“听着，”她放下杯子说道，“这的确不是真的毕业舞会，也不是很理想的情况，但没什么事情是完美如意的，有时候你必须创造自己的历史，也就是说，稍微推命运一把，你了解吗？”

我当下就想到我和伊利，我们费心地进行我的探索之旅，每一件事：保龄球、食物大战、送报纸，都是迟来的体验，而且乱了次序，跟原本应有的情况不尽相同。可是记忆和经历，却不会因此而更不真实。如果真有什么的话，那就是这些事情会更加特别，因为这些不是它自行发生的，而是因为我，还有伊利的促成才发生的。

“你知道吗？”我对海蒂说，“你说得真的很对。”

“是吗？”她微笑道，“很高兴听到你这么说，尤其今天我还有很多事情要做。”

“一切都会很顺利的。”我告诉她，把剩下的咖啡喝完，再去倒一杯。途中我顺便拿起她的杯子，也帮她倒了一杯。“我现在已经起床，准备好要帮忙了，你看我能做些什么呢？”

她哀叹一声，把横格黄纸笔记从礼品盒拿出来，翻开一页。“嗯，礼品盒要搬到舞会现场，还要去拿装潘趣酒[①]的酒杯，十点要去见 DJ 检查音响效果。哦，还有负责气球的人说要先收到钱才肯动手，现在我还得找个保姆……”

我把装满咖啡的杯子放到她面前，再回到座位上。笛丝贝在她怀中看着我，我伸手过去摸摸她的头。她的皮肤温软柔嫩，眼神注视着我好一会儿，才钻进她妈妈的怀中，闭上眼睛，尽管周遭的事务如此繁忙，她仍兀自沉沉睡去。

到了中午，我去跟负责气球的工作人员见面，去了两趟舞会现场，还帮海蒂把放相片的背景牌——一个本镇的艺术团体用木头制作了一大片海浪板，中间点缀了几条鱼——放到会场中适当的位置。我全身酸痛，汗水淋漓，正要回家去搬那箱潘趣酒的酒杯时，突然看到了杰森。

他正从停在人行道的车里走出来，当他转头见到我时，突然一愣，然后挥手打招呼。“奥登。”他叫道，匆忙地赶过来，“我一直打电话想

---

① 潘趣酒(Punch)：一种用酒、果汁和香料等调和的饮料。

找你。”

我记得我的手机放在厨房的桌子上。“哦，我一整个早上都在跑来跑去的。”

“你继母跟我说了。”他答道，“因为我后来在电话簿上找到你爸的电话号码，好在这里只有几个姓魏斯特的人。”

我看到他身后，亚当正扶着一辆红色单车从店里走出来，手把上挂了一个牌子写着“准备好了！”他把车停在板凳旁，随后又走进去，门在他身后砰地关上。

“听着，我得跟你谈谈今晚的事情。”杰森说。

“好。”

“我没……”他停下来深吸了一口气。“我没办法过去了。”

我对自己听到这个消息时的反应很惊讶。我脸红了起来，心跳加快。就像每一次我骑上单车时，恐惧和无法避免的感觉全都一起涌出来。“你要放我鸽子？真的吗？又一次？”

“我知道。”他一脸痛苦的表情。

“我这样真的很恶劣，如果你以后不肯再跟我说话的话，我也不会怪你的。”

我应该这么回答的，可是我却没有，只是静静地等他说出借口，因为一定有借口的。

“只是因为，今天有个人到我们的研讨会来演讲，”他马上接着说道，“她是激进派的学生代表，念大学时让哈佛大学有了很大的改变，现在她在耶鲁大学念法学院，我是说，她有很了不起的改变政策的思想，所以跟她联系上对我的将来很有帮助。”

我一言不发地站在那里。亚当又出来了，这次推出了较小的绿色单车。这辆车的轮胎比较大，后座也很光滑，擦拭得洁净异常，在阳光下显得闪闪发亮。它的牌子上写着“尽情享受你的单车之旅吧！”，招牌在微风中摇摆着。

“总之，”杰森继续说道，“她的演讲是在今天下午，但晚上她会挑几个会员一起共进晚餐，跟他们个别分享经验。一年级的新生通常是不会接到邀请的，可是她听说我前一年做的垃圾回收提案，所以……”

我一直听着他讲话，不过眼睛一直看着亚当，他又推出另一辆双人座的协力车，招牌上写着“你们看起来真是甜蜜的一对！”，还画了一颗心在上面。

“这真的很重要，”杰森终于快说完了，“所以我非去不可，我很抱歉。”

这时候，我突然明白一件事，杰森放我鸽子这件事并未让我难过。我感觉心脏狂跳，脸颊通红：这是因为当人受到伤害时必定会产生某种情绪变化，但人也能从中振作起来继续过活。也许杰森本来就不该成为我的第二个机会，只是我和命运需要的一个助力。

“你知道吗？”我对他说道，“没关系。”

他惊讶地看着我。“真的吗？”

“真的。”我深吸一口气，确定这是真的，虽然这样很奇怪。“我不会在意的。”

“你不会在意？”

我点点头。

“哦,老天,奥登,谢谢你的谅解。我以为你会很生我的气呢!可是你是所有人中最了解学术重要性的人,对不对?我是说,这是千载难逢的好机会,而且……”

虽然他还在说着话,但我已经绕过他,开始朝单车店走去。我模糊地听到他在说着什么了解和责任,承诺和未来的努力,还有一堆过去我很熟悉的术语和观念,它们不像我此刻要做的事情这么奇怪。然而,今年夏天我学到了很多,人生不仅是选择你要去的方向,还有如何去的方法。所以我取下绿色单车上的牌子“尽情享受你的单车之旅吧!”,然后走进店里,跨出我的第一步。

“你猜怎么样?”我一走近柯蕾曼婷,玛吉就说道。

“什么事?”

她拍了一下手说:“我有舞伴了!”

“你猜怎么样?”我答道。

“什么事?”

“我没有舞伴了。”她吃惊地张大着嘴巴。“哦,还有,”我补充道,“我买了一辆单车。”

“什么?”她惊叫道,不过我已经直接从她身边走过去了。我听到她跟在我身后,一面大声地跟刚刚正在讨论牛仔裤的客人说她等一下就回来,当我推开办公室的门时,她已经来到我跟前。“好吧!这次说慢一点。”她举起双手,手掌朝着我这边说道,“先说第一件事,你说你没有舞伴了,这是怎么一回事?”

“就是那样啊!”我坐到办公桌前说道,“杰森不能去了。”

“又一次?”

我点点头。

“什么时候说的?”

“大概二十分钟前。”

“哦,我的天啊!”她掩着嘴巴,表情很惊恐,好像有人死了一样。“这实在是太悲惨了。”

“不,”我咽了咽口水说,“其实那不是最悲惨的事。”

“不是?”

我摇摇头。“最惨的是后来发生的事情,我走进单车店去邀请伊利陪我去,他却说不行。”

她举起另一只手压在原本已经捂着嘴巴的手上。“妈呀!真是凄惨!”她说,她的声音被手捂住了,不大清晰。“那买单车的事呢?”

“我不知道,”我挥着手说道,“那部分我的记忆有点模糊。”

她惊讶地瞪大眼睛,此时手已经放下来了,她探头到走廊上去察看客人的动静,随后掀开手机。“不要动,”她说,手指忙着按键盘。“我打电话找救兵。”

“玛吉。”我哀叫道,“拜托不要啦。”

“太迟了。”她按下最后一个键,“已经叫了。”

因此,二十几分钟后,我发现自己坐在原位,周围不仅有玛吉,还有莉亚和伊瑟,我前面的桌子上摆着一大杯咖啡,加上两个巧克力杯子蛋糕。

“杯子蛋糕?”玛吉对伊瑟说道,“真的假的?”

“我慌了嘛,”伊瑟答道,“像这种情况应该吃什么点心?”

莉亚想了一下说:“医疗用点心。”

“可是加油站超市里没有这种东西,所以我就买了这些。”伊瑟看了我一下,“好了,我们现在来了,到底发生了什么事?”我拿起咖啡,喝了一小口,虽然很想一口气全部喝完,但我还是把情形告诉她们。

我拉开单车店门时,心中并无任何计划。我只想到我现在终于有第二个机会了,这一次我要做正确的事。

我一进门就看到了伊利,感觉这好像是最好的预兆,也许是最理想的。他在后面的房间,就站在柜台里面,背对着我,把东西塞进粗呢布袋里,看见他时,我的反应跟这几个礼拜一样,突然为自己的行为感到羞愧不已,接着就很想尽快逃开。但是我还是紧抓着手上的牌子,把牌子推过去。

“嘿。”我走到柜台前说道。我的声音听起来又粗大又急躁,我叫自己先深呼吸一下。但他转过来面对我时,我的深呼吸却变得更加困难。

“嗨,”他神情谨慎地看着我,“什么事?”

如果是在完美的世界里,我应该可以轻易说出想说的话,能用简洁利落和正确的字眼把话说出来,可是我的话却不经考虑就冲口而出。“你还记得我们第一次去打保龄球时的事吗？”

伊利扬起眉头，随后看看他后面的修理间，我依稀看到亚当和华里斯站在通往巷口的后门边，背对着我们。“记得，”片刻之后他答道，“为什么问这个？”

我紧张地咽咽口水，感觉自己的声音好像超级大声。“我不高兴是因为我不擅长打保龄球。你说我不应该期待打得多好，因为我以前从来没打过，重要的是我应该要不停地尝试。”

“对，”他慢慢回道，“我记得。”

我知道我已在失控边缘，几乎感觉到话语一直不停地冲出来，一句接一句，感觉就像海浪渐渐流回大海一般。可是我还是一直讲个不停。“我们的情形就是这样，你跟我，我们做的事情……我们有的……是我的第一次。你知道，毛病就出在这里，因为我不擅长这种事情，事实上，我在这种方面烂透了。”他眯起眼睛，哦，耶稣啊！我心想道，这话说得一点都不对。

“跟你在一起时，”我很快地补充道，“我对我们俩的事情处理得很不好，因为这一切对我是全新的体验。我把事情搞砸是因为我不知道自己在做什么，那把我吓坏了，所以我就不想再尝试了。就像骑单车一样，顺便一提，这件事情你说得也没错。”

店里异常的安静，让我的话显得更加大声。事实上，如果我开始思考自己说的话，很可能会觉得丢脸至极。因此我就更有理由要继续说下去了。“我要说的是，”我说，因为天知道我需要澄清多少事。“我很抱歉，你可以说这样做很疯狂，或是叫它鸡肉色拉也可以，不管你要叫它什么都可以。可是我要照你说得那样，不停地尝试。所以我才会来这里，邀你今晚跟我一起去参加毕业舞会。”

“呦，伊利！”我突然听到华里斯从后面高声喊道，“车要开了，该走了！”

不过伊利没有回答，仍一脸严肃地看着我。当我回望他时，试着回想以前我们在一起的那段时光，以及如何开始，最后几乎又回到这个地方来。正因为如此，感觉来到这里是正确的，尤其我不确定我们之间是否能继续，或就此结束。我也知道有这两种可能性，可是不知为什么，我总认为他会选另一个。

“我很抱歉，”重点是，当他拿起袋子背上肩时，他看起来是真的感到抱歉。“但我不能去。”

我感觉自己只是呆呆地点头，他最后看了我一眼，那是如此专注几乎是伤感的眼神。随后他就离开了，转身背对我，穿过办公室，越过亚当和华里斯的身旁，消失在我的视线之中。一秒钟后，门在他身后砰然关上，事情就这样结束了。

“奥登！”我仍在震惊当中，这时转过头来，突然看到亚当走过来。“你要找伊利吗？因为他刚刚……”

“不，”我很快地说道，“我不是要找他。”

“哦，好吧！”他瞥了华里斯一眼，他只是耸耸肩，“那你需要什么东西吗？”

我其实只是想要找个方式挽回我的面子，以便能优雅地离开那里。就在那时候，我看到手中仍拿着那个牌子“尽情享受你的单车之旅吧!”突然间,我感觉就是这个了。“事实上,我需要一件东西。”我说。

“叫它鸡肉色拉?”伊瑟拍着手大笑道,“这种话早就不流行了,我小学之后就不曾听过有人用这个形容词了。”

“可是我,”莉亚说,“我从来都不明白那是什么意思呢。”

“所以你就买了那辆单车。”玛吉说。

“单车?”莉亚问道,“单车跟这件事有什么关系?”

“我刚买了一辆单车。”我告诉她,“看情形好像是这样。”

“因为她最近刚学会骑单车。我每天早上偷偷在教她,她以前不会骑。”玛吉解释。

“真的吗?”伊瑟看着我,“哇,真是了不起。”

“你是指我以前不会骑了不起,还是我刚学这件事?”我问道。

伊瑟想了一下。“两者都有。”她最后说道。

“嘿,各位!大家专心一点好不好!”莉亚转过来对我说道,“好吧!伊利拒绝了你,这又不是什么世界末日。”

“不,我只是觉得很丢脸而已,这下子我永远都没办法再面对他了。”我说。

“我很好奇他为什么拒绝?”玛吉若有所思地说道。

“因为他是伊利。”我告诉她。

莉亚翻翻白眼。“这只是陈述事实,并不算解释。”

“我的意思是说,我知道他是什么样的人,我有机会跟他在一起,可是我却搞砸了,所以他就不肯理我了。"我说。

"等一下,"伊瑟举起手来,"回放一下,你什么时候跟伊利在一起的?"

我又一次引起大家的注意,我说:"嗯,几个星期前,我们常常一起出去。"

"做什么?"莉亚问道。

我想了一下伊利和我单独在一起的那些夜晚,我们坐在车子里,开车穿过柯比镇许多昏黄幽暗的巷道。一起逛街、吃东西、聊天、探索世界。我们做了这么多事情,实在无法用单一的词句来形容。所以我才决定做一件我们尚未做过的事情,至少在我们分手之前是如此。"我们睡不着,所以就一起出去。"

"直到你搞砸之前?"伊瑟试着厘清事实,我点点头,"你做了什么?"

我低头看着我的冷咖啡。"我不知道,发生了某件事,我觉得很害怕,所以就退缩了。"

"好吧!这样说还真清楚。"莉亚说。

"莉亚!"伊瑟叫道。

"这是什么话?发生了某件事?到底是什么意思呀?"

她们又盯着我看,在大家的注视下,我发现我通常就是在这种情况下退缩的。我会缩进自己的世界里,兀自躲起来。可是想到这一天我已经经历了那么多事情,现在打开心扉似乎才是正确的。"我爸和海蒂要分手了。这件事……激起我心中很多痛苦的回忆,以前我父母分开时，我也曾经历过这种事。”

“什么事？”伊瑟问道。

我耸耸肩。“把自己埋进书本和学校的功课里，把每个人都隔绝在外。尤其是会让我想起这件事的人。”

“像是伊利。”玛吉说。

“尤其是伊利。”我答道，“有一天晚上，我们真的感觉彼此心灵相通……但第二天我却恶意地推开他，那时候我真的很蠢。”

“不过你今天跟他解释这件事了吗？”玛吉问道。

“解释了，可是正如我说的，太迟了，他走了。”

大家思索着这件事，静默了片刻。我拿起那盒杯子蛋糕，随后又放回去。

“嗯，”莉亚终于说道，“我说啊，不要管它了。”

“莉亚，”伊瑟叹口气，“认真点。”

“不，我是说真的。你被羞辱了，这种事情难免会发生，反正谁需要那些男孩子呢？我们今晚就一起去参加毕业舞会，好好玩个痛快。”

“我以为，”伊瑟对她说道，“你坚持一定要有舞伴才肯去呢！”

“那是因为我现在已经没有别的选择了。”莉亚解释，“现在我要尽情拥抱我的单身生活，跟女生一起去就好。我们全都这样不是吗？”

“对。”伊瑟说道。

她们俩都看着我，我说：“要知道，我已经被拒绝了两次，觉得我还是留在家里好了。”

“什么？”莉亚摇摇头，“这种轻易放弃的态度实在太要不得了。”

“两次耶。”我比出两根手指，又说了一次。“就在十五分钟内，就在不到一百米的距离内。谁知道接下来还会发生什么蠢事？被铁斧劈到？”

“这个，”伊瑟对我说道，“正是你需要跟我们一起去玩的原因。这种情况，标准的做法就是，你跟我们一起去，我们尽情跳舞玩乐，到时候你的心情就会觉得好一点，玛吉，你说对吧？”

我先前没注意到，这时才发现玛吉已经悄悄走到门口，一只脚都已经踏进了走廊。等我们大家把注意力转到她身上时，她脸红了起来。“呃，”她说，“事实上……”

沉寂一阵之后，莉亚问道：“事实上怎么样？”

“我有舞伴了。”

“什么？”伊瑟叫道，“那我们好姐妹的感情怎么办？”

“谁叫你们偏偏在这最后的节骨眼才说出这种话来！我哪知道事情会变成这样嘛。”玛吉抗议。

“如果你跟我说，你要跟杰克·史塔克去的话，”莉亚警告道，“我的头就要爆炸了。”

“不是他，”玛吉又脸红了，随后低头看着自己的手，“是亚当邀我的。”

莉亚和伊瑟面面相觑，随后看着玛吉，又看着彼此。“我的老天爷啊！”伊瑟大叫道，“他终于开口了！”

“真的假的！他终于有勇气说出来了！”莉亚说。

玛吉脸色一亮，又走进办公室。“所以你们没有生气啰？”

“我们当然生气了。”莉亚说。

“可是，”伊瑟补充道，“我们也很高兴这么多年来紧绷的暧昧关系终于……”

“真的很多年了。”莉亚附和。

“……终于解决了，不管怎么样都好。”伊瑟终于把话说完了。

“哦，不是这样的。”玛吉摊开手说道，“我们只是作为普通朋友一起去参加而已。”

“不，才不是呢。”我说。

她看着我。“你说什么？”

“他喜欢你，这是他跟我说的，而且，我告诉你，如果你把这个机会搞砸的话，相信我，你将来一定会后悔莫及的。”

“对不起？”我听到有人从店面的展售区喊道，“有人在吗？”

“糟糕。”玛吉说完立刻转身要走。

“我去。”伊瑟告诉她，从她身边穿过去，进入走廊。莉亚也跟过去，途中顺便把她的杯子丢进垃圾桶里。片刻之后，我听到她们已经冲出去跟客人聊天了，好像是为了要弥补这里的沉寂似的。

玛吉靠在门柱上看着我，我则坐在办公桌前的椅子上。“我希望你重新考虑今天晚上的事情，”隔一会儿之后，她对我说道，“这仍是一个值得纪念的回忆，即使跟你想象中的不同也一样。”

“我知道，可是，老实说，我不认为我现在有那种心情。”

“如果你改变主意的话，记得我们都会在那里，好吗？”

“好。”她点点头，随后推开门，走回去工作了。

“哦,我刚刚就想跟你说,你的单车真的很棒!”她说。

“你真的这么认为?”

“有那种闪亮的曲轴,还有那种手把和粗壮的轮胎,绝不会错的。”

我叹口气。“唉,至少夏天结束时,我还有一点东西可以留作纪念。”

“我想,看来似乎就是这样了。”她说。

随后她拍了门柱两下,又出去了。我又看看桌上的杯子蛋糕,发现伊瑟无意中记得我几个星期前冲动之下买过的东西。我拆开来,拿出一个咬了一小口。味道太重了,糖衣也太黏牙了,但奇怪的是,配这杯咖啡却刚刚好。

第十八章

“你确定吗?”海蒂问道,她站在已打开的门边,问了第一百万次。“因为我可能还……”

“海蒂。”我把笛丝贝换到另一边,“快去吧!”

“可是这样感觉很怪呀！可以不去的人应该是我才对,我又不是不曾参加过……”

“去吧!”我重复道。

“听着,如果我能找到人来接手的话,我会叫他们……”

我眯起眼睛,尽可能装得像个冷酷女人一般瞪着她。她有点畏缩了,终于走出门廊。“好吧！既然这样,那我就走了。”

我站在原地望着她步下台阶。考虑了大半天,她终于选了一件橘红色、细线条的长礼服。挂在衣架上时,看起来很奇怪,式样太单调,颜色也很怪,可是一旦穿上之后,她看起来却超有型。因为一直没找到保姆,所以她本来还想再套上婴儿背带,现在就不需要了。

“我很好,”几小时前,我自愿帮她带小孩时,一再跟她确认。“我跟你说过了,我不想去参加舞会。”

“可这是你的好机会呀!”她叹了口气,看着笛丝贝躺在房间里——在我们俩中间的地板上做她的体操,双脚猛踢挂在上方的瓢虫玩具。“我只是很不希望看你变成这样而已。”

“我真的没事。”我说。

她一脸狐疑地打量着我。“真的没事。”

最奇怪的是，这却是事实。即使我早上被拒绝了两次，即使我推着一辆新的单车回家，而不是骑着回家，因为我不想弄得小腿和手肘到处淤青，或是让自尊受损。即使我把那件紫色的礼服从我房间里拿出来，放在海蒂的床上，并穿上运动衫和背心，别人正开始为舞会整装打扮，我却要换下礼服。从某个程度来说，也许五月第一次毕业舞会时我也同样这么做过，但现在却感觉完全不同。

我现在终于明白为什么玛吉那么确定暑假过后、我离开时所得到的不仅是单车而已。因为我现在的心情已经明显不同：我有了那些经验，这一生有更多的故事可说了。所以或许这不是童话故事，童话故事本来就不是真的，但我的故事却是真实的。

海蒂走了之后，我抱着笛丝贝来到后阳台，高举着她，好让她能看到大海。海边仍有许多人在享受着最后一抹夕阳，有的已经出来做晚间散步，有的成双成对，有的成群结队，狗儿和小孩跑在前头，或是慢慢走在后面。我观望了好一会儿，随后进屋来，正好听到有人在敲门。

我经过厨房的桌旁，看到海蒂的电话就放在盐瓶旁边。她有两通未接电话。糟了，等我发现不小心按到之后，急忙把它按回主屏幕。我一手拿着手机，一手打开门，却发现门口的人不是海蒂，而是母亲。

“嗨，奥登。我可以进来吗？”她说。笛丝贝叫了一声，好像在回答她。母亲看了一下小宝宝，随后又看着我。

“当然。”我说，后来才发现我要往后退几步，她才进得来。“当然可以。”我往后退，她往前进，接着，我把门关上，把海蒂的手机放进后面的口袋里，慢慢跟着她穿过门厅，走进厨房。我不大确定她到底哪里不对劲，尤其她外表看起来和以往并无不同：深色的头发盘在脑后，穿着黑色的裙子和背心，脖子上挂的玛瑙项链显得格外抢眼。然而，还是有些东西变了。

“那么，”我慢慢地说道，把笛丝贝换到另外一边，“你来这里做什么？”

母亲转过来看着我，在光线明亮的厨房里，我发现她看起来很疲累，甚至有点悲伤的样子。“我很担心你，自从我们上次谈过之后，我一直告诉自己，我的想法实在有点傻，可是……”

她话说到一半断了，我发现这种情形很不寻常，她竟然在用父亲的老伎俩。母亲从来不喜欢把自己想要说的意思留给别人去揣测。

“可是？”我重复她的话。

“我还是来了，”她终于把话说完了。“就当作是母性使然吧！不知道你爸和海蒂能否给我一杯咖啡？”

“当然没问题。”我说，走到碗柜旁拿出一个杯子。我想要抱着笛丝贝，同时拿杯子，可是她这时突然扭动起来，我看看母亲，发现她正以一种怪异的表情看着我。“你想你可不可以……”

“哦，”她说，坐直起来，张开手臂，准备要接过去的样子。“当然可以。”

我把笛丝贝交给她，她伸手过来接笛丝贝时，我感觉到母亲的手指擦过我的，随后我转身去倒咖啡，突然看到母亲抱着婴儿，这种感觉真的很奇怪。她坐在那里弯着手臂，用一种审视的表情打量着笛丝贝，好像她是一个拼图或谜团似的，这种画面看起来怪异极了。笛丝贝也回望着她，转动着眼珠子，两只小手也不停地绕着圈子挥舞。不久之后，我把咖啡放到她面前，站到她身旁，准备把笛丝贝接过来时，她的眼神仍紧盯着笛丝贝，所以我只好坐了下来。

“她长得很可爱。”她最后说道，“跟你小时候有点像。”

“真的吗？”

母亲点点头。“这对眼睛，跟你爸的很像。”

我看着笛丝贝，她被陌生人抱着似乎一点都不怕生，抱她的人看起来反而更不自在。就她所知，她所遇到的每一个人都只想对她好。

“我并不想让你担心。”这时我对母亲说，“只是……这里发生了很多事情。”

“我看得出来。”她把笛丝贝换成坐姿，用另一只手端起咖啡，“可我还是会担心，上一次你在电话中，问起离婚的事情，你的声音听起来跟往常很不一样。”

“怎么不一样？”我问道。

她想了一分钟，随即说道：“事实上，我想到的字眼是‘比较年轻’。不过我实在无法解释为什么会这样。”

我觉得蛮有道理的，不过我不会这么说。我只是伸出手来，拉起笛丝贝婴儿肥的小指头，捏了几下。她看看我，随后又看着母亲。

“其实，我是在想，我可能失去你了。”她说，口气却像对笛丝贝而不是对我说话。“你来这里跟你爸和海蒂一起住，又交了很多朋友，后来我们又为了宿舍的事情吵起来……我想我已经习惯了我们的看法都是一致的，可是突然之间，我们却不再那样了，感觉真的很怪，几乎让我觉得孤单。”

几乎，我心想，但嘴里却答道：“就算我们不是对所有的事情看法一致，并不表示我们就不亲近。”

“没错，”她同意道，“不过我猜我只是很不习惯而已，看到你变了这么多，感觉你有另一个世界和语言是我无法了解的，好像没有我置身的余地了。”她说这句话时还是看着笛丝贝，面对着她的小脸，手抱在小宝宝的腰际，好像这些话是对她说的一般。

“我知道那种感觉。”我说。

“你知道？”

我点点头。“是啊，我知道。”

这时她转过头来看着我。“我没办法忍受，”她缓缓地说道，确定每个字都说得很清楚，“想到我这辈子做的选择无意中毁了你的生活。我实在没办法接受这种事情。”

我想到那天晚上在电话中，她的语气突然软化，后来我提出了关于离婚的问题。妈总是带着她那种冷酷坚硬的外壳，让自己和他人之间隔着这层盔甲，但是也许她是以不同的眼光看待此事。她可能认为我不是在盔甲外面，敲着想要进入，而是在盔甲里面跟她在一起，得到安全的保护，因此她有更多的理由继续保持原样。

“你没有毁了我的生活。我只是希望我们能多交谈一点。”

“谈离婚的事吗?”

“每一件事。”

她点点头,那一刻我们只是静静地坐在那里,默默地看着笛丝贝,她则认真地研究着自己的小脚。随后母亲说:“我向来都不擅长感性的对话。”

“我知道。”我同意道,她看着我。“我也不擅长,不过我今年夏天似乎上了一堂速成课。”

“真的。”她说。

“是啊!”我深吸一口气。“事实上,这也不是什么难事。”

“嗯,”她吃力地咽咽口水,“也许你有时间可以教教我。”

我对她笑了一下,把手伸过去覆在她的手背上,感觉到手底下的温暖,这时我突然感觉到海蒂的手机在我后面的口袋里震动起来。“糟糕。”我把手机拿出来说道,“我最好接一下这个电话。”

“去吧!”她往后靠去,并调整笛丝贝的坐姿。我站起来,没先检查屏幕就按下通话键。

“哈啰?”

“海蒂吗?”父亲竟没听出我的声音,似乎说明了一些事情,不过我不确定自己想知道为什么。我考虑是否要当个懦夫就这样挂上电话,但我却回答,“不,我是奥登。”

“哦,”停顿了片刻,“嗨。”

“嗨。”我说。眼神看着母亲,母亲也看着我,随后我背过身去,往门厅走去。不过感觉似乎还是离母亲太近了,于是我往楼上走去。

“嗯,海蒂不在,她去参加海滩舞会时,不小心把手机忘在家里了。”电话那头显得异常的安静,安静到我开始以为,为什么当你想听到对方的声音时,偏偏就遇到线路不良或静电的干扰。

“呃,”他最后说道,“你好吗?”

“我很好,”我告诉他,“只是很忙而已。”

“我想也是,我在你的手机里留了很多留言,”他清了清喉咙,“我猜你可能在生我的气。”

“没有。”我说,走进了房间,我的紫色礼服仍放在床上。我拿起来,放进衣橱里。“我只是在想事情而已。”

“我也是。”他又咳了一下,“你听我说,我知道你跟海蒂在一起,只听到她单方面的说辞……”

“海蒂希望你回家。”

“我也想要回家,可是事情没有这么简单。”他说。

我把礼服挂到衣橱的横杆上,衣架彼此撞击着,我把紫色礼服推回去。可是我不但没有关上衣橱的门,反而继续翻动着衣架,察看里面其他的衣服。我问道:“那是为什么?”

“什么?”

我拿出另一件黑色的礼服,看到这件礼服的裙摆有许多花边,于是我又把它塞回去。“你一直说,事情没有这么简单,那就告诉我,到底是怎样不简单。”

我感觉到他似乎很惊讶,这应该可以理解,但我猜应该不会那么让人难以置信才对。长久以来,他已经习惯我默默接受他的决定,他总有办法以他自己的方式说出一套道理来。这样的辩解总是能让他找到逃脱的理由;让他逃过了所有的麻烦事。他是个作家,他很情绪化,很自私。他需要睡眠,需要自己的空间,需要自己的时间。只要他继续跟整个世界隔绝的话,这些事情就只是令他厌烦的鸡毛蒜皮的小事而已,没什么大不了。但他确实跟其他人发生了关系,他伸出了手,把别人拉近自己。跟女人生了小孩,跟人产生了密不可分的关系,不管是小宝宝或是几乎长大成人的孩子都一样。当别人依赖你,甚至爱着你时,你不能随意选择要去要留。这不像电灯开关,可以轻易打开或关上。不是你想进来就进来,想出去就出去的。对我来说,这一点都不复杂,事实上,这是全世界最简单不过的事情了。

“看吧!”父亲这时说道,“就是这样我才会说你在生我的气。你听了海蒂的话,其实只是听到片面之词而已。”

“这并不是我生你气的原因。”我对他说道,把更多的礼服推到一边。听到衣架撞击的铿铿声,看到这么多颜色在眼前闪过,让人有种满足感。粉红色、蓝色、红色、橘色和黄色,每种颜色都像一种外壳,一层皮肤,一种不同的表现方式,即使只是穿一天而已。

“那究竟是为什么呢?”他问道。

黑色、绿色、黑色、小圆点。“我只是觉得,你有第二个机会。”

“第二个机会。”他重复道。

“是的。”我说。短袖、长袖、窄裙、宽裙。“可是你却宁愿放弃而不愿意接受这个机会。”

他异常的安静,我只听到衣架滑动的声音。我现在几乎已经快碰到底了,选择越来越少,但仍不断在减少。“你是这样想的吗?”他慢慢地说道,“认为我放弃你了?”

“不是我。”我说。

“那是谁呢?”

这时候,突然间,我看到了,就是它。一件式样简单的黑色礼服,裙子上的珠子跟领口的珠子很相衬。这是一件下摆宽大的舞衣,一件我一直在寻找的完美礼服。我盯着它看的同时,又发现了其他的事情,发现了能回答他问题的答案,还有理由,我突然明白,为什么今年夏天会有这么多事情浮到台面上来。

“伊思比。”我告诉他。

当我说出她的名字时,仿佛看到了她的脸孔出现在我脑海中。她嘎嘎叫、咕咕叫、嚎啕大哭,还有流着口水的样子。睡着、醒着、吵闹,还有满足的样子。我第一天见到她时,她躺在海蒂怀里熟睡的模样,感觉仿佛只是不久之前,她的眼神一直追随我步出房间。她所有的特质,才刚开始成形,将来会逐渐转变成大人的模样。现在还很早,她未来有崭新的人生在等着她,更重要的是,我希望她不需要太多第二个机会。她也许不像我们大部分的人那样,她会在第一次就找到正确的方式。

“伊思比?”父亲重复地说道,“你是说小宝宝吗?”

“我是那样叫她的,对我来说,她就是伊思比。”

他沉默了半晌,随后说道:“奥登,我爱笛丝贝,为了她或是为了你,我什么事都愿意做, 你必须明白这一点。”

母亲不久前也是这么说的，我选择相信她。那为什么这次相信父亲却这么困难呢？因为母亲亲自来找我，她大老远冒险前来，想把过去我们曾拥有的东西找回来，希望能共同建立起一条新的道路。父亲却跟平常一样留在原地，要我过去找他。就像我今年夏天刚开始在这栋房子里，还有为这个家所付出的那样。他总是要我跨越这段距离，穿越城镇，给人方便，帮他寻找借口。“如果这是真的，”我对他说道，“那就证明一下吧！”

他沉默了半晌，随后问道：“我要怎么证明呢？”

有时候你第一次就能把事情做对，有时候却需要第二次的机会。可是，有人说第三次就需要魔法了。我站在那里，想到自己也是轻易放弃的人，我想如果我没有再次骑上单车，我永远都不会知道结果如何。所以我没有回答，只是从衣柜里拿出那件黑色的礼服，放到床上。“你自己想吧！”我对他说道，“我现在有事要做。”

我原本打算开车去的，我出门时手上拿着钥匙，黑色礼服的裙子在我膝盖间沙沙作响。可是后来我看到那辆单车，就靠在我上次停的台阶旁，接下来我就不知不觉地骑上去了。我踩着脚踏板，努力回想玛吉这几个星期以来教我的每一件事，随后趁我尚未改变主意之前，就骑了出去。

感觉很怪，在我开始骑上前面的人行道时有点摇摇晃晃，但至少尚未倒下去，此时我心中只想到母亲。我挂上电话不久之后，就穿上礼服，找到我的凉鞋和皮包，本想把笛丝贝放到婴儿车上，带她一起去的。但在我开始帮她绑安全带，匆忙跟母亲解释时，小宝宝却开始叫了起来，接着就大哭大闹。

“哦，不。”我说，她的小脸开始发红，我一看就知道这不是好兆头。“这不大好。”

“她不喜欢坐婴儿车吗？”母亲站在我身后问道。

“她通常很喜欢，我不知道她今天是怎么一回事。”我弯下身，调整一下带子，但笛丝贝还是越叫越大声，还踢着小脚强调她的不满。我瞥了母亲一眼。“我最好还是待在家里好了，她很不高兴。”

“别胡说了。”她挥手叫我站到一旁，随后弯下腰去解开安全带，把笛丝贝抱起来。“我来照顾她，你去玩吧！”

我无意让自己的表情显得这么不信任，或是震惊不已的样子，但我显然无意中露出了这种表情，因为她说：“奥登，我养大了两个小孩，你应该可以信任我有能力照顾新生儿一个小时吧！”

“你当然没问题了。”我赶忙说道，“我只是……她现在这个样子，我实在很不愿意把她这样交给你。”

“她也没有怎么样。”母亲说，把孩子抱紧一些，轻拍着她的背。奇怪的是，以前笛丝贝咯咯叫时，显然表示她不舒服，可是现在即使还在叫着，但她看起来却很轻松自在的样子。“她只是想让我多了解她一点而已。”

“你确定要这么做吗？”我说，提高音量压过吵闹声，以便能让她听到。

“当然，你快去吧！”她让小宝宝趴在肩头，仍不停地拍着她的背，

“对，对，就这样。”她说，小宝宝仍在哭闹着。“告诉我你想说什么。”

我只是站在那里，愣愣地望着她开始在厨房里来回走动，不停地摇着怀里的笛丝贝。她一面走一面自然形成一种节奏：走，拍，走，拍。小宝宝趴在她肩膀上看着我，张大着嘴巴，脸色仍然通红。可是，母亲越走越远，她开始逐渐安静下来。哭得越来越小声，后来我只听到母亲的脚步声，还有其他的声音。

“嘘，嘘，”她不停地说着，“一切都会没事的。”

她的声音轻柔低沉，最后那几个字突然让我觉得很熟悉，以前好像听过。我以为那个声音是我想象的，或是自己念出来的：原来一直是她。不是梦，不是咒语，而是一个记忆，真实的记忆。

一切都会没事的，我这么想着时，单车越过路上的镶边石，上了街道。小区内没有车，我想着那几个早上跟玛吉在一起练习时，我感觉到她抓着我的坐垫，她的脚步踩在路面上劈啪作响，后来她又跟着单车跑着，准备用力推我最后一下！之后我就自己骑了。

我不停地骑着，在街灯下迅速飞驰，经过许多邮箱，轮胎飕飕地压过路面。我骑出邻近的住宅区之后，整条马路仿佛都是我的，我一直骑到尽头靠海滩的那个唯一的红绿灯。

我全心注视着那个灯，前面是绿灯，我越踩越快，头发被风吹到后面，轮胎也沙沙作响。我以前从不曾骑得这么快过，后来才想到我或许应该觉得害怕才对，可是我当时一点都不害怕。我看到红绿灯的另一头是大海，既宽广又幽暗，我想象自己辗到了沙滩之后，仍不停地往前骑，骑过沙丘，骑进海浪中，只有海浪才有足够的力量让我停下来。

我深深地沉浸在这样的幻象中，它在我脑海中清晰无比，因此我没看到前面的东西，差点撞了上去——一辆丰田卡车就停在红绿灯旁，我也没看到卡车后面的边栏。

我先看到卡车，它突然间就冒出来，虽然我几秒钟前才刚查看过，很确定那里应该没有车的。也许那是好事，我几乎没有时间细想，因为那正是伊利的卡车。接下来那一瞬间，边栏就出现了，我需要赶紧做出反应。

我从伊利身边快速地骑过去之后，才发现我应该做个决定：试着刹车，转个弯，希望撞击力不会太强，或是继续骑，试着跳越过边栏。如果是别人在那辆卡车里的话，我很可能会做第一个选择，但我知道那不是别人。即使在那极短的一瞬间，我都能感觉到每一滴血都冲上耳际。这或许是最好的方式，让我能跟他解释，那天早上我在店里所做的一切。所以我就让单车跳跃起来。

这并不像我那天晚上在公园看到玛吉做的那样，也不像这几个礼拜我看过的单车特技短片中的那样，可是这都不重要，对我来说，那么突然间冲起来，飞到半空中的感觉——轮胎在空中旋转——美妙极了。感觉像一场梦似的，或许又像从梦中醒来一般。

那只维持了几秒钟，随后我就重重地落下，单车砰地撞到路面上，即使如此，车子仍一直往前行驶。我感觉从指间到手肘都震荡起来，我努力控制住龙头，拼命抓紧手把，轮胎也开始打滑，只能试着不让它往旁边倒下去。一般这个时候我都会任它摔下去，紧闭双眼，朝垃圾桶或是树丛直直撞过去。可是现在我却睁大着眼睛，努力撑住，一堆沙尘飞溅起来之后，我差不多就回到直立的姿势，稳稳地前进了。

我的双手都在颤抖着，小心翼翼地按下刹车，感觉太阳穴在急速地跳动。这感觉非常的清晰：快速接近，看到边栏，然后跃起，上升，上升，我简直不敢相信自己竟然做到了。事实上，那感觉一直到我颤抖着绕了一圈，看到了伊利之后才变得真实起来，他不知何时停下了卡车，从里面走出来，此时就站在那里看着我。

"我的老天啊！"他最后说，"那真是太酷了！"

"是吗？"

他点点头。"我还以为你不会骑单车呢！"我微微一笑，随后踩着踏板，朝他的方向往回骑。我靠近一些之后才发现，他穿的衣服不是平常那种牛仔裤和套头外套，而是上等的裤子、典雅闪亮的皮鞋和一件长袖的白衬衫，但衣角没有扎进去。

"我以前不会骑。"我说，骑到他面前停下来。"是玛吉教我的。"

"跳跃也是吗？"

"呃，不是。"我说，感觉自己脸红了起来。"其实那部分我是无师自通的。"

"真的？"

"你看不出来吗？"

他看着我片刻。"事实上，我看得出来。"他说。

"是什么泄漏了这点？是我脸上吓得要死的表情吗？"

"不是。"他把重心放在单脚上，"事实上，你看起来一点都不害怕。"

“那我看起来怎样?”

“好像准备好了的样子。”他答道。

我想了一下,低头看着我的单车。“是啊! 我猜我应该是那样吧!”

也许我应该觉得很奇怪才对,尤其发生了这么多事情之后,可是我却不觉得怪。也许是因为现在是晚上的关系,白天会让人觉得怪异的事情,到了晚上就变自然了。就像穿着毕业舞会的礼服骑单车,在马路上只遇到一个人,又是你唯一想见的人。

如果这是大白天,我或许会有更多疑问,会胡乱猜疑,或是想太多。但我现在却感觉很自然,于是转向伊利说道:“你说得对。”

“什么事?”

“关于我,你说我总是在第一次失败以后就放弃。那是个错误。”

“所以现在你相信第二次机会啰?”他说,确认我的意思。

“我相信,”我说道,“不管经过几次努力,直到事情做对了为止。”

伊利把手插回口袋中。“事实上,我自己也这样相信,尤其是今天。”

“真的。”

他点点头,随后比了一下他身后的卡车。“那么……你知道,你问我关于毕业舞会的事时, 我先前为什么说不的原因。”

我又脸红了起来。“我想我还记得那个。”

“因为我要去罗道尔参加比赛,其实几个礼拜前我已经开始重新参加比赛了。”

“我知道。”

他一脸惊讶的样子,我不得不承认,我还蛮喜欢他这种难得出现的表情。“你怎么知道的?”

“我最近一直都在注意比赛的名次。在网络上看的。你这次表现得如何?”

“我赢了。”

我笑了笑。“那真是太好了,那我猜你真的要继续参加单车比赛了?”

“不,我玩够了。”

“你又要放弃了吗?”

“退休了。”他纠正我,“今天退休。”

“为什么?”

他把重心换到另一只脚上,遥望着昏暗的街道。“我去年就想退休了,你知道,因为我考上了 U 大,想要回学校念书,可是后来却……”我等待着,因为跟伊利在一起,他从来不曾要人帮他把话说完。他总是知道自己要说什么,只是有时候会多花一点时间而已。“……埃布尔死了,一切好像都停止了一般,可是我不想那样离开,不想那样从单车竞赛的版图上消失。”

“你想在巅峰时刻退休。”我说。

“至少尝试那样做。”他举起手,顺了顺头发。“所以,我对今天的事情很抱歉,我希望先前解释清楚为什么拒绝的原因。”

“我了解。”我告诉他,“那是你非做不可的事情。”

他看着我,眼睛的颜色很深。但不是忧郁的眼神,至少已经不再忧郁了。"是啊!对极了。"

此时一辆车开到红绿灯旁,车头大灯从我们身上闪过。他们停顿一下,闪着方向灯,便急速离去了。接着伊利从上到下地打量我,看到我的礼服和夹脚拖。"那么,你现在要去哪里呢?"

"去参加毕业舞会。那你呢?"

"一样,迟到总比没去好,对吧?要搭便车吗?"

我摇摇头,他扬起眉毛,张开嘴想要答话,但趁他的话尚未说出口之前,我却伸手过去牵他的手,将他拉近我身边,随后踮起脚尖,把我的唇印上他的。那个吻缓慢而甜蜜,在我们亲吻的同时,我脑中又出现了那个影像,我们两人都变得好小,站在柯比镇的中央,在那个红绿灯下,整个镇和整个世界都在我们四周旋转。那一刻,但愿那一刻,我们就在两人本该存在的正确位置上。

我往后退时,对他微笑了一下,随后又骑上单车。他慢慢地转着身子,看我绕着他骑,一圈、两圈、三圈,仿佛在施咒一般。

"所以你不要我载你了。"他说。

"不要,不过我会到那里跟你碰面。"

第十九章

迪弗斯大学校园餐厅的咖啡还不错,但不算顶好。不过咖啡包含在我的学生伙食里,而且无止尽供应,所以我也渐渐适应了。

我把外带的大杯咖啡盖起来后,一手把背包挂到肩上,走出餐厅,进入校园。此时已是十月,天气逐渐转凉,空气中的凉意使热饮成了必需品。我跨上单车,一手拿着杯子,小心翼翼穿过空荡荡的校园,骑回宿舍,我把单车停到宿舍后面的停车格时,天空中开始下起了毛毛雨。等我回到房间,我听到小雨敲打着玻璃窗。

"嘿,"玛吉说道,我一进门,正在脱下风衣时,她从我们住的阁楼上低头看我。"我以为你已经走了。"

"还没。我还要处理完几件事情才能走。"

她打了个哈欠,往后靠到床背上。"哦,刚刚你的电话响过,事实上,响了好几次。"

我坐到床上,把咖啡放在我用来当作床头桌的牛奶箱上。上面除了我的闹钟之外,还放了一堆书和海蒂最近寄来的东西:两颗泡澡浴球、一支亮彩唇膏和一条全新的粉红色牛仔裤。这些我一样都没用过,不过我还是很感激她的好意。

我的桌上还放了几个月前荷里斯送我的相框"最美好的时光"。

我本来已经把这个给忘了，后来打包要去学校时，才发现我有可以放进里面的相片了。但我还是没办法决定，到底要放在毕业舞会拍的照片，还是我跟玛吉、伊瑟和莉亚在我要离开柯比镇前一天拍的照片。我心想，也许我应该放那张荷里斯和劳拉正式宣布订婚时，我们三人的合照。我的选择实在太多了，最后只好让相框先空着，直到我确定要放哪一张为止。也许最美好的时光还没到来，谁知道呢？

有一张照片我很想带在身边，不过不是我自己的照片。我早上起床时，最想看到的其实是笛丝贝可爱的小脸。我后来很惊讶，暑假结束之后要离开她时，竟然觉得如此依依不舍。我走前最后一天，我们坐在一起一个多小时，两人坐在她房间的摇椅上，她趴在我的肩膀上睡着了。她湿软的肌肤，轻盈的小身躯，还有牛奶味和婴儿味，我现在随时都能想起这些细微的事物，还有我在她耳边喃喃地诉说着她或我的事情，在男女生的世界里，我们两人只是小小的一分子。最棒的是，有一天她也会告诉我她所知的一切，我已经快等不及了。

在这期间，还有另一样东西能让我想起她。我来念大学之后，有一次出去时，在当地的公园超市看到一样东西，我当时想都没想就把它丢进手推车里了。我有无数的理由让我觉得，有玛吉当我的室友是多么幸运的事。但她可以偶尔忍受海浪的音乐声，尤其是人造的海浪声，却是最棒的事情。

现在我拿起手机，浏览着未接电话。当然有两个，一个是母亲打来的，她经常会打电话给我，可能是要讨论我的功课，不过最近我们常常会离题。比方说，会谈到劳拉和荷里斯的婚礼，她为这件事几乎快疯了。她发誓说，她也很想保持开明的心态。或是谈到她跟那个戴黑框眼镜的研究生芬恩，两人进展缓慢的感情。他很体贴又很幽默，而且热爱着母亲。她究竟对他有什么感觉实在很难说，不过我已经在慢慢开导她了，所以如果她想说的话，就有办法说出自己的感觉。

第二个是我父亲的留言，他已经回去跟海蒂一起住，准备再次努力经营他们的婚姻，这是他在毕业舞会那天晚上所做的决定，当时他选择不去搭飞机，而是回家来看顾笛丝贝。他回来发现母亲抱着笛丝贝走来走去安抚她时，受到极大的震撼，那个画面带给他的震撼是我无法给予的。他后来叫母亲回旅馆去，他则坐在那里陪笛丝贝到深夜，直到海蒂从海滩舞会中，兴奋地提着鞋子回家来。小宝宝睡觉时，他们两人谈了很久很久。

他并没有立刻搬回家，这个过程非常缓慢，经过许多场谈判之后，事情才终于有了结论。海蒂现在回店里工作几个小时，而我父亲只放弃一堂课，这样一来，他们俩都可以工作，也有时间陪小宝宝。当他们两个都无法在家的时候，伊利的妈妈凯伦可以陪小宝宝，或是威玛大学里喜欢免费拿到柯蕾曼婷衣服的女生也会照顾她。父亲仍在设法卖掉他的书，不过同时他也开始写新书了，新书的内容是关于"为人父母和郊区住民不为人知的弱点"。他现在只有深夜才有时间写作，不过尽管他睡眠时间不满九个小时，他似乎还蛮适应的。除此之外，如果我熬夜，也可以随时找他聊天。

我把手机放进口袋，拿起背包和咖啡。"我要出去了。"我对玛吉说道。

“明天见。”她答道，“等一下，其实明天我见不到你，因为我要去柯比镇。”

“是吗？”

“是啊，这是单车店重新开张的大日子，还记得吗？哦，我本来想告诉你，亚当寄了一件 T 恤给你，就放在你的衣橱里。”

我真不敢相信，我竟然把这件事情给忘了，尤其每次亚当来这里拜访时——他至少隔周会来一次——都一直谈论此事。秋天之后，他就开始接任经理的职位，还找时间去威玛大学修了一些课程，克莱德愿意让他改变店里的事务，进一些新货，把店面打理得整齐漂亮，让他非常的兴奋。新招牌、新产品，一切都是新的。不过有一样东西是前任经理留下来的，这是他需要做的最后一件事；我拿起 T 恤，打开之后就看到了。

“埃布尔的单车。”我念着上面的字，“听起来蛮顺耳的。”

“你真的这么认为？”她答道，又从上面探头下来看我。“老天，但亚当是个紧张大师，他要每件事都完美无瑕，结果，事情当然常常会出错。要是有什么事情搞砸的话，我怕他大概会精神崩溃。”

“不会啦！”我说，“不过，如果他真的精神崩溃的话，告诉他，我说只要再回到单车上就对了。”

“什么？”

“他会了解的。”

我挥手跟她告别，把背包背上肩，穿过走廊，然后走楼梯到我停车的地方。这时才刚过五点，太阳正要下山。两个小时后，我已经下了州际公路,开进瑞伊餐馆的停车场,天色早已经黑了。

我关掉引擎,坐在车里,望着餐厅里明亮的灯光和闪亮的桌子片刻。瑞伊餐馆里面没有洗手间,但是那里的女服务生很亲切,客人爱坐多久都没关系。深夜没别的地方可去的时候,这是很大的优点,我初次发现这个地方时就是因为这个原因。虽然我有很多理由,但来这里最大的原因还是跟以前一样。

我在窗边我们最喜欢的四号桌找到他。他手上端着一杯咖啡,肘边放着一块吃到一半的派,全神贯注地读着他面前的课本。这个学期他在U大疯狂地修了很多学分,打算赶上前一年落后的进度。再回到学校念书,对他来说,刚开始真的很辛苦。刚回去时有点生疏,一定很吓人。不过,幸好我对念书这种事情驾轻就熟,而且也很乐意帮他进行他的探索,一次帮助他做一份报告,或是准备一个考试。

我弯下身亲吻他的额头时,他微笑着抬头看我。随后我在他对面的位子坐下,服务生走过来,把我面前的杯子倒满咖啡。我把杯子端起来,感觉着它在我手中的温暖,我也感觉到他的手放到我的膝盖上。早晨不知不觉就会到来,每次都是如此。但我们仍拥有这个夜晚,此时此刻,我们仍相聚在一起,于是我闭上了眼睛,尽情享受着这美好的一切。

写书不是件容易的事，有时难免需要一点额外的协助。我写这本书和其他书时，无比幸运地得到莉费·德曼和雷吉娜·海耶充满智慧的指引。芭芭拉·薛尔顿、珍妮·马克斯以及我的父母亲亚伦·迪森和辛西亚·迪森也提供了一个疯狂作家最需要的精神支持，尤其是在我生完小孩之后的这段期间。一如以往，我很感谢我的先生杰伊，他经常让我开怀大笑，帮助我想起一些，也教了我比我所需要的还要多的单车相关知识。最后我想表扬一下我身边的众多女性——我的保姆，没有她们，我不可能有时间完成这本书：亚莉山卓·马柯特、克劳蒂亚·夏毕罗、维吉妮亚·梅文、埃达·唐那、克丝塔·琳德莉、萝伦·卡切西，感谢你们如此悉心地照顾我们。